Luz de gas

Atilio Caballero
Luz de gas

© Atilio Caballero, 2019

© Fotografía de cubierta: W Pérez Cino, 2019

© Bokeh, 2019

Leiden, NEDERLAND
www.bokehpress.com

ISBN 978-94-91515-45-3

Y había que empezar por algo, porque aquí las gentes estaban dormidas, inertes, viviendo en un mundo intemporal, marginado de todo, suspendido entre el tabaco, la conga y el azúcar.

Alejo Carpentier, *El siglo de las luces*

A partir de un punto determinado, ya no hay retroceso posible. Hay que alcanzar ese punto.

Kafka, *Cuadernos en octavo*

Después de todo, el aburrimiento es el rasgo más frecuente de la existencia…

Joseph Brodsky, *Menos que uno*

Sólo puedes decir que has llegado a las montañas cuando dejas de escuchar o, lo que es lo mismo, cuando descubres el silencio. Antes son gigantes azules, lejanos e inmóviles contra el cielo azul, repetitivos e indiferentes al ruido del motor, a las voces y a los gritos, una percepción de lo visible inalcanzable o un equívoco constante que sin embargo te hace pensar: de un momento a otro podré tirarme del camión, correr hasta el tope. Y tocarlas. Continúas subiendo, como yo con mi Bucéfalo por esta ladera para verte mejor, y aunque el ruido se mantiene (es el ruido tesonero de un motor que escala) desaparecen la algarabía y los gritos a tu alrededor, enmudecidos por la sensación de inminencia y la resonancia creciente de tu propia voz. Pero ese instante que anhelas desde hace horas no parece llegar nunca, como si aquello no fuera más que un agradable espejismo... hasta que, de repente, sientes el silencio. Lo sientes. Con todo tu cuerpo. Sólo entonces logras comprender que has llegado donde querías. Guamuhaya, lindo nombre... Y esta conjunción de silencio y calma absoluta, junto a la sorpresa de encontrarte finalmente ahí, pueden hacer cambiar tu centro de percepción...

Tal vez por eso Spider concentraba la atención en la mirada, más que en el oído o en el tacto, aunque sin poder distinguir aún con claridad los infinitos matices del verde, la peligrosa ondulación de los barrancos, las manchas de sombra en las laderas. Aquí reconoces el fondo, y también la soledad, pensó. Sobre todo la soledad. No hay nadie, *crees que no hay nadie...*, no escuchas otra cosa que no sea el viento o el canto de algún pájaro, aunque sientes que estás rodeado: *una soledad sonora.* Y si resbalas puedes morir. Solo. Como un perro. Ya lo sabes...

Al igual que Spider, también Afónico y el Loco tenían –y callaban– la misma sensación ante aquel panorama deslumbrante y sobrecogedor, silenciosos a la orilla de un camino que sin embargo debían abandonar lo más rápido posible. Mientras menos fueran vistos, mejor; así podrían evitar preguntas o miradas inconvenientes. Pero antes era preciso orientarse: aunque visitaban con frecuencia las montañas, nunca habían estado en esta parte de la cordillera. Necesitaban llegar hasta un lugar próximo a este recodo del camino donde los había dejado el camión, un lugar donde la vegetación era tan tupida que el sol nunca tocaba la tierra. Por allí pasaba un arroyo al que iban las vacas a abrevar, y entre aquellos helechos gigantes, cagaban. Aun lloviendo poco, la humedad concentrada en esa cañada mantenía durante todo el año un frescor estable y propicio para la germinación sobre los excrementos. Su misión era encontrar aquel lugar.

Afónico sacó de un bolsillo una hoja de papel doblada en cuatro. Puso su mochila en el suelo y desplegó el papel sobre ella. Era el croquis de Sergio, intento de mapa, trazos reveladores de la locura del negro que, estimulado por una experiencia reciente, les había sugerido explorar hacia el sur para «encontrar el tesoro», siempre evitando acercarse a Trinidad o a Cienfuegos, pues no obstante ser temporada baja, corrían el riesgo de tropezarse con algún forastero extraviado en medio del bosque, y eso, lo sabían, arruinaría todo. El sur, más abrupto y menos turístico, quedaba fuera de esa «desagradable posibilida»..

Las coordenadas en el mapa representaban un triángulo equilátero cuyo punto superior era Topes *Descollantes*, y los ángulos de la hipotenusa las dos ciudades a evitar. Las culebras dibujadas debían ser los ríos –ninguno en esa zona– que la delirante imaginación del alucinado cartógrafo aportaba a la topografía local, y en el centro aparecía una especie de paraguas con un ojo fulgurante encima. Un punto rojo señalaba el lugar donde debían quedarse en caso de subir por la ruta de Cuatro Vientos, y una flecha, también de color rojo, apuntaba desde allí directo al ojo.

Por aquí, derecho hasta la sombrilla, dijo Spider deslizando un dedo por encima de la flecha.

¿Y quién te dice que estamos en este mismo punto rojo?, ripostó Afónico.

Mi intuición, que nunca falla. El olfato de la araña.

El Loco ni siquiera había mirado el mapa. Paseaba su vista por las montañas vecinas, respiraba hondo, retenía el aire en sus pulmones hasta ponerse marrón y lo expulsaba luego en una bocanada sonora. Decía: «esto sí es vida, colegas, esto sí es vida», acompañando cada frase, siempre la misma, con una muestra de su ejercicio respiratorio. Tanto Spider como Afónico eran conscientes de que al Loco le tenía sin cuidado saber si era éste el lugar indicado o cualquier otro: él se dejaba llevar, y allí, donde se detuvieran, estaba bien. Su única preocupación consistía en que las pausas fueran demasiado largas. Del mismo modo en que podía extasiarse y admirar hasta el mareo un lugar agradable para él, igual lo devoraba en unos minutos hasta saturarse. Entonces saltaba a otro, y luego al siguiente. Y así siempre.

Como Spider y Afónico no llegaban a un acuerdo en el rumbo a seguir, el Loco fue royendo el paisaje hasta consumirlo. Luego agarró su mochila y empezó a subir por donde primero le vino a la cabeza. Lo vieron perderse entre los arbustos, y unos minutos después, cuando volvió a aparecer, un poco más arriba. Con ello no pretendía que los otros dos fueran tras él, o que reconocieran que tenía razón. Él partía, sin rumbo fijo, y al rato podía regresar sobre sus pasos hasta el mismo lugar y emprender otro camino desde allí, sin esperar nada, sin la pretensión de llegar a ninguna parte, y como si la acción anterior nunca hubiese sucedido. Resignados, Spider y Afónico lo miraban desde abajo, cuando sintieron unos pasos. Al volverse se toparon, casi encima de ellos, con la figura de un hombre montado a caballo. El hombre y el caballo los miraban, en una quietud absoluta.

Vestía un pantalón negro y una camisa gris, del mismo tono oscuro que la piel del animal. Apenas se le veía el rostro, cubierto por un sombrero de guano negro. Parecía un hombre de campo aunque no llevara machete a la cintura, y en sus botas, negras también y de punta fina, relucían unos tachones plateados.

Spider se puso de pie y alzó tímidamente su mano derecha, pero el hombre no respondió. Los guajiros siempre saludan, pensó Spider extrañado, y le preguntó si sabía cuál era el camino más corto para llegar a S. El hombre, inmutable y sin soltar las bridas, apenas levantó los brazos para señalar en la misma dirección por la que había comenzado a subir el Loco. Afónico le dio las gracias, dobló el mapa y lo guardó. El hombre movió la cabeza, fijó su mirada en el papel que desaparecía en un bolsillo de Afónico, y la dejó allí clavada, sin pestañear. Entonces pudieron ver que no era la sombra del guano lo que ocultaba su rostro, sino una barba oscura y espesa sobre una tez blanquísima y sin arrugas, una combinación que hacía más difícil definir su edad, ya de por sí imprecisa como la de todo hombre de campo. Por su constitución, delgada y fibrosa, parecía más joven; por el rostro y la mirada, entre los cincuenta y los setenta años.

De repente se hizo un silencio aún más profundo. No se oía ningún pájaro cantar, y el viento dejó de mover las hojas de los árboles. Spider y Afónico escucharon entonces un gruñido, algo gutural que parecía salir de las entrañas de la tierra, amplificado por ese repentino letargo. Fustigado o molesto por aquel sonido, el caballo relinchó mostrando unos dientes enormes y amarillos, levantó sus patas delanteras y las dejó caer con furia sobre un montículo de piedra que había junto a ellos. Vieron las chispas desprendidas por el roce de las herraduras contra la roca; vieron al Hombre del Caballo mover sus mandíbulas acompasadamente, como si rumiara un bocado desabrido y molesto que en algún momento tragaría. Ese movimiento provocaba el rechinar de dientes, el ronroneo pavoroso, mascado para él mismo.

Como El Hombre del Caballo no quitaba la vista de su pantalón, exactamente del lugar donde había guardado el pedazo de papel con las indicaciones de Sergio, al Afónico no se le ocurrió nada mejor que sacar de allí mismo un par de cigarros y ofrecérselos. El Hombre, imperturbable, entrechocaba los huesos dentro de la boca. Ni siquiera miró lo que Afónico le brindaba: mantenía los ojos fijos en el bolsillo del joven, al que de repente la figura de hombre y caballo se le asemejó a un monumento ecuestre. Sin saber exactamente por qué, el conjunto lo atemorizaba, y él, con el brazo suspendido en el aire y la mano abierta, no se atrevía a retirar de la presencia del otro los cigarros que un instante antes le había ofrecido, y que ahora lucían ridículos sobre su palma.

Este hombre está cataléptico, susurró Spider. Afónico cerró la mano, bajó lentamente el brazo hasta dejarlo colgando junto a su cuerpo y guardó los cigarros. Ninguno de los dos podía definir si esa quieta indiferencia era un gesto de altanería, la secuela de algún trauma o una mezcla de ambas cosas, aunque también podría ser el comportamiento típico de uno de esos lenguaraces guardabosques de la Forestal, presuntos reyes de sus presuntos territorios, investidos de un poder ficticio que pretende controlarlo todo en las montañas.

Afónico movió la cabeza en dirección al lugar indicado por El Hombre. «Desde arriba podremos orientarnos mejor», dijo lo suficientemente alto como para que Spider lo oyera, viendo en la subida del Loco y en la indicación de aquel ser extraño una oportunidad para no darle al araña la razón. En realidad, a ambos le era conveniente que fuese el otro quien señalara el rumbo a seguir: así sabrían a quien culpar en caso de extravío sin que dicha culpa cayera sobre ninguno de ellos dos. Sin esperar a que el Afónico repitiera su propuesta, Spider agarró su mochila y arrancó a correr detrás del Loco.

Al Afónico toda competencia le parecía una estúpida demostración de fuerza. Y escalar montañas el colmo de la idiotez. ¿Cuál era el sentido?, se preguntaba. ¿Arriesgar el pellejo sólo para poder decir al final: yo subí hasta allí, o yo llegué primero? Las energías que se gastaban en subir una montaña bien podían ser empleadas en algo útil, menos peligroso, y con un fin práctico. Lo otro es vanidad, pensó mientras limpiaba el polvo de sus espejuelos con una esquina de la camisa, los volvía a colocar sobre sus ojos y se echaba la mochila a la espalda. De todas formas, tendría que subir; aquella presencia frente a él lo inquietaba.

El Hombre del Caballo los vio perderse en la espesura. Luego, con un gesto apenas perceptible, rozó con sus espuelas los ijares de la bestia y se internó entre los arbustos.

Casi una hora después, al llegar a la cima, el Loco y Spider soltaron las mochilas, se quitaron las camisas y se sentaron sobre la hierba. Parecían más eufóricos que cansados, aunque tampoco para ellos era importante llegar antes o después, ni regocijarse por alcanzar un punto al parecer inaccesible que cinco minutos después de conquistado acabaría perdiendo su valor —si es que lo tenía—, cualquiera que este fuese. El placer estaba en saberse finalmente allí, donde de momento no llegaría nadie más, donde después de ellos sólo quedaba el cielo, y en la certeza de tener a sus pies en toda su amplitud y dispuesto para ser explorado, profanado o adorado, el territorio a descubrir.

Empezaba a caer la tarde, y los rayos del sol ya no bajaban verticales sobre sus cabezas. Más bien resbalaban por la piel, acariciándola casi, transversales por la hora. Los brazos, los hombros y el pecho del Loco estaban tatuados con diseños tribales, brazaletes indios y distintas versiones del Thunderbird, el pájaro sagrado de los sioux, símbolo de la felicidad infinita. La exégesis del avecilla iba desde la representación del más auténtico y reconocible ícono indio hasta la gallinácea de patio, sin que para el portador pareciera haber distinción entre ellos. Los dibujos maoríes azul intenso, casi negro, brillaban con el sudor, y las aves coloreadas de su pecho parecían volar cuando la luz del sol las rozaba. No se podía saber bien si los llevaba por ostentación, por simple placer estético o por conocimiento de causa, pero era evidente que los disfrutaba. Aunque la composición en su conjunto no era sino la suma de varios y diversos referentes, casi todos los diseños eran propios, y él, consciente de su singularidad, no podía ocultar que se sentía orgulloso de ellos. Ahora se deleitaba exponiéndolos y contemplándose bajo la suave luz del atardecer, viendo cómo relucían y contrastaban con el entorno los rojos escarlata en su piel, los azules cobalto, el amarillo de los brazaletes, las alas de los Thunderbird y los tribales prusia. Alrededor todo era una inmensa masa verde, con algunos matices más claros o pálidos, pero siempre verde y silenciosa. Tanta calma, tanta placidez y color uniforme resaltaban el anacronismo y la agresividad de aquellos dibujos. El hecho de saberlo hacía que los disfrutara aún más.

Spider miraba hacia otro lado. No le molestaban los tatuajes, pero tampoco quería ver nada que le recordara la ciudad. Mientras estaba en las montañas era como si esa otra parte de su vida no existiese, o fuese sólo el recuerdo de una niñez remota entre paredes oscuras, gritos y ruido de autos. Para exorcizar esas imágenes enfangó a propósito su ropa y su mochila durante la subida y guardó en el fondo del bolso, envueltos en una bolsa de nylon, su reloj y el dinero de los tres. Así no podría verlos hasta el momento del regreso, y de paso, ponía los billetes a buen recaudo. Tratándose de dinero, con los otros dos nunca se estaba seguro. No era que se lo fuesen a robar, eso ni siquiera se le ocurría pensarlo, pero felizmente cualquiera de ellos podría regalarlo, perderlo, comérselo, usarlo para hacer fuego.

Media hora después llegó Afónico. Resopló, soltando sus bultos (un saco de lona verde y una mochila) y fue a sentarse entre el Loco y Spider. Se quitó los espejuelos, sacó un pañuelo y frotó los cristales. El Loco, acostado sobre la hierba, no se perdía ni uno solo de sus movimientos.

Afónico ni siquiera lo miró. Sabía que el Loco lo observaba, y que su único interés, a falta de mejores opciones, era llamar la atención sobre sus tatuajes. Volvió a ponerse los espejuelos, y sacó de la mochila una cantimplora con agua.

No sé para qué se apuran tanto, si de todas formas al final siempre tendrán que esperarme, dijo. Ninguno de ustedes sabe distinguir el bien del mal, les da igual comerse un plátano que una pomarrosa, y si no fuera por mí, hace rato estuvieran en el fondo de un barranco con tres varas de lengua afuera y la boca llena de hormigas. Por ignorantes o por glotones. O por las dos cosas... Además, mi mochila pesa más que la de ustedes... En cada *mi*, la voz del Afónico, con una inflexión, enfatizaba el posesivo.

Cállate ya y mira el paisaje, dijo Spider. Sólo por esto vale la pena haber subido hasta aquí.

Está bien. Pero la vista no me quita el hambre, respondió Afónico.

Prefiero el hambre al aburrimiento, ripostó el Loco.

Afónico los miró con cara de querer mandarlos al abismo que tenían a sus pies, pero no dijo nada. Encendió un cigarro y fumó, durante algunos minutos, en silencio. Luego se puso de pie, caminó hasta donde estaban sus bultos y se enganchó a la espalda el saco de lona verde y la mochila.

Bueno, andando. Hay que buscar la merienda.

Spider y el Loco se quedaron acostados en la hierba, rezongando. No querían moverse de allí. Pero si esperamos la puesta de sol después no veremos nada, protestó Afónico, y había que bajar y encontrar el rastro antes de que llegara la noche. Sabía que aquel no era el lugar que buscaban, pero estamos cerca, seguro, puedo oler ya la humedad, veo punticos blancos allá abajo; y por eso se te ha puesto la voz ronca, dijo el Loco; sí, igual que a tu madre cuando grita por la noche; cállense y miren, veo vacas, por allí puede haber algo, susurró Spider.

Comenzó a lloviznar. «Ha llovido mucho por allá arriba en los últimos días», dijo alguien en el camión cuando apenas comenzaban a subir. Para saberlo sólo tenían que mirar el fango pegado a sus botas y la fuerza del agua al correr por las cañadas, aunque ya llevaban dos días en la zona y todavía no se habían tropezado con la lluvia. De todas formas se quedaron allí para ver la puesta de sol tras la montaña de enfrente. Después, cuando empezó a oscurecer, combinando un poco de modorra con otro de precaución, bajaron por el lado opuesto al escogido para subir y se internaron en la parte más tupida del bosque. La inminencia de la lluvia sacaba los olores profundos de la tierra cubierta por una capa de humus esponjoso, una alfombra de hojas y cortezas de árboles podridas y apisonadas por el tiempo. Reconocer este olor dulce y agrio a la vez les devolvía la certeza y la alegría de encontrarse en el lugar deseado. A medida que se adentraban en la espesura los helechos eran cada vez mayores, de troncos gruesos y oscuros y ramas de un verde iridiscente que brillaban con el agua. Las hojas nervudas de la yagruma semejaban enormes guantes blancos dejados caer sobre la tierra húmeda.

Cuando la llovizna arreció buscaron un lugar donde refugiarse, hasta que en medio de un cafetal encontraron dos algarrobos muy viejos a juzgar por el ancho de sus troncos. Viendo que el ramaje entrelazado de ambas copas formaba sobre sus cabezas una frondosa cúpula protectora, decidieron guarecerse allí y esperar a que el agua amainara. (No sabían, sin embargo, que de noche el algarrobo recoge sus hojas. Es por eso que el café que crece bajo el diámetro de su follaje tiene un sabor especial: protegido de día por la sombra, recibe al oscurecer el rocío y la brisa nocturna).

Se quedaron bajo los árboles y en silencio, viendo caer la lluvia. El sonido del agua al golpear contra las hojas parecía amplificarse dentro de aquella concavidad vegetal. Tronaba fuerte, y las montañas reproducían el sonido al rebotar contra ellas, flotando en el aire durante varios segundos. El eco, en su disipación, llegaba hasta ellos como el sonido de un órgano en una catedral gótica, sensación que se hacía más viva por la penumbra del bosque. Otra vez parecían deslumbrados o sobrecogidos, ahora ante el nuevo espectáculo: de ahí el silencio. Al ver que no escampaba, Afónico abrió su bolso y sacó una tienda de lona. Ataron las puntas de cada extremo a los algarrobos, formando una especie de cobertizo precario pero seco, y se sentaron a fumar, siempre en silencio, mientras el aguacero se hacía más compacto y la noche se cerraba.

...vistos desde aquí arriba parecen tres pichones en un nido, tres pichones hambrientos, indefensos, abandonados bajo la lluvia en medio de la cañada, al otro lado del desguinde. Pero yo veo tres miradas acechantes, indefinibles, sin saber qué esperan, qué quieren, a dónde se dirigen en su inmovilidad. Tres miradas de cuidado, para no perder de vista. Así que mucho ojo, Bucéfalo, mucho ojo... pensó, también inmóvil bajo la lluvia, el Hombre del Caballo.

Ya debe estar lloviendo en las montañas. Hay que moverse, murmuró el Loco.

Estaban sentados en un rincón, cabeceando al ritmo de la música. Spider miraba los cuerpos distorsionados por la combinación de la luz y el movimiento, y más que ese comentario, esperaba que el Loco le pasara la botella de ron. Apenas habían hablado entre ellos durante toda la noche. Sólo eso, mover la cabeza bajo el relámpago del *flash* y beber en silencio, intentando que el alcohol les durase hasta el final: sabían que después de aquella botella no habría nada más. A esa hora, las pocas mujeres que aún se mantenían en pie quedaban descartadas, no había más dinero –más bebida– y para colmo, tendrían que regresar caminando.

El gesto afirmativo de Spider coincidió con los primeros acordes de un tema de *Corrosion of Conformity*, por lo que el Loco no pudo discernir si su amigo lo había escuchado, o si el movimiento de la cabeza era sólo el inicio del habitual acompañamiento con que ambos seguían la música. De todas formas ya se encargaría de recordárselo, pensó, mientras, al igual que su amigo, recorría con la mirada el salón, repleto como cada jueves y donde casi todos se conocían y él conocía a casi todos. Allí estaban, una vez más en la misma pocilga, cueva entrañable o boca del infierno sin ventanas ni aire acondicionado, un antro sofocante y ajeno a la proximidad de la costa donde rompían los frentes fríos, esas masas de aire polar acompañadas de olas gigantescas que se pulverizan contra el arrecife, produciendo una llovizna pertinaz que se pega a la cara y moldea sobre ella una viscosa mascarilla de salitre. Ahora terminaba el invierno, un eufemismo en esta latitud, y ellos, dentro, estaban a salvo del regusto amargo de esas máscaras, aunque tampoco esto –como el calor– les importaba. Lo principal era estar allí, escuchar la música, sentirse a gusto en un lugar donde no eran extraños, donde la pasaban bien con el mismo sonido de siempre y el reincidente perfil de las caras cada jueves.

Era una sola noche a la semana, una noche corta que comenzaba a las diez y terminaba a la una de la madrugada. Una mezquina cuota de felicidad que los habituales intentaban aprovechar al máximo pero donde siempre quedaba la sensación de lo inacabado, de algo que se corta abruptamente en el instante preciso cuando todo parecía dispararse hacia su clímax perfecto, ese tajo limpio y brutal que te devuelve a una realidad que no deseas. También hasta este tugurio apartado llegaba el acecho del paternalismo circundante y castrador, que suele asumir con celo colectivo lo que sólo es responsabilidad individual: si has olvidado que mañana debes levantarte temprano para cumplir con tus obligaciones yo, clausurándolo todo a la hora que creo conveniente, te recuerdo que ya debes irte a la cama. Nada puede afectar tu plena disposición y capacidad para la entrega diaria, nada puede hacer mermar esos mismos potenciales.

«Seguramente alguien cree –pensaba Spider en el mismo momento en que el Loco murmuró su frase– que algo de pecaminoso debe haber en una ciudad que no duerme. Y según esta creencia, de evidente corte jesuita, entiende que es necesario acabar con la gloria –y el mito– de una capital que llegó a ser famosa en todo el mundo por su vida nocturna, pues una ciudad que vive de noche es un engendro diabólico, una abominación contra natura, algo infecto que sólo genera vicios, podredumbre, perversión y libertinaje, pústula apestosa en un cuerpo que se pretende sano y que aboga por la homologación de su higiene en todo el territorio de su organismo». Y de aquí, saltando de una conjetura a otra, dedujo que por este mismo motivo intentaban revertir la situación, arrastrando con ello hasta el más mínimo fulgor que recordara el espíritu decadente de otros tiempos, acortando la noche para aquellos que se empeñaban en permanecer desvelados, lúcidos, sin sueño posible.

Bajo la luz intermitente del *flash*, Spider intentó vislumbrar la cantidad de alcohol que aún les quedaba. Alzó la botella y la puso frente a sus ojos, encandilados por los fogonazos de resplandor. Y aunque no vio nada, por el peso pudo deducir: menos de la mitad. Mantuvo la botella unos segundos en aquella posición, y de repente descubrió su cara angulosa reflejada en el vidrio. El pelo le caía a ambos lados, dejando un pequeño espacio para la parte central del rostro y debajo la boca estrecha, distorsionada por la refracción. La imagen no le agradaba pero dejó la botella allí, entre su cara y las ráfagas de luz que cortaban el cristal como un cuchillo. Creía que con eso era suficiente para espantar los espíritus del tedio. De todas formas, su amigo tenía razón: era hora de partir.

Los altavoces vomitaban ahora toda la furia sonora de *Rage Against the Machine*. Al verlo en aquella postura, el Loco intentó quitarle la botella, pero Spider estirando el brazo logró mantenerla en alto mientras, atravesando el espacio entre la luz y la botella, la gente saltaba frenética. La pose, además de patética, revelaba la posesión de ese cuarto de alcohol, un tesoro a aquella hora, en aquel lugar. Sonreía con la botella en alto, sin saber si el sudor que resbalaba por su cara era el suyo o el que salpicaban los cuerpos a su alrededor. Pero tampoco esto le importaba, y la mantuvo allí hasta que terminó la canción. Entonces bajó el brazo y se dio un trago largo. Otra vez el Loco intentó arrebatarle la botella, pero Spider volvió a levantarla. En ese instante, como accionadas por este mismo movimiento, se encendieron las luces.

Después de tres horas a oscuras, el latigazo de la luz en los ojos es mucho más lacerante que el que sentimos cuando se entra de repente en la sala de un cine a mediodía. Aquí el golpe en la pupila nos ciega de momento, pero sin dolor. Y aunque no veamos nada, percibimos al fondo una imagen que se mueve y nos acompaña, en una sombra acogedora, hasta que nuestra vista se acomoda gradualmente a esa nueva opacidad. Una imagen luminosa cuyo significado nos tienta y queremos conocer: por eso hemos entrado. Ahora el filo de ese fulgor repentino, duro y sin matices, desgarra los ojos y vulnera la intimidad, presagiando el desamparo inminente, la desnudez, el vacío de los días hasta el próximo jueves.

Spider levantó la cabeza, y con un leve giro de los ojos recorrió por última vez el salón. Con la nueva luz, terminada la música, los rostros volvían a la normalidad, despojados del misterio y la transfiguración que propiciaran las sombras y los sonidos graves. Descubrió algunos rincones que antes habían quedado escondidos por la oscuridad, recovecos que incitaban a relaciones rápidas o ambiguas; los colores chillones de las paredes, la mugre pegajosa del piso. Su percepción del tiempo era incompatible con el segundo que medió entre el instante en que cerró los ojos –al encenderse las luces– y el momento en que los abrió de nuevo, entre el tiempo real que se desplaza y el imaginario que se alarga y engendra monstruos, como si entre ambos transcurrieran muchas vidas, vastas y desconocidas. Descubrió también que el espacio a su alrededor era mucho más pequeño de lo que hubiera podido imaginar –aborrecía ese instante, nunca se había quedado hasta el final–, y constató que el simple aleteo de sus párpados no sólo podía alterar el transcurrir entre dos instantes sino incluso cambiar una realidad por otra que era aterrorizante. Esa en la que ahora sólo quedaban dos gorilas junto a la puerta, mirando hacia el lugar donde él estaba.

Vamos, dijo el Loco.

Spider agarró la mano que le tendía su amigo, y haciendo tracción saltó hacia adelante hasta quedar en pie. Atravesaron trastabillando el salón vacío; tenían las piernas acalambradas de tanto tiempo sentados en la misma posición. Al pasar junto a los tipos que escoltaban la puerta Spider escupió en el piso, muy cerca de los pies de los gorilas. Uno de ellos intentó agarrarlo por el pelo, pero el Loco le hizo señas de que su amigo estaba mal, no era consciente de lo que hacía. El tipo, no muy convencido, masculló algo sobre el pelo largo y la femenidad, mientras el otro gorila miraba con recelo los tatuajes en los brazos del Loco.

Caminaron en silencio por las calles alumbradas y desiertas de Miramar hasta el puente de hierro sobre el río Almendares. Luego bajaron bordeando el túnel de Quinta Avenida en dirección al Malecón. Allí, en el muro, cerca del restaurante 1830, recalaba la resaca que un rato antes abortara la discoteca, y allí permanecía hasta el amanecer. Tanto Spider como el Loco sabían que no iban a encontrar nada en este lugar que no fuese una prolongación sin baile de lo que ya habían conocido en la discoteca, un residuo eufórico que se plantaba como caracoles sobre una piedra sin nada que hacer ni decirse, consumido ya todo lo que había por consumir, esperando algo sin saber exactamente qué, sólo esperando que sucediese y deseando en el letargo de esa permanencia, sopor al que se unían los personajes más estrafalarios de la noche, los insomnes, los vendedores de todo, los durmientes de Terminal de ómnibus, los corredores de motocicletas, los travestís y las vírgenes curiosas; todos contemplando a los pescadores furtivos echar al mar sus enormes cámaras de goma negra y alejarse en el oleaje oscuro; viendo pasar a los camareros del restaurante pedaleando con desgano hacia sus casas, viendo llegar las putas en retirada después de una noche desafortunada. También había policías, pero, ¿qué podía haber de reprochable en alguien que se sienta junto al mar porque no tiene otra cosa que hacer?

Un poco antes de llegar, rebasado ya el último tramo antes de cruzar la pretenciosa avenida del Golfo, Spider y el Loco doblaron a la derecha y cambiaron el rumbo, internándose en las calles del Vedado. Bajando por Calzada debían llegar hasta la residencia de estudiantes, en la esquina de la calle 12, donde el Loco dormiría esa noche luego de burlar la vigilancia no muy celosa de un sereno adormilado y subir hasta el décimo piso. Allí una amiga lo esperaba en una cama de litera con una bandeja de comida fría.

No lo puedo creer... —susurró, metiendo una mano en el bolsillo derecho del pantalón, y sacó de allí un papel blanco, doblado en cuatro—. Ya me parecía raro que fuese dinero, creo que es el mapa que nos hizo el negro para la montaña.

Yo lo guardo. Spider agarró el pedazo de papel y lo hizo desaparecer.

Viendo que se aproximaban a un lugar iluminado, Spider sacó del bolsillo la botella, donde quedaba un fondo de alcohol. Igual que en la discoteca, la levantó un poco más arriba de la altura de sus ojos entreviendo el contenido, con ese gesto indefinible entre la comprobación y el agasajo. El resplandor llegaba de la esquina, una isla de cristales brillantes y empañados por el frío interior del aire acondicionado, y hacia allí se dirigieron, atraídos por la luz.

Dentro, dos hombres jugaban al billar. Un mulato gordo, con la camisa abierta hasta el ombligo y una gruesa cadena de oro gesticulaba frente a su rival, a todas luces un extranjero, tez pálida, labios finos, camisa impecable de cuello duro y zapatos de ante en los que se adivinaba la comodidad de sólo mirarlos. De la flexibilidad de ese calzado, un arrullo que incitaba al reposo del cuerpo entero, también parecía percatarse el mulato, por lo que su pantomima tenía como único objetivo convencer al otro para que apostara sus blandos escarpines en la próxima partida.

Pegadas a la puerta habían dos calcomanías de tarjetas Visa y MasterCard. Spider las señaló con un dedo, deslizándolo con suavidad sobre la superficie pulida y fría del cristal.

Hoy no podrá ser. Las he dejado en casa, dijo el Loco, sonriendo.

Spider se encogió de hombros, y pegó la cara al vidrio empañado. Vio que el gordo lo miraba desde una esquina de la mesa de paño verde. Alzó la botella, se dio un trago, y el gordo lo señaló con la punta del taco, apuntándole a la frente. No quería testigos.

Siguieron caminando. Spider bebió otra vez de la botella y se la pasó al Loco, que de un trago vació lo poco que quedaba. Instintivamente la devolvió a su compañero, que se la llevó decidido a la boca. Pero no quedaba nada.

Habían llegado a la esquina de la calle 12. Spider se viró de repente y estrelló la botella contra un muro de cemento. A lo lejos se escuchó el sonido de una sirena.

Nos vemos mañana. En casa de Susana, al mediodía. Y busca al ronco, dijo Spider antes de desaparecer entre las calles oscuras.

No sé si este será o no el lugar del que hablaba el negro. Pero si no lo es, da igual.

No está mal, no. Afónico le pasó la botella con miel a Spider.

Estaban sentados en círculo y desnudos sobre la lona de la tienda bajo la luz todavía débil de la mañana. Los despertó la humedad y el chirrido de los colines, y luego caminaron un buen rato hacia el este, siguiendo la salida del sol, hasta que dieron con un rastro excrementicio. Al fin, después de casi tres días de búsqueda, estaban sobre la ruta del cagajón.

Alrededor se secaba la ropa, colgada de las ramas. Bajo los algarrobos había llovido tanto como en cualquier lugar al descubierto. Toda la noche y durante una buena parte del día. Cuando escampó, casi al atardecer, les pareció que ya era muy tarde para volver al camino. Pasaron otra noche en el mismo sitio, maldiciendo aquel diluvio inoportuno y comiendo dulce de toronja en conserva, y salieron antes del amanecer. No resistían ni un minuto más debajo de aquellos árboles: la humedad de los algarrobos había comenzado a reblandecer sus huesos.

En el centro del círculo se levantaba una pirámide de hongos blancos. El Loco, con su calma habitual, los iba lavando con agua de su cantimplora y luego se los pasaba al Afónico para que, en un alarde de sabiduría, el ronco engolara la voz y les diera el visto bueno. Afónico hacía la selección, confiando en su experiencia con los hongos, y devolvía los escogidos con un gesto equivalente a un certificado de garantía en el que creían sus amigos como se cree en la medicina que nos da un padre, por muy amarga o desconocida que sea. El Loco se encargaba de distribuirlos en partes iguales, colocándolos con cuidado frente a cada uno en forma de abanico, como una buena mano de ases. Ya limpios y confirmados, los rociaban con miel y se los comían.

No era solemnidad lo que rodeaba el momento; más bien se divertían. Aun así, manipulaban los hongos con ternura y respeto, acariciándolos casi al pasar un dedo por la escobilla que crece debajo de la corona, operación que debía realizarse con extremo cuidado por la fragilidad de los filamentos. Luego los masticaban en calma, rumiando hasta sacarle la última gota de jugo a la planta, escupiendo después una parte del bagacillo seco y tragándose el resto. El Loco, fiel a él mismo, había asumido la conducción del ritual según su manera de ver las cosas, con una actitud que oscilaba entre la devoción y el juego. «Querida estropari», decía, «nosotros, peregrinos de La Habana, después de un largo viaje para llegar hasta ti, pedimos licencia para comerte». Luego se acercaba a Spider y al Afónico, y tocándolos con el hongo en la frente, los ojos, la garganta y el corazón, lo colocaba en sus bocas, mientras susurraba: «mastícalo bien, hermano, mastícalo bien, porque así vas a ver tu vida». «Amén», ronroneaba Afónico antes de cerrar la boca, atorado por los estertores de su propia risa. El secreto estaba en recordar alguna persona, suceso, ambiente o tal vez cualquier color o sabor preferido, pues estas últimas sensaciones o imágenes serían fijadas luego con el efecto de la planta, multiplicando entonces su intensidad.

Stropharia cubensis, murmuró Spider, agarrando un hongo nuevo y blanquísimo y poniéndolo cerca de sus ojos. También tenemos una *ranita cubensis*, la más pequeña del mundo.

Es el hongo de la mierda... dijo Afónico.

¿Y qué? También se saca luz de *esta* mierda, replicó Spider, agarrando un excremento seco en la mano.

Sabe a nada.

La Nada es un asunto peligroso, susurró Spider

Buen viaje.

Afónico se levantó y fue hasta donde había dejado una pequeña cafetera sobre las brasas de una hoguera, hecha con las ramas y las cortezas que encontró en la boca de una cueva, tal vez las únicas secas en toda la zona. Habían entrado para guarecerse de un chaparrón al amanecer, cuando apenas comenzaban a caminar. Al encender Spider su linterna, descubrieron que todo el suelo de la gruta estaba cubierto de huesos. Era una madriguera de perros jíbaros: allí llevaban a sus presas para descuartizarlas y devorarlas en paz; a este refugio volvían, heridos de muerte después de una pelea, a confundir sus huesos con los de sus víctimas. Sólo unos minutos, los que duró el chaparrón estuvieron allí, suficientes para comprender que pisaban un terreno movedizo y que debían andar con cuidado: en aquellos huesos secos se podía oír aún el aullido de las bestias. Era un segundo aviso, pensó Spider, después de la aparición del Hombre del Caballo.

Afónico se sirvió la mitad de la cafetera en un vaso de metal, le dio un sorbo largo y luego se lo pasó a Spider, mientras el

Loco abría su mochila y sacaba unos papeles arrugados. Los revisó, eligió uno y leyó en voz alta: «*Prospecto: lechuga salvaje. Crece en las pendientes rocosas. Las hojas se cortan después de la floración y se ponen a secar en un lugar seco y oscuro. Además de nutritiva, remineralizante, analgésica, laxante y hepática, contiene lac-tu-ca-rium...*, *sustancia de efectos muy parecidos a los del opio. Como antiafrodisíaco se usa contra la ninfomanía...*»

Podrías llevarle un poco a Susana, dijo Afónico, quitándole a Spider de la mano el vaso con café.

Spider lo miró. El otro siguió masticando, y Spider escupió sobre él lo que tenía en la boca.

«*...y puede llegar a ser tóxica en fuertes dosis. En forma de tabaco, contiene el cincuenta por ciento menos de alquitrán que los cigarros ordinario*». El Loco hizo una pausa. ¿Está bueno, no?

Estamos en una *pendiente rocosa*, respondió Spider.

Afónico, todavía masticando, cogió otro hongo y lo miró con cuidado.

Pensándolo bien, podría llevarme algunos de éstos a La Habana y venderlos...

Un rayo de sol dio sobre la planta que tenía Afónico en la mano. Spider y el Loco lo miraron con ojeriza, pero no dijeron nada. Después de mucho hablar, entraban ahora en una zona de mutismo donde las provocaciones se desintegran antes de que el agredido llegase siquiera a comprender su significado, donde las frases quedaban a medias y la lengua se enreda, tropelosa. A partir de este momento cualquier sonido, por mínimo que sea, se convierte en una vibración que penetra por la piel y se integra amplificada al torrente sanguíneo, retumbando a su paso por todo el sistema circulatorio. Spider, con los ojos bien abiertos, sentía el flujo de la sangre al recorrer su cuerpo, la sentía resbalar hasta los puntos terminales de los dedos de los pies y de las manos, para rebotar allí con fuerza pero sin dolor y recircular de vuelta hacia su cabeza.

Sentía también que su percepción del tiempo comenzaba a cambiar. Ya no podía recordar con exactitud las horas transcurridas en aquel lugar, sentados alrededor de los hongos, ni cuántas más permanecerían allí, aunque tampoco podría decirse que esto le importara porque ya para entonces todas las horas eran iguales, por lo que le era imposible distinguir un momento del día de cualquier otro como no fuese por la variación de la luz y las inequívocas señales del hambre. Ahora, al estirar el brazo para coger un cigarro húmedo que había dejado secando a su lado, le pareció que el espacio entre sus dedos y el objeto de su deseo se dilataba, se volvía una masa espesa que su mano no podía atravesar, una laguna de aguas densas y pegajosas que hacían muy difícil llegar hasta él y traerlo de regreso hasta sus labios. Percibía el cambio constante de ciertas formas que parecían disolverse unas en las otras, geométricas en su mayoría —siempre a partir del verde intenso, el color circundante—; transfigurarse hasta adquirir perfiles diferentes, menos angulosos, formas amorfas aunque luminosas en la lenta mutación de ese mismo verde imperante. Para Spider ese sopor era agradable, delicioso, confortante incluso. Todo resplandecía con un tono superior al normal, al mismo tiempo que le era posible distinguir las sombras palpitando detrás de los árboles, como si anhelaran encarnarse. Todo era piel y tacto en ese instante y ese lugar. Incluso en la retina, pues allí el roce destila luz multicolor; forma puertas como las que cruzamos en sueños, cortinas de voluptuosidad y peligro que el viento mece como la ropa tendida. *Huele también a sudor, sangre, tabaco, crines de caballos picadas, esencia de rosa barata. Pero, ¿quién sabe lo que sucede en los establos?*

Volvió lentamente la cabeza hacia donde estaba Afónico. No obstante a ser un movimiento suave, todo el paisaje que abarcaban sus ojos se desplazó alterando su composición, como el barrido que hace una cámara de filmar cuando la giramos bruscamente entre un punto y otro. Al detenerla, el Afónico quedó centrado dentro del mismo encuadre y la misma circunstancia en que lo había dejado unos ¿minutos? ¿horas? antes: desnudo y sentado con el hongo en la mano derecha a la altura de su cara, y sobre el hongo, posado, el rayo de sol. ¿Era una imagen repetida, o sencillamente el tiempo se había detenido, junto a esa luz, sobre la planta?

Spider sintió una infinidad de agujas que alfileraban su cuerpo. Llovía otra vez. Vio también las gotas que traspasaban el rayo de sol y se estrellaban en la sombrillita blanca de la planta, estremeciéndola.

Llueve con sol, se casa la hija del diablo, hay sorpresa en el aire, susurró.

El viaje había comenzado.

Tenían hambre, y pensaron que sería bueno hacer un alto en la marcha, abrir las bolsas y comer. Bajaban por una pendiente de piedras pulidas como el lecho de un río seco y vertical, resbalando y cantando *Call me a dog*, riendo con cada caída, riendo sin ningún motivo mientras el descenso parecía interminable, pero dentro de las bolsas, nada. Ni agua. Iban tan radiantes, tan olvidados de todo que no recordaban la última vez que se detuvieron a comer, cuando devoraron el fondo de las latas, el ripio de galletas en la última bolsa de nylon y vaciaron la cantimplora donde el Loco atesoraba un buche de miel para cada uno. Por cierto, ¿dónde estaban los apetitosos mangos, las suculentas guanábanas, los mameyes famosos, las sabrosas ciruelas, la aromática guayaba, el almibarado níspero, el simple plátano? *Las palmas, ¡ay!, las palmas* abundaban por doquier, pero ellas, altivas, majestuosas y todo lo que quiera añadirse, sólo daban palmiche, rojas y duras bolitas de palmiche, y ellos no eran cerdos, «dígase lo que se diga». Lo de las frutas silvestres al alcance de la mano, el paraíso del bosque nacional, era otro de los tantos mitos al uso, y ellos tenían hambre. Ni siquiera una simple pomarrosa encontraron, y ya llevaban varias horas caminando. En su defecto crecía por todas partes el guao y el chichicate, y para evitar el intenso escozor que producían al mas mínimo contacto, era preciso contener la respiración al rozarlos. Había tantos que era como bucear bajo los árboles.

Ahora el sol comenzaba a lacerar la piel. No obstante a lo tupido de la vegetación, cada vez con más frecuencia el camino «escogido» salía de improviso a algún descampado. Un camino que no llevaba a parte alguna porque era el que ellos mismos abrían a su paso en la maleza y la espesura más profunda del bosque. Aunque no estaban en ningún lugar reconocible, tampoco podría decirse que estuvieran perdidos. Simplemente no se permitían orientarse: divagar era tan importante como resbalar, reírse o bailar sobre las piedras.

Pero el hambre y la sed estaban ahí, latentes, arañando el estómago y la garganta. Aparte de los hongos y la miel, no habían comido ni bebido nada en todo el día. El Loco sugirió seguir el rumbo en dirección a una columna de humo que vieron desde una colina, y sin esperar la respuesta de los otros comenzó a bajar. Podría ser una señal que los llevara hasta alguna presencia humana, y eso significaba agua y comida. Habían evitado este tipo de contacto, pero suponían que en un lugar tan intrincado y agreste nunca sería una presencia desagradable o inoportuna. El Loco estaba seguro de que los otros lo seguirían. Y efectivamente bajaron tras él, guiándose por el brillo de los tatuajes que aparecían y se ocultaban entre los árboles, cuando de repente salieron a otro claro del bosque.

Allí había una casa. O más bien, lo que quedaba de ella. A un costado, sobre dos piedras, una olla y humo, mucho humo, tanto que desdibujaba las formas exactas de la choza. Desde la punta de otra pendiente, su silueta contra el sol, el Hombre del

Caballo también observaba: techo de yagua, paredes de palma con agujeros, fango alrededor. Un mismo lugar, dos perspectivas diferentes: no podía ser de otra manera.

Miren como se filtra el sol entre los árboles…, susurró Spider.

¡Comida! gritó Afónico, al descubrir la olla sobre las piedras.

…así debe ser la luz del paraíso…, continuó Spider, mientras se volvía hacia el Loco con una sonrisa embelesada.

Tú nunca lo sabrás, le respondió su amigo.

Ni me interesa. También ahí todo debe ser muy aburrido… Nadie que se emborrache, o que tenga una amante, que trasnoche o que diga carajo por lo menos… Seguro que no se puede ni fumar. No, no creo que sea un buen lugar para mí… ni para ti.

Es como si todos los días fuera domingo.

¡Comida!, gritó otra vez Afónico.

Spider y el Loco seguían extasiados, contemplando el humo y los rayos de sol transversales entre los árboles y aborreciendo el Edén. Afónico los encaró.

Bueno… ¿y la casa qué?

¿Qué casa?, preguntó el Loco.

Cuál va a ser, anormal. Ésa…

Eso no es una casa, respondió Spider. Es un palacete árabe… mira los minaretes a los lados… no me digas que no los ves.

Entonces llama para que levanten el puente levadizo, dijo Afónico.

Puentes levadizos tienen los castillos, no los palacetes.

Claro. Y por eso ahora yo debo gritar: ¡Ah, de la casa! ¿Ves? Nadie sale a recibirnos.

Cuando hacían silencio, sólo se escuchaban los sonidos habituales del bosque y el canto insistente de una codorniz. La puerta de la choza estaba abierta. O simplemente no tenía. Ellos atravesaron el humo y entraron.

Dentro, en la penumbra, había una mujer sentada en un taburete. A juzgar por su rostro, arrugado y macilento, podría rondar los sesenta años, aunque sus senos aún estaban erectos, y a diferencia de la mayoría de las mujeres de campo, su cuerpo era delgado y bien formado. En su regazo reposaba un plato de zinc y una cuchara, y apretaba entre sus manos un radiecito portátil donde se podía oír, entre la estática, una emisora que transmitía desde Little Rock, Arkansas. Además del taburete en que estaba sentada, todo lo que había en la choza era una colchoneta enrollada contra una esquina, decenas de botellas vacías por el piso de tierra apisonada, y una mesa de madera. Y sobre la mesa, cubierta con un nylon rosado, una máquina de escribir.

Spider y el Loco se detuvieron apenas traspasar la entrada y descubrir aquella presencia fantasmal entre las sombras. Afónico, detrás, clavó su mirada en el plato vacío que la mujer tenía sobre las piernas. Ladeando la cabeza, ella los observó con los ojos bien abiertos, redondos y rojos. Sus labios parecían dibujar una sonrisa apenas discernible en la penumbra del bohío, que bien podría ser el rictus amargo de la decepción o la torcida mueca que presagia la locura. Llevaba un vestido negro remendado en varios lugares con hilo de distintos colores, y una peluca de soga trenzada y teñida de púrpura que hacía juego con sus pupilas inyectadas en sangre. En el radiecito empezó a sonar *Take it easy*.

Parece que en estas lomas todos comemos lo mismo. Miren esos ojos… susurró Spider. Rojo aseptil puro.

Señora, queremos agua por favor, dijo el Loco. Y tocándose la barriga: tenemos la caldera a full.

O algo de comer. Cualquier cosa… acotó Afónico.

La mujer ni siquiera los miró. Con los ojos bien abiertos, su mirada parecía perderse por encima de las cabezas de ellos.

¿Le gustan los *Eagles*?, preguntó el Loco señalando el aparato de radio.

A él le gustaban pelirrojas. Y bien tetonas, como a todo buen macho americano… dijo la mujer. Lo mismo que su porte, su voz, profunda y clara, tampoco parecía la de una anciana. Hizo una pausa, y concluyó: No hay agua. Tampoco en el sur de California.

Spider, acercándose, se agachó hasta poner su cara a la misma altura que la de ella. ¿No hay agua?, le preguntó. Ella movió la cabeza a ambos lados.

Bueno, algo de comer entonces, dijo Afónico.

No hay nada de comer, respondió la mujer.

¿Y qué comió hoy? preguntó el Loco.

Frijoles y qué le importa.

Denos algo… cualquier cosa.

No-hay-algo-ni-cualquier-cosa.

Coño, que tipa más imperfecta… se quejó Afónico. Y luego, dirigiéndose a ella: ¿Qué es lo que tiene entonces allá afuera en la olla, vieja bruja?

No-le-importa.

Ya ven. Hemos venido hasta aquí, hasta el culo del mundo para hacerle un poco de compañía a esta dama y alegrar su pocilga, y miren como nos trata.

El Loco había estado observando el interior de la casa. Qué disposición tan extraña de las cosas, pensó. De las cuatro cosas que ahí había. Miraba y al mismo tiempo se reía del diálogo de sus amigos con la mujer. Aprovechando la pausa que se produjo después que Afónico habló, puso su cabeza junto a la de Spider, acercó su cara a la de ella y le dijo, con una gran sonrisa:

Pues bien, señora, visto que ni agua nos quiere dar, ¡ni agua!, que no se le niega a nadie, ni siquiera al más miserable de los cristianos, como dice mi abuela, pues nosotros nos llevamos esa máquina de escribir que está ahí sobre la mesa, y que parece ser lo único de valor en esta cueva…

Por primera vez la mujer los miró a los ojos. A los dos que tenía delante primero, luego al Afónico, otra vez al Loco.

Detuvo ahí su mirada durante algunos segundos, y aspirando fuertemente abrió la boca:

No des ni un paso más y cierra el pico, mocoso, si no quieres que sea el asqueroso rostro de una vieja lo último que veas en tu cochina vida.

Tras un instante de vacilación, los tres, a la vez, comenzaron a reír a carcajadas. Spider y el Loco cayeron hacia atrás, revolcándose en el piso de tierra. La mujer, inmutable, los dejó hacer. No parecía darle importancia, podían burlarse, humillarla, pegarle fuego a la casa si querían, «pero la máquina no se la llevan».

¿Y por qué la máquina no, señora?, preguntó Spider, aún riendo.

Porque esa era la máquina de Bukowski.

De repente, los tres hicieron silencio. Pero fue sólo una pausa para arrancar a reír otra vez, ahora con más fuerza, con esa risa contagiosa que sólo necesita una mirada, una mueca, cualquier motivo para estallar hasta la convulsión. Señalaban la máquina con el dedo y se doblaban de la risa, arrastrándose por el suelo. Por muy eufóricos que se sintieran, la sorpresa de aquella respuesta los aniquilaba, estaba por encima de la mejor de las réplicas posibles, y se reían de su propia impotencia para superarla. «¡Usted no está loca, madama, usted es un genio!», le gritaba el Loco, mientras Afónico la increpaba por no querer revelarle de dónde sacaba los hongos, evidentemente mucho mejores que los que él había encontrado, y también la amenazaba con llevarse la máquina de escribir si no se lo decía. «¿Y las botellas de quién eran, de Hemingway?», le preguntaba Spider cuando la mujer agarró una y se la lanzó a la cabeza con todas sus fuerzas. Spider apenas tuvo tiempo para esquivarla, y la botella se pulverizó detrás de él contra la base de un horcón.

¡Fuera! ¡Fuera! ¡Delincuentes! ¡Violadores!, comenzó a gritar la mujer.

El Afónico había agarrado la máquina de escribir, y la tenía bien sujeta, apretada contra su pecho. Una esplendorosa máquina americana, de los años cincuenta, podía adivinarse a través del nylon rosa. Le serviría, pensó, para esquivar las botellas. «¿Y quién se la trajo, bruja…? en medio de este monte, tú… así que la máquina de… de quién dijo que era».

¡De Bukowski! ¡De Charles Bukowski!, respondía histérica la mujer.

Su respuesta tenía la seguridad característica del que aprecia algo sin saber muy bien por qué, que intuye las razones sin necesidad de que alguien se las confirme. Los otros tres, por su parte, dedujeron que si ella no la usaba, y además estaba loca, y tal vez –«quién sabe»– realmente había pertenecido a Bukowski (en ese momento creían cualquier cosa), pues entonces se la llevaban, no-tiene-ningún-sentido-dejarla-aquí. En definitiva, ella ni siquiera les había dado de comer.

La mujer volvió a agacharse y agarró una botella en cada mano, instante que ellos aprovecharon para huir. Cuando los vio fuera con la máquina de escribir, pegó un grito estremecedor. Las botellas comenzaron a salir disparadas por el orificio de la puerta, estrellándose por todas partes entre el humo y las piedras. Afónico, exaltado por la adquisición, dio un traspiés y cayó de bruces en el fango con la máquina apretada contra el pecho. Paralizado por la risa y el golpe que lo había dejado sin aire, no podía hablar ni moverse. Dentro de la casucha, la mujer clamaba por su pertenencia como una heroína del teatro griego suspira por el hombre muerto y maldice a los dioses, mientras disparaba botellas vacías contra cualquier ser viviente que se moviera dentro de su ángulo de tiro. Spider y el Loco agarraron al Afónico por las axilas y lo arrastraron, hasta internarse en la maleza.

Parecen bufones, vistos desde aquí, desde arriba. Saltan, chillan, típicos bufones de ciudad. Sin esperar la protección de la noche, las tarántulas han salido ahora de sus cuevas tapizadas de seda, produciendo con su picadura grave melancolía, esa que sólo se disipa agitándose mucho, y así expulsar el veneno junto al sudor... Por eso saltan... Una salamandra mueve la cabeza delante de mí, pero eso no quiere decir nada. Las salamandras son de buen augurio, no tiene por qué hacerme pensar en lo peor. Con el guiño de ese ojo la sensibilidad se ha conmovido tan extrañamente, en el espacio de un instante, que ya no sé si es este pequeño ojo negro y vivo el que gira, o la inmensa inmovilidad de las montañas. Ya no sé si es la voluntad del mundo la que se cumple en uno, o la de esta salamandra brillando en un ojo minúsculo solitario. Seguiré ese rastro, de todos modos. Vamos Bucéfalo... El Hombre del Caballo sacó una botella que llevaba a la cintura, se dio un trago largo, la guardó en el mismo lugar y espoleó levemente los ijares de la bestia.

Bordeaban una pendiente escarpada, buscando un apoyo firme entre las piedras que cada tanto se desgajaban al borde del barranco para rodar cuesta abajo hasta que el abismo se tragara el sonido. Se movían rápido, aunque sin saber exactamente hacia donde, como casi siempre. Lo único *claro* era que debían alejarse lo antes posible de aquel lugar donde habían estado momentos antes. A juzgar por la intensidad de la luz, pronto comenzaría a caer la tarde. Spider, delante, cargaba la máquina, marcando el paso de los otros dos. La mole de hierro se le enterraba en la piel del hombro derecho, y tenía que hacer malabares para acomodársela continuamente y no caer. Su percepción, difusa aún, se esclarecía cada tanto de sólo pensar que también su cuerpo perdiese el sonido en la caída, como las piedras.

Dámela, yo la llevo un rato, propuso el Afónico.

Ni muerto, respondió Spider.

Pues jódete.

El Afónico se encogió de hombros y escupió, apuntando a los talones de Spider, pero la saliva quedó prendida en un arbusto antes de llegar a los pies del otro. Casi nunca acertaba con sus salivazos; tampoco en la ciudad, cuando apuntaba a las rayas de la acera. Dejó que el Loco pasara a ocupar su posición; él se quedaría detrás, como de costumbre, siguiendo la marcha con su propio ritmo. De todos modos, sus amigos nunca lo echaban de menos, o eso pensaba él, por lo que si ahora se retrasaba a ninguno le importaría, y él podría moverse ligero según le conviniera.

Pero no tuvo mucho tiempo para regodearse desde esta agradable perspectiva, o al menos en la mínima venganza que significaba imaginar a Spider soportando todo el peso de la máquina. Unos cincuenta metros después el Loco, adelantando a Spider, se detuvo frente a una encrucijada abierta sobre la tierra en medio del bosque. Bien mirado, más que un cruce de caminos era una bifurcación de ese mismo sendero que ellos venían siguiendo, y que ahora se abría en dos como una disyuntiva.

Por aquí. Estoy seguro de que es por aquí, dijo señalando el sendero que se abría a la derecha.

¿Y por qué estás tan seguro?, le preguntó Spider, poniendo la máquina en el suelo. No parecía muy de acuerdo con la opinión del Loco, pero aprovechó su observación para soltar la carga y tomar un respiro. Luego observó en derredor, como intentando atisbar un posible destino, y aunque fuera imposible ver nada por la vegetación, respondió: por ahí vas hacia el norte, para El Salto, y nosotros tenemos que seguir el rumbo del sur, buscando el mar, ¿entiendes? Entonces es éste.

Spider señaló el otro sendero, sobre el que Afónico se había detenido. Cuando apuntó a sus pies, Afónico los miró como si no los reconociera.

¿Salto? ¡¿Salto?!, gritó, brincando sobre el lugar en el que estaba parado. Parecía que entraban hormigas por las suelas de sus botas. Si buscas El Salto te metes en el mismo corazón de la Sierra, siguió diciendo. Es al revés, hay que bajar, buscando el llano…

Eso es lo que yo digo, respondió Spider.

Entonces vamos por aquí, hacia el norte. Llegando al Salto estaremos más cerca… de algo. Algo que no se parezca a esto.

Disculpen… La cabeza del Loco seguía la controversia como si mirara un partido de tenis. A mí me da igual, pero… ¿a dónde es que vamos, *exactamente*?

Ahora sí puedo asegurar que no llegaremos a ninguna parte. Hagan lo que ustedes quieran, como siempre. Yo voy a merendar algo.

Afónico se sentó sobre la hierba, y sacó de un bolsillo un pañuelo donde tenía envueltos un par de hongos. Abrió su cantimplora, los roció y se tragó uno, mientras Spider y el Loco lo contemplaban en silencio. Ninguno de ellos dos recordaba que hubiera guardado aquellos hongos, ni que aún le quedara agua en la cantimplora.

No le faltaba razón, pero seguir la ruta que él proponía significaba un atraso. Era cierto que en Santa Clara les resultaría más fácil encontrar algo que los llevara hasta La Habana, pero Spider y el Loco, para simplificar las cosas e ir al grano, preferían desandar el terreno recorrido, o al menos salir al lugar desde donde habían partido: el jardín botánico de Cienfuegos, a medio camino entre Cumanayagua y La Sierrita. Por allí comenzaron a subir, hasta aproximarse a lo que debía ser Cuatro Vientos, uno de los puntos más altos de toda la cordillera. Luego, bordeando el camino para evitar las miradas indiscretas –que en esta zona, últimamente, eran muchas– siguieron hasta el pueblecito más próximo, seguramente Charco Azul Arriba, cerca de una pequeña laguna escondida en el bosque donde acamparon y se bañaron –«la Poza del Venao, se los garantizo»: Spider–, para entonces bajar un poco y llegar, lejos de todo, como querían, a las inmediaciones de Cien Rosas: el ojo fulgurante del paraguas entrevisto en el mapa de Sergio.

O eso creían. En realidad, al desviarse del camino donde los había dejado el camión anduvieron a campo traviesa durante cuatro días rumbo al noreste, evitando aproximarse a El Nicho –que era el destino de ese camino abandonado–, y este larguísimo rodeo los había acercado otra vez a la zona de Cumanayagua, de donde desde un principio debieron haber partido, visto el lugar al que querían llegar. De haber sido de noche, desde ese punto donde ahora se encontraban hubieran podido ver el resplandor de las luces que alumbraban el poblado en uno de esos extraños días de gracia a todo vapor, y por esas luces deducir el sentido circular del itinerario llevado a cabo. Pero aún era de día, y para colmo una neblina difusa borraba cualquier referencia visible más allá de los doscientos metros. Tal vez también por esta circunstancia, un añadido a la propia nublazón interior, en algún momento habían torcido el rumbo. Esa neblina que, como un decorado constante, los había acompañado durante casi todo el recorrido.

El mismo que, siguiendo sus pasos, había hecho el Hombre del Caballo, por aburrimiento primero, luego por curiosidad, y ahora por un interés particular. A él lo guiaban ellos, y a ellos la casualidad, las alucinaciones y los accidentes del camino, por lo que el Hombre se dejaba llevar, conociendo de antemano cómo reaccionarían ante cada uno de estos inconvenientes; era su zona, podría hacer el trayecto con los ojos cerrados sin tropezar una sola vez. Aun así, cuando abandonaron la casa de la mujer llevando consigo la máquina, pensó que ya era hora de intervenir. Pero desde su altura pudo ver cuando el Loco se retrasaba en la huida sin que los otros dos se percataran y volvía corriendo hasta la casucha, donde la mujer gritaba y se golpeaba la cabeza contra las paredes de palma. Lo vio acercarse despacio hasta la olla y voltearla de una patada al comprobar que estaba vacía. Lo vio también agacharse y abrir la bolsa de Spider, sacar del fondo un manojo de billetes arrugados y lanzarlo dentro del bohío por la abertura de la puerta antes de correr otra vez monte adentro, mientras las botellas pasaban silbando a su lado. Ahora, sólo el Hombre del Caballo sabía lo sucedido, adivinaba el destino de los tres caminantes, presagiaba el desenlace, y dejó que el azar los llevara hasta allí, hasta ese lugar inevitable.

Bien, esto se llama democracia de la selva.

Spider cogió el hongo que aún le quedaba a Afónico y lo tiró al aire. El hongo dio algunas vueltas y cayó sobre la tierra con el tallo hacia arriba.

¡Se los dije! ¡Señala hacia allá, hacia el norte!, bramó Afónico, este es un hongo magnético que sabe lo que hace.

¿Y quién te dijo que señala con el tallo? Lo más importante de un hongo es su corona, y esa no apunta hacia ninguna parte, contestó Spider.

Está bien. Probemos otra vez.

Afónico recogió el hongo del suelo y lo lanzó hacia arriba con fuerza. Al caer, la corona apuntaba en la dirección que había sugerido el Loco.

¡Lo sabía!, volvió a gritar el Afónico. Y sin esperar la reacción de Spider y del Loco se agachó, recogió el hongo y se lo comió ante la mirada impávida de los otros. Masticó y dijo: creo que por aquí vamos a dar a El Mamey. Una vez estuve ahí. Había mucho viento... Pero no sé qué carajo vamos a hacer en ese lugar.

Eso se sabrá cuando lleguemos, respondió Spider. Así nos hemos movido siempre entre estas lomas, y así seguiremos, no tenemos por qué cambiar ahora.

Hizo una pausa y se quedó inmóvil, mirando hacia un punto indefinido en la neblina.

Coño, todo lo veo amarillo, dijo.

Eso es de comer calabaza, respondió Afónico.

Yo no como calabaza. Como higos silvestres.

Deben ser los flamboyanes que vimos hace un rato.

¿Qué flamboyanes?

Los flamboyanes...

Eran rojos...

...y lo que percibes es la mancha de color que queda en tu memoria. La bruma del color en el rocío, como diría un buen japonés. No hay nada amarillo aquí, colega, todo es violeta.

¿Violeta? Ustedes están daltónicos... o están peor que yo.

Dame, yo agarro por este lado. Afónico lo ayudó a levantar la máquina. Spider lo miró de reojo, pero lo dejó hacer. Así al menos no se retrasaría y podrían llegar más rápido, dondequiera que fuese.

Dos horas después, cayendo la tarde, entraban en un típico pueblo de montaña, semejante a casi todos los que había por esa zona: un camino central con bohíos y pequeñas casas de madera a los lados; otra un poco más alta, que podía ser el consultorio médico o la escuelita del lugar, media docena en edificación, de bloques o paneles de cemento y diseminadas al capricho o la conveniencia de sus constructores, y una explanada con un secadero de café al centro: el ágora del batey. Nada más. Pueblos dormidos pero no tranquilos, con un presente estático y el sueño colectivo y recurrente de un porvenir esplendoroso. Era el primero al que llegaban después de una semana evitándolos, serían las primeras personas que verían luego de tantos días, sin contar al Hombre del Caballo y a la mujer del bohío. Pero ahora, más que verlas, las sentirían acechando detrás de las ventanas, a través de una rendija, moviéndose como topos dentro de sus madrigueras mientras ellos pasaban. Aún no había comenzado a oscurecer, y sin embargo no se veía a nadie por los alrededores.

El lugar era un asentamiento a medio camino entre el concepto más pretencioso de pueblo y la arbitraria agrupación de una docena de casas, sin llegar a ser ni una cosa ni la otra. Y aunque parecía habitado, por el silencio les recordó aquellos campamentos en ruinas con que se habían topado al azar, invadidos por la maleza, y de los que sólo quedaban las paredes de algunas edificaciones, aprovechadas para criar cerdos en soledad, y el tanque de agua en lo alto como monumento fálico, símbolo preciado de la sensibilidad militar, única insignia erguida aún y detectable en la lejanía, como el campanario de la iglesia en los pueblos tradicionales. Estas ruinas eran el único vestigio o testimonio de una idea que nunca fructificó por la ignorancia de sus creadores y la tozudez o el oportunismo de los estrategas locales. Algunas de ellas no llegaron nunca a ser holladas por la pisada del hombre, a sentir en sus paredes el vaho de los jornaleros al amanecer, quedando desprovistas de su misma condición esencial.

La única certeza de que en aquel lugar vivía gente parecía estar en la música. A medida que se iban adentrando en el batey por su camino principal, comenzaron a escucharla. Y a retorcerse. A este caserío llegaba la electricidad, y fueron recibidos con las canciones a todo volumen de Marco Antonio Solís, Los Mojados, Pimpinela, Juan Gabriel o Los Guardianes del Amor. Canciones tristes que los lugareños conocían de memoria y acompañaban a viva voz, aunque de momento no se viera a ninguno. Canciones terribles gritadas desde el interior de las casas, que hablaban de amores traicionados y sentimientos torcidos con una pretensión de verdad universal y real hondura de charco transitorio. Spider, recordando los sonidos del bosque, el silencio entre las montañas y la música de Eagles que aquella mujer apretaba con sus manos en el mismo centro de la soledad, pensó que involucionaban ahora a medida que se acercaban a la *civilización*.

Lo singular, sin embargo, estaba en que la mayor parte de esa música, que parecía salir de todas partes, no provenía de ninguna emisora de radio. Según una muy particular manera de ver las cosas, en lugares como éste era menos importante emplear un dinero en comer, pintar la casa, comprar jabón o cenar con tenedores que en garantizar, si no se tenía ya, el genéricamente llamado «hierro», equipo de reproducción musical para disco compacto, cassette y radio, mientras más grande mejor y de ser posible bien vistoso, sinónimo de alegría y bienestar. Gozar de la posesión de uno de estos aparatos garantizaba, además del supuesto placer particular, un status de preeminencia dentro de la comunidad, evidencia de poder adquisitivo más carácter-alegre-y-jovial –una buena combinación para triunfar a ciertos niveles. Aun así, cuando la extraña caravana de tres pasaba por frente a alguna de aquellas casas sacudidas por el estruendo de la música, las voces se apagaban: eran caras desconocidas, la ropa puro fango, y la carga, un anacronismo misterioso.

Caminaron en dirección al inmueble de dos plantas, que parecía marcar el corazón de todo (que era casi nada). A un costado, buscando un poco de sombra protectora, un hombre dormía junto a una canasta llena de hierbas y un cartón con letras rojas: *Lo que el viento nos dejó: ajo porro y cilantro.* Frente se abría la explanada de tierra y piedra, y en el centro el secadero de café, un rectángulo grande de cemento como una piscina poco profunda donde cada tanto se levantaban nubes de polvo amarillo-rojizo a la luz del atardecer, pues ya había pasado la cosecha, y en esta época no había granos para escurrir al sol. Salvo aquel tranquilo durmiente, tampoco allí, en toda esa extensión se veía a nadie, aunque se oyeran las voces.

Al llegar a la explanada se detuvieron. Spider y Afónico dejaron la máquina sobre la tierra y se secaron el sudor con las camisetas que traían amarradas a la cabeza. Sólo se escuchaba el sonido del viento atravesando el lugar y el eco de la música y las voces que minutos antes habían dejado atrás.

Spider dio unos pasos, alejándose de Afónico y el Loco. Aquí para colmo ni siquiera ha llovido, pensó, viendo girar alrededor las nubes de polvo reseco levantadas por el viento. No le molestaban sus amigos pero ahora deseaba estar solo, pues a partir del momento en que comieron los últimos hongos había comenzado a sentir que el cielo –siempre amarillo desde entonces– rozaba su cabeza al caminar; como si estuviese ahí mismo, accesible con sólo levantar una mano. Era una sensación agradable ese celofán pálido y tranquilizador que él creía hundir como una pulpa viscosa y muelle cuando sus dedos la empujaban hacia arriba. No siempre era posible tener el cielo al alcance de la mano, un cielo sólo para uno aunque amarillo y sin estrellas. Pero sabía que esa consistencia esponjosa, que enseguida recobraba la tersura cuando sus dedos dejaban de rozarla, podía volverse opresiva si no salían lo antes posible de aquel hueco en la montaña, ese agujero negro al que habían llegado por accidente y que trastocaba toda percepción, rodeados por la invisible presencia de fantasmas reales y acechantes que parecían corporizarse a medida que disminuía el efecto producido por los hongos. Lejos de gozar el extravío, lo atemorizaba el no saber dónde se encontraba. Pronto comenzaría a caer la noche. Y tampoco ahora había nadie a quien preguntar.

De repente oyó el sonido de un motor que aceleraba. El simple ronquido lo estremeció, taladrando los oídos, quemando sus tímpanos como si estuviesen en carne viva y alguien los rozara con una espina: era el primer ruido que escuchaba en una semana.

…hay que comerlos en su propio ambiente. Si los sacas de ahí se vuelven contra ti. Son sabios los hongos. Reaccionan así para arrancarte de tu noria citadina donde te pudres cada día sin conciencia de la propia pu-ru-len-cia apestosa de lo mismo, haciéndote venir hacia ellos, abriéndote los ojos y los oídos a lo diferente, y una vez en el lugar, te ofrenda su sabiduría, te cambia las formas y los sonidos y los colores de todo lo conocido. Pero tiene que ser aquí, donde el aire y la luz y la vegetación y la manera de caminar son otros. Deberían saberlo… El Hombre del Caballo también lo había visto estremecerse.

El Loco pasó corriendo entre Afónico y Spider con las mochilas saltándole a la espalda y gritando ¡el carruaje, se va el carruaje!: al otro lado de la explanada, varias personas subían a un camión. De dónde había salido el vehículo y la gente era un misterio, pero ahora llegaban de todas partes, atraídas por el magnetismo que sobre ellas parecía ejercer el ronquido del motor. Cargaban bultos, jabas, sacos, maletines, cajas de cartón amarradas con sogas de henequén, como era de rigor; se disponían a viajar. Spider y Afónico no sabían para dónde iba aquel camión; mucho menos el Loco, pero allí no se podían quedar. Tal vez era eso lo único que sabían con certeza, lo único que necesitaban saber: quedarse significaba dormir a la intemperie, la intemperie estaba contaminada de sonidos y presencias hostiles, y al despertar habría desaparecido el efecto causado por las plantas y cambiado la percepción: entonces vendría el horror, la verdadera pesadilla.

Corrieron. Al llegar al camión, Spider soltó la máquina de escribir, le arrancó al Loco su mochila y comenzó a revolver dentro de ella. Sacó todo lo que había –casi nada– y miró a los otros dos.

El dinero... susurró Spider.

¿Qué pasa?, preguntó Afónico.

No aparece.

¿Cómo que no aparece? Tú lo guardaste...

Sí, pero no aparece. Aquí no está.

¿Que no está? ¿Y qué pasó entonces, te lo comiste?

¡Que no está, cojones!

Afónico se abalanzó sobre Spider, empujándolo contra el camión. Spider, impávido, se dejaba sacudir. Cuando vio que no reaccionaba lo soltó, y se volvió hacia el Loco.

Tú tenías las mochilas...

El Loco sonreía. Parecía decir «sí, ¿y qué? Yo no sé nada».

Afónico dio una patada en el suelo. El golpe de la bota arrancó un terrón que cayó sobre la máquina de escribir. Spider fue hasta allí, levantó el nylon rosa que la cubría y sacudió la tierra. Por primera vez, matizada ahora por la luz del atardecer, pudieron verla en todo su esplendor. Engrasada y reluciente, sin arañazos o abolladuras, podía pasar como nueva si no fuese por las letras de las teclas, gastadas por el uso. Algo al mismo tiempo majestuoso y anacrónico tenía la imagen de aquella máquina de escribir en medio del cemento y el polvo, rodeada de espectadores que la bordeaban como reverenciándola, con el teclado ascendente y marfilesco semejante a la escalinata de un palacio, alzándose entre los flancos desmontables de acero oscuro que guardan el mecanismo giratorio de la cinta, el engranaje de las mayúsculas y los espacios. Una máquina excelente, cualquiera que hubiese sido su dueño.

Luego de observarla durante algunos segundos, Spider se acercó, husmeando, y levantó la mole de hierro para mirarla desde abajo, con la misma actitud que un inspector estatal busca un número de inventario que no existe y que revelará la infracción.

No sé, no me juega la lista con el billete, exclamó sin quitar la vista de las teclas. Ni siquiera parece que alguna vez la hayan tirado contra la pared en medio de una borrachera… no huele a whisky… Para ser de Bukowski a este traste le hacen falta un par de patadas. O al menos una buena abolladura.

A vómito debería oler… Y además, ese nylon rosado… Debe ser iniciativa de la vieja. No creo que fuera el color que él escogería para tapar su máquina, dijo Afónico, repentinamente interesado.

¿Ahora qué carajo hacemos?, preguntó el Loco.

No sé…, respondió Spider, y después de algunos segundos de vacilación, miró la máquina.

No, no, eso no… murmuró Afónico.

Según Spider, no les quedaba más remedio, si era que alguna vez querían salir de aquel lugar. Afónico se opuso aduciendo que con esa máquina podrían hacer un gran negocio en La Habana si lograban venderla a un coleccionista, por ejemplo, o a algún turista interesado, pero que venderla allí al primer guajiro ignorante que pasara era botar el dinero, como ya habían hecho ellos con el que tenían guardado para el regreso. Spider comenzó entonces a cuestionar su legitimidad, la de la máquina, y Afónico a apoyarse en el beneficio de la duda y en el riesgo de perder estúpidamente un montón de dinero a cambio de un pasaje en camión.

Yo apoyo la propuesta del compañero, dijo de repente el Loco, señalando a Spider, porque de lo contrario nos vamos a podrir en este caserío y quién sabe cuándo podamos volver a la placa. No se vende, colegas, se hipoteca. Y para que no queden dudas de mi buena voluntad, me comprometo a encontrar un comprador en este mismo instante, y garantizo que regresaré a buscarla en cuanto tenga dinero.

Tú te callas, maricón. No quiero ni pensar que por tu culpa…

…que será nunca, murmuró Spider, concluyendo la frase del Loco.

El chofer del camión aceleró el motor, avisando que estaba por partir. Podía ser la única –o la última– posibilidad.

Al carajo entonces, rezongó Afónico. Vamos.

Debajo de una ceiba, al otro extremo de la explanada, dos tipos jugaban una partida de dominó. Por el silencio y los movimientos de los jugadores parecía mas bien una mano de póker, ni siquiera golpeaban con las fichas la madera de la mesa. Uno de ellos, flaco y peinado como Carlos Gardel, estudiaba cada jugada con la pretensión de quien le va la vida en ello, mientras controlaba con la mano derecha la perfecta compostura de sus cabellos engominados. El otro, entre tanto, se mantenía expectante, mirando a los ojos de su rival con la boca abierta y en absoluto silencio. Una vez que Tiberio jugaba, Gumersindo asentía mecánicamente, sonriendo. Luego se inclinaba hacia delante y con los brazos, cubiertos de vello grueso y oscuro, formaba un semicírculo alrededor de sus fichas, dispuestas de la misma manera, como si quisiera protegerlas de una mirada indiscreta que no existía. Luego hacía crujir los dientes, sacaba la lengua y decía "voy pa'ti» antes de comenzar a pensar su próximo lance. Al parecer, disponían de todo el tiempo del mundo. El Loco se echó la máquina al hombro y corrió hacia allí.

Disculpen, dijo. Estoy vendiendo esta máquina. Se las dejo a buen precio. Aprovechen.

Puso la máquina sobre la mesa, encima de las fichas ya jugadas, y se apartó. «Es una ganga», intentaba decir con su sonrisa, que no podía ser una mueca más tonta. El chofer del camión dio un pitazo largo. Spider fue hasta allí, cruzó dos palabras con él, pidiéndole un minuto, y regresó corriendo hasta la mesa de juego.

Tiberio dejó sus fichas boca abajo y con un gesto rápido, sorpresivo, llevó sus dos manos a la cabeza en un movimiento perfectamente sincronizado. Las dejó reposar allí un par de segundos antes de comenzar a deslizarlas lentamente hacia atrás, resbalando por el pelo engominado y brillante. Parecían esquiar cuesta abajo por una pendiente recubierta de alquitrán humedecido por la lluvia. Cuando las manos llegaron a la nuca, escupió. Su peinado impecable revelaba una cierta incoherencia con el resto: botas altas de goma verde, pantalones grises y sucios cortados por la rodilla, y en el pecho un tatuaje de «Pedrito el Fuerte», el musculoso hombrecito que ilustraba los paquetes de gofio en los años sesenta. A los pies de la figura, también tatuada, una inscripción: *Porque en los peores momentos nunca me abandonaste.*

¿Y para qué quiero yo ese traste viejo?, preguntó.

Quinientos pesos. Una bicoca, dijo el Loco con su sonrisa inerte.

Tiberio miró la máquina, luego a su compañero de juego, y soltó una carcajada.

Ni para usted ni para mí, ripostó Afónico. Trescientos cañas.

Ahora fue Gumersindo quien rió, todavía más fuerte que Tiberio. Movía la cabeza hacia los lados como un anormal, señalando la máquina con su dedo índice, una morcilla peluda.

¡Cien!, gritó Afónico. No se la puedo bajar más.

Aunque se dirigían siempre a Tiberio, a los dos pareció darles un ataque con esta última propuesta. Gumersindo comenzó a tirar las fichas al pecho de Tiberio, quien a su vez las devolvía retorciéndose de la risa, apretándose la barriga y señalando a *Pedrito el Fuerte* mientras gritaba «¡Tira, tira, que él las coge de flai!».

Eso sí es arrebato, dijo el Loco. Estos tipos están peor que nosotros.

O mejor… ¡Oiga! –le gritó Spider a Tiberio–, para que se entere bien, *esta* era la máquina de Bukowski. ¡De Bukowski, ¿oyó? Por cien pesos se la estamos regalando, y si no fuera porque…

La risa de Gumersindo era tan alta que obligó a Spider a callarse. «¿Cóm'e que tú dice que se llama el ruso ése?», le preguntó, y al hacerlo, echó su silla hacia atrás y cayó con estrépito al suelo. Y allí quedó, pataleando con las piernas en alto, dando alaridos de risa.

La tonta sonrisa del Loco se había ido transformando en un rictus de furor. Al ver que Spider y Afónico no reaccionaban se quitó las botas, y con los cordones ató una con la otra. De un salto se puso de pie y corrió hasta donde había un poste del alumbrado público. Y desde allí comenzó a gritar, a Tiberio y a Gumersindo, a los que estaban sobre el camión, al Mamey en pleno, a las montañas todas.

¿Ustedes se están riendo de nosotros, guajiros maricones con laca? Pues yo los voy a dejar sin luz, ahora van a ver… Para que aprendan a respetar a los hombres.

Hizo un molinete sobre su cabeza y soltó las botas hacia arriba. Las botas rozaron los cables y cayeron del otro lado del tendido eléctrico. El Loco las recogió y volvió a lanzarlas, gritando.

¡Si quieren saber lo que va a pasar hoy en la telenovela tendrán que comprarse radios de pilas, hijos de puta, porque los voy a dejar un mes sin corriente!

La diatriba funcionó. Con recelo al principio; más confiados después, la gente comenzó a salir de las casas, como si sólo un escándalo o un cataclismo como aquel pudiera sacarlos de allí. Al igual que en casi todo el resto del país, también aquí el poder de movilización provocado por un comentario parecía superior a la inminencia de un huracán. Movimiento que desembocaba siempre en la fase participativa. «¡Delincuentes! ¡Violadores!», gritó una mujer desde un portal cercano. Afónico y Spider pensaron igual: aquí todo el mundo grita lo mismo. Algunas personas que habían subido al camión comenzaron a vociferar, pero las de ellos eran palabras incomprensibles, al menos para Spider y Afónico.

En ese momento, por una esquina de la explanada y saliendo de la maleza, apareció el Hombre del Caballo. Comenzaba a caer la noche. Sacó la botella de la alforja, se dio un trago largo, y avanzó hasta donde estaban Tiberio y Gumersindo.

Cómprenla. Esa era la máquina de Charlie.

Tiberio y Gumersindo enmudecieron. Gumersindo movió la cabeza hacia los lados, escrutando al Hombre del Caballo con el rabo del ojo. El Loco detuvo las botas en el aire y lo miró en silencio. Intentaba explicarse qué era exactamente lo que inspiraba respeto en aquel hombre, un respeto profundo, palpable, sin fisuras, y que parecía imponerse de manera natural, a pesar de su presencia insignificante. Tiberio también lo miró, aunque no directamente a los ojos. Luego bajó la cabeza y sacó un fajo de billetes de un bolsillo. Contó cinco de a veinte y guardó el resto.

Quinientos.

La voz del Hombre del Caballo sonó como una orden. Tiberio agregó de mala gana lo que faltaba y puso el dinero sobre la mesa. Spider y Afónico se miraron, indecisos. El camión pasó por detrás de ellos. Afónico se encogió de hombros, sin atreverse a tomar el dinero. Spider sacó un bolígrafo de su mochila y se acercó a la mesa. Escribió algo sobre la madera y tomó el dinero.

Para que vean que nosotros somos de ley, dijo. Volveremos por ella, de eso pueden estar seguros, añadió, señalando la máquina.

Afónico fue hasta la mesa y leyó lo que Spider había escrito.

Pero esa es la dirección de...

Gumersindo se inclinó hacia adelante. «Son de la'Bana», murmuró.

Spider miró al Afónico, y el ronco cerró la boca. Todos estaban inmóviles, como a la espera de algo, y sólo se escuchaba el ronroneo del camión, alejándose. El Loco comenzó a sentir que el pánico lo invadía. Temía quedarse allí, entre aquella gente después de este episodio. Abalanzándose sobre Spider, le arrancó el dinero de la mano y corrió tras el camión.

Afónico y Spider corrieron detrás del Loco. Sobre la marcha lanzaron sus mochilas hacia la cama del camión, se colgaron de las barandas, saltaron dentro cuando el vehículo enfilaba cuesta abajo por el camino principal, dejando atrás la explanada. La noche comenzaba a cerrarse sobre el poblado, aunque ellos, entre el polvo y el último destello del día, pudieron ver al Hombre del Caballo apoderarse de la máquina, acomodarla sobre la montura y escurrirse otra vez en la montaña.

Según el Loco y Spider, la casa de Susana era el lugar ideal para hacer una fiesta. Grande y cerca de casi todo, no podía estar mejor ubicada: Zapata y 8. Frente, por 8, unas oficinas. A un lado la bodega. Del otro el cementerio. Es decir, céntrico y sin nadie a quien molestar después de las ocho de la noche. A esto se añadía el hecho de que aunque Susana vivía con su padre, en realidad era como si viviera sola, pues el hombre casi nunca estaba en casa, entraba y salía, y cuando estaba, daba igual. No le molestaba la música ni la gente siempre y cuando lo dejaran tranquilo en el piso de arriba, en su cuarto, mirando los canales de televisión con su antena parabólica y clandestina. Alto, flaco, con espejuelos de aro redondo que le daban un aire parecido al Lennon de pelo corto, una barba constante de cuatro días y sus cuarentiocho años, parecía el hermano mayor de Susana aunque le doblara la edad. La feliz conjunción del lugar ideal con las personas idóneas propiciaba la perfección.

Y si a los vecinos de enfrente no les gusta el rock and roll, tuvieron toda una vida como seres vivos para decirlo, pensó Spider al pinchar el primero de los covers del *Garage Inc.* Y de los vivos ahora, al que no le cuadre que se vaya. Nada tiene que hacer aquí si no le gusta Metallica. Además, alguna preferencia debo tener en las fiestas que se hacen en esta casa... Meditaciones que le servían a Spider, mientras se llenaba de ron y de valor, para atravesar la sala, larga y estrecha como una pista de tenis donde los invitados y los amigos de los invitados y los que nadie había invitado pero siempre aparecían la hacían parecer el doble de ancha, convulsionando con la música, embistiéndose con furor para contaminar a los pasivos y hacerlos entrar en el juego de los cuerpos porque esto es la vida colega, la vida en un instante, pues para el próximo tema ya todo habrá cambiado, una vez que lo escuches ya no volverás a ser el mismo de unos minutos antes; es posible incluso que para entonces ya estés muerto, y la sabiduría está en entender la diferencia, en percibir y disfrutar como algo único el paso entre ambos instantes, o entre este rincón y el otro, en el extremo opuesto de la casa... Spider apretó el vaso con las dos manos, «alicates para el alcohol», según el Loco, y se incorporó al frenesí, única manera de atravesar aquel espacio y llegar al portal, donde Susana lo esperaba.

Cualquier motivo era válido para hacer una fiesta, sólo hacía falta la disposición –que siempre existía. El de ahora era el regreso de las montañas, aunque, en realidad, a nadie le importaba. Como cualquier otro, más que un motivo era un pretexto para encontrarse, para escuchar y bailar la música que no encontrarían en ningún bar, en ninguna discoteca de la ciudad salvo aquella que, un día a la semana y como todo un acontecimiento, hacía la *concesión* de cambiar el melcochoso sonido habitual para darle *su oportunidad* a esa fauna incómoda y revulsiva. Crear estos ghettos ocasionales era una manera de protegerse, y al mismo tiempo, de marcar la diferencia. De lo contrario, pensaba Spider, te morías sin remedio en la *noria falaz* de la salsa y el calor, el temperamento caribeño y las consignas en muros y pancartas cada cincuenta metros. Pero como eran casi siempre las mismas caras, la misma música, los mismos temas de conversación –con el añadido de alguna anécdota reciente– y el lugar de siempre, estas fiestas no se podían hacer con mucha frecuencia pues la repetición acabaría con su razón de ser. Con lo poco que quedaba, para ser más preciso... La música, entonces, a todo volumen, que es como es, la única forma lógica y natural de oír rockandroll, pues de otra manera sabe diferente... Todos los cuerpos con los que Spider chocaba ahora en su trayecto estaban pegajosos, olían a alcohol y decían palabras incomprensibles, pero aquel era, en ese momento y después de todo, el lugar ideal.

Ni en su misma casa puede uno oír la música que le gusta, dijo Susana, cuando Spider se sentó a su lado.

Esos amigos que tú tienes...

A diferencia de la sala, allí en el portal podían verse las caras, iluminadas a contraluz por el alumbrado público de la calle. Y a pesar de que ahora Susana sonreía con sorna, a Spider le gustaba contemplar ese rostro agradable, de mirada inteligente y labios gruesos y sensuales. Él había llegado mucho antes de que comenzara la fiesta. Sólo así tenía tiempo para encerrarse en el cuarto de Susana y estar a solas con ella, pues las primeras hordas siempre invadían temprano, alrededor de las nueve. Se veían una o dos veces por semana, y casi siempre sin previo acuerdo en cualquier lugar. Aunque nunca hablaban del asunto, a ambos les gustaba pensar en esa relación y llevarla de aquella manera. Se deseaban y se sentían bien cuando el otro llamaba por teléfono, cuando se tropezaban cruzando una calle y luego continuaban juntos por algunas horas. Saberse tenido en cuenta; para ellos dos era suficiente con eso. A Susana la entusiasmaba descubrir a Spider sentado en los escalones de mármol a la entrada de su escuela, el pelo recogido con una cinta y las piernas estiradas al sol como si reposara a la orilla del mar. Ese fue el principio. Lo miraba desde arriba, asomada a una ventana desde donde él no podía verla. Sabía que estaba allí por ella, segura de que permanecería en el mismo lugar durante algunas horas, hasta verla salir. Después desaparecía. A ella le llamó la atención aquel tipo de acercamiento, cortés e indiferente y sobre todo distinto, y comenzó a hacerse notar cuando pasaba junto a él al bajar las escaleras. Hasta que un día Spider decidió acompañarla, como un calesero prudente, caminando algunos metros delante de ella hasta llegar a la esquina de su casa en Zapata. Él no había dicho una palabra y a ella no le llamó la atención que supiese dónde vivía. Esa mezcla de narcisismo y timidez la sedujo.

No existía entre ellos ningún compromiso de fidelidad absoluta ni juramento alguno como no fuera la compartida voluntad de estar al tanto del otro, de desear y ser deseado sin sentirse en la necesidad de proclamarlo a cada momento. La satisfacción y la seguridad que provocaba este sentimiento les parecía suficiente, y se hallaban a gusto sintiendo o presagiando la intensidad de estos roces esporádicos, entregándose a ellos imbuidos en el placer que sólo pueden proporcionar el tacto y la añoranza. El simple deseo del otro y el conocimiento de ese deseo bastaba para estimular la relación, y por este motivo, por su aparente desapego, resultaba extraña o inexplicable para muchos. A los ojos de los demás −e incluso en ocasiones a los de ellos mismos− eran dos espíritus diferentes, casi antagónicos. Tal vez por eso funcionaba.

Si vamos a hablar de amigos, mejor te callas, dijo ella. No andes en esa gaveta: tiene dinosaurios.

Spider encendió un cigarro, le dio dos fumadas succión-de-vampiro y se lo pasó a Susana. Retuvo el aire por unos instantes antes de espirar lentamente: le gustaba ver cómo el humo se disipaba ante su cara, y luego, tras esa cortina, aparecía la de Susana. Bebió del vaso que tenía en la mano, acompañando cada trago con un gruñido y una contracción que le deformaba el rostro. Mierda…mierda…, murmuraba por lo bajo y tragaba. A esa hora en que uno se bebe hasta el agua de los floreros, aquel brebaje alcohólico emanaba aún, persistente, su bouquet infernal.

Bueno, ¿y la expedición al Himalaya? No me has contado…, le preguntó Susana.

No hay mucho que contar que ya no te imagines. Además, no recuerdo bien…

¿Ah, no?

«Si te acuerdas de los sesenta fue que no los viviste».

Spider hizo una pausa, e intentó coger el cigarro que ella tenía en la boca. Susana lo esquivó, ladeando la cabeza con determinación. El volvió a su posición anterior.

Aunque… sí… Hubo algo extraño, continuó diciendo al cabo de un rato. Un día nos perdimos… Bueno, siempre estuvimos perdidos, pero ese día estábamos más perdidos que de costumbre, y nos encontramos a una bruja en medio del bosque.

Dame acá, dijo Susana, y le arrebató el vaso de las manos. El aprovechó para sujetarle la otra muñeca, y quitarle el cigarrillo de entre los dedos.

En serio. Vivía en una casucha llena de huecos y de humo, y tenía una máquina de escribir… Pregúntale al ronco, o al Loco… Spider dio un gran bostezo.

Buenas referencias, ripostó ella.

¿…y sabes de quién era la máquina?

De Hemingway, seguro, contestó Susana.

No, de Hemingway eran las botellas…

Voy a la cocina a buscar café. Déjame algo de fumar para cuando vuelva… le gritó Susana desde la puerta (y él la escuchó claramente) antes de perderse entre la gente que saltaba en la sala… me gustan los cuentos de brujas (le pareció oír al final, como en sordina). Pero tal vez era una canción.

¿…Tú sabes lo que dijo la vieja? Que quemáramos la casa si queríamos, pero que la máquina no la tocaba nadie, porque esa era la máquina de Bukowski.

¿Bukowski? ¿Qué Bukowski?

Bukowski, quién va a ser. El escritor…

Ni idea, socio.

Hacían la cola para entrar a la tanda de medianoche del cine Payret. El Afónico, entre incrédulo y divertido, le contó que ellos, de todas formas, habían barrido con la máquina porque nunca se sabe, asere, nunca se sabe... ¿Y si es verdad, a ver, y si es verdad que fue la máquina del tipo? ¿Eh? ¿Eh? «¡Eso es un baro, colega, un baro largo! ¡Y la encontraron en mi ruta! ¡Quiero mi comisión», se reía Sergio.

Y aun suponiendo que no sea, ¿qué tiene de malo inventarse esa historia? Todo el mundo se inventa historias, de vez en cuando uno lo necesita. Pero también puede ser verdad... Afónico volvió la cabeza, y al hacerlo vio venir derecho hacia ellos a Richard Musclehead. Era inconfundible por el sombrero y la forma de caminar cuando no andaba en su bicicleta, un pesado armatoste de hierro forrada en teipe negro. Seguramente les pediría que lo colaran, intentaría venderles cualquier cosa o tal vez un nuevo veneno aparecido en la zona. Afónico le pidió a Sergio que no le comentara nada de lo que acababan de hablar, pues decírselo era como poner un anuncio en el periódico.

¿Qué periódico?

De todas formas, si algún día quiero venderla ya sé a quien tengo que buscar, respondió Afónico.

De lo que ninguno de los dos se percató fue de que detrás de ellos un hombre alto, serio, pelado al cepillo y de complexión fuerte los escuchaba con atención, mirando fijamente las tuercas de acero que Sergio había amarrado entre los drelos de su pelo.

¿Y Harold no se fijó en la marca?

Las pocas veces que Spider salía a relucir en una conversación entre Susana y su padre, este siempre lo llamaba por su nombre de pila. Posiblemente fueran las dos únicas personas –además de los propios padres– que conocieran su verdadero nombre. Era Spider para toda la ciudad, para todos sus amigos, y para él mismo; Harold era un apelativo antiguo y casi olvidado escrito en su carnet de identidad, que sólo le servía para trámites oficiales o ser identificado por la policía (apenas ninguno y casi siempre, respectivamente). Era Spider en su reino de hilos imbricados, donde se movía con facilidad, donde podía morder y desaparecer al instante. Igual pasaba con Afónico –o «el ronco», como también lo llamaban cuando querían molestarlo– y con el Loco. Habían perdido involuntariamente sus verdaderos nombres para ostentar desde entonces una imprecisa identidad. Algo que, en definitiva, a ninguno de los tres le importaba en absoluto. Susana se encogió de hombros ante la pregunta de su padre: realmente no le había prestado mucha atención a la historia contada por Spider la noche anterior, y éste por su parte tampoco había sido muy explícito en los detalles. Y el ron hizo olvidar el resto.

Se habían levantado después del mediodía y ahora, para comenzar la jornada, el padre buscaba un tema de conversación que no fuera el eterno dilema de la comida, recurrente y tedioso. Pasadas las dos de la madrugada y a falta de mejor opción entre los infinitos vericuetos del satélite, el padre bajó a la fiesta al escuchar una música que le gustaba. Un rato antes había llegado el Manzana, un tipo con pinta de hippie y la piel de medio cuerpo diseñada con las caras puntadas en azul de Sitting Bull, Crazy Horse, Red Eagle, Fools Crow y toda la camarilla de jefes sioux con alguna importancia. Había traído su música, la música de los años en que le hubiera gustado vivir, según él los mejores, sin lugar a dudas, de toda esta segunda mitad de siglo que estaba por acabar, y al principio el padre de Susana creyó que ese sonido en aquella fiesta era una equivocación, que tal vez podía ser lo que había quedado en un casette grabado con cualquier otra cosa encima, pero al rato dijo sí, son ellos, y no es relleno ni sobrante… ¿Grateful Dead en *esta* fiesta? Ya no se entiende nada con esto de la posmodernidad. Se encogió de hombros y siguió haciendo zapping frente a la pantalla, pero unos minutos después escuchó claramente una canción de Ten Year After, y luego otra de The Band, y entonces no le quedó más remedio que bajar. Equivocada o no en esa fiesta, aquella era su música. Una vez abajo ya no volvió a subir, y se fue a la cama cuando no quedaba nadie en la sala, salvo él y el Manzana gritándose nombres de grupos y canciones de finales de los sesenta y parte de los setenta entre el estruendo de la música y el amanecer. Para entonces Spider ya había desaparecido. Un poco antes de largarse, mientras escarbaba entre los estantes de la cocina buscando un poco de alcohol, algo le había comentado sobre aquella máquina de escribir en medio del monte y las montañas. Aunque tampoco con él había sido explícito en los detalles.

Cuando Susana despertó, el sol daba directo sobre su cara. Había dejado abierta la ventana después de cerciorarse de que no quedaba nadie en las otras habitaciones y de que Spider había desaparecido sin despedirse, como siempre. Por la intensidad del sol y los ruidos que llegaban del exterior supo que eran ya pasadas las doce del día. La cabeza aún le daba vueltas, tenía resaca.

Y ahora, después de limpiar y cocinar arrastrando su lipotimia, Susana volvía sobre el punto: «...por eso, entre otras cosas, te has quedado sin mujer. Encima de que no sabes ni freírte un huevo, siempre encuentras algo en la comida *que no cumple los requisitos*. La comida que *otros* te hacen, por supuesto. Es decir, *yo*. ¿Y qué quieres, si no hay otra cosa de comer? Sigue así, que te vas a morir solo, y además, con hambre».

Todos nos morimos solos. Y a esa hora el hambre ya no cuenta.

No te me pongas filosófico...

¿Remington, dijo?

¡No me cambies la conversación, coño!

Nadie cambia nada. Esa ha sido la única conversación durante el almuerzo, murmuró el padre imperturbable, moviendo los ojos entre el plato de comida y la cara de su hija. Fuiste tú quien habló de muecas… Yo no hago muecas.

Entonces tienes un nuevo tic, contestó Susana. Te lo describo: alzas la nariz, aprietas la boca y te recuestas en la silla como un boxeador cansado. ¡Como si en vez de frijoles fueran gusanos lo que hay en el plato!

El mismo plato que él, inconscientemente, empujaba ahora hacia el centro de la mesa, con un cráter en el centro por el que se veía el fondo de porcelana blanca y pequeñas colinas de arroz con frijoles bordeando el perímetro. Lo empujó suavemente y se echó hacia atrás, distraído.

Bukowski, si mal no recuerdo, escribía con una Remington, de mediados de los cincuenta, creo…

¿Ves? ¡¿Ves?! ¡Eso mismo! ¡Lo acabas de hacer otra vez!, estalló Susana, levantándose de la mesa y saliendo del comedor.

¿Qué…?, preguntó el padre. Y al ver que Susana no respondía, murmuró: Es buena esa historia de tu novio.

¡¡Mi qué?! –gritó ella desde el baño. El ruido del portazo lo hizo bajar los ojos y fijar la vista otra vez en el plato. No. No se lo comería. *Decididamente no.*

La oficina, pequeña y oscura, parece la típica covacha de cualquier funcionario intrigante y subalterno. Sólo que en este caso su lobreguez y sus dimensiones no se corresponden con la verdadera categoría de su ocupante, conocido como Tamayo, quien la utiliza como cobertura para maquinar un plan al margen de sus verdaderas funciones. Es una pieza importante de todo un engranaje más vasto y poderoso, y por ello necesita intimidad y anonimato. No se está extralimitando, busca únicamente un poco de dinero. «Para los fondos del Departamento, que son en definitiva los fondos del país», dirá en caso de que lo sorprendan, parodiando sin querer y olvidando que una justificación igual de pueril y altisonante de nada sirvió a ilustres antecesores para salvar el pellejo y terminar agujereados contra un muro.

La única luz viene de una lámpara fluorescente que cuelga del techo, lámpara que Tamayo ha rodeado con una pantalla de cartón para reducir la luz a una circunferencia luminosa y perfectamente recortada sobre el mismo centro de la mesa. Después de muchos años de servicio, y sin habérselo propuesto, ha logrado convertirse en un verdadero especialista en transformar los espacios por medio de la modulación de la luz. Sabe que *un ambiente bien creado* puede ser determinante para alcanzar el objetivo que se persigue: por eso trabaja siempre de noche. Al igual que los japoneses de antaño, intuye que lo esencial está en captar el enigma de la sombra, que lo bello no es una sustancia en sí, sino la combinación de claroscuros producida por una yuxtaposición de las diferentes sustancias que va formando el juego sutil de las transmutaciones de la sombra. Es decir, prefiere «los reflejos profundos, algo velados, al brillo trivial y gélido» de las superficies desnudas.

Así, el cristal que ha colocado sobre la madera refracta el cono de luz proyectado por la lámpara, que al rebotar encandila los ojos de Cook, sentado junto a la mesa, quien nada puede hacer sino cerrarlos, molesto por el resplandor. Tamayo piensa que de esta manera el sujeto interpelado se mantendrá inmóvil y podrá concentrar su atención. Con la refracción los rasgos de Cook se dibujan distorsionados en la superficie del vidrio; los de Tamayo, no obstante el cambio de iluminación, son los mismos que hace dos días brillaban bajo las marquesinas en la cola del cine Payret a esta misma hora –medianoche, medialuna. Los de Cook son más borrosos, y no sólo por la estudiada disposición de la luz: el color negro, como sabe el más ingenuo luminotécnico, absorbe todo fulgor. No por gusto desde siempre los teatros se han aforado con telones de colores oscuros. Matizan la luz, atenúan cualquier brillantez, incluso aquella sudorosa y grasienta que cubre la frente y los pómulos de Cook.

Tamayo, alias «El Depilador», está sentado junto a la única ventana que hay en la habitación. Una ventana grande de cristales ahumados, con una cortinilla corrediza de aluminio que sube y cae como un telón de boca. Por allí tampoco entra ninguna luz, ni siquiera el resplandor del alumbrado público: en este preciso instante hay un apagón en la ciudad, aunque el edificio en el que ellos están parece una isla iluminada flotando en un océano de tinieblas. Cook apenas ve a Tamayo, pero logra ubicarlo perfilando su silueta y dirigiendo su atención hacia el lugar de donde sale la voz. Ahora Tamayo mueve la pantalla de la lámpara y la coloca de tal manera que Cook esplende como un actor que interpreta a Otelo bajo la intensidad resplandeciente de un cenital.

A primera vista puede parecer una misión fácil, sin mucho riesgo, pero hay que ser cuidadosos, dice Tamayo, no nos podemos permitir el lujo de cometer el más mínimo error. Pues aun cuando nos movamos en un terreno sin peligrosidad aparente, trataremos con sujetos de dudosa moralidad y peor sentido común, y en éstos casos es difícil prever cómo reaccionarán ante cada uno de nuestros pasos. ¿Entendido?

Sí, señor, contesta Cook.

Ya le he explicado, continuó Tamayo, la importancia político-económica que para el país tiene esta misión. No podemos perder esa presa bajo ningún concepto, y mucho menos permitir que salga del territorio nacional. Por tanto, todo se debe hacer en el más absoluto secreto. ¿Está claro?

Sí, señor.

Usted será la única cabeza visible de este…

Tamayo corta la frase y hace silencio. Observa a Cook desde su velo de oscuridad. ¿Puede dejar de abrir y cerrar la mano de esa manera? Parece un donante compulsivo, dice.

Cook pega un salto en su asiento. Parece despertar, y reacciona al aguijón del cambio de tono en la voz de su superior.

Sí-sssí... señor. Disculpe.

Controle ese calambre, le ordena Tamayo. Recuerde que, a pesar de ser la única cabeza visible en este operativo, usted debe hacer todo lo posible por pasar inadvertido, por borrarse a los ojos de todos, ser una sombra en la tiniebla. No puede haber nada que lo distraiga o lo identifique o lo haga sospechoso. Usted no existe, ¿entendido? Cook mueve la cabeza. Arriba y abajo.

¿Entendido?, repite Tamayo.

¡Sí, señor!

Bien, pasemos ahora a los detalles de enmascaramiento y aproximación, fundamentales y determinantes en este operativo...

Abajo, en la sala, el teléfono sonó durante medio minuto. Casualmente, el aviso del timbre coincidió con un sonido similar en la película que en ese momento veía el padre de Susana en la tranquilidad de su cuarto. Por tanto, no se le ocurrió pensar que se tratase de su propio teléfono.

Seis meses atrás había quedado excedente en su centro de trabajo —era arquitecto, los materiales de construcción escaseaban, y no tenía sentido seguir elaborando proyectos que al final se quedaban en eso. A partir de entonces gozaba de una especie de semi-retiro paradisíaco y transitorio, cobrando el sesenta por ciento de su salario a la espera de una supuesta reubicación que cada vez se hacía más remota y tardaba más en llegar. Entonces decidió invertir casi todos sus ahorros en aquel engendro virtual y narcotizante con el que podía recorrer diariamente un espectro de cuatrocientos canales con las propuestas de divertimento más inverosímiles y gratificantes de medio mundo. Esas antenas, como cualquier otra que no fuese la estándar decretada y permitida para rastrear el territorio nacional, estaban prohibidas por disposición oficial, con la consecuente multa y decomiso −en el mejor de los casos− al ser detectadas, y para ello se había creado el *Cuerpo de Inspectores de Antenas*, un piquete de señores con gorra de visera amplia y espejuelos de cristales oscuros que recorría las calles de la ciudad con la mirada permanentemente perdida en los celajes, atentos al más mínimo desliz en las proporciones establecidas.

De todas formas, el padre de Susana había tomado sus precauciones para que el artefacto no fuese identificado desde el exterior, mientras se lamentaba de no haber descubierto desde mucho antes esa posibilidad a su alcance. Hizo un rápido paneo en el complicado diagrama de la programación antes de detenerse en la cartelera cinematográfica, su manjar favorito −donde, por pura compulsión, se podía viajar desde lo más *cult* hasta lo meramente abominable− junto a los cartones animados y el *Muzzik* francés, sus otras dos opciones preferidas.

Por segunda vez le pareció oír el sonido de un timbre de teléfono. Se fijó en la pantalla del televisor, pero ahora los personajes protagónicos nadaban en las profundidades del mar. Aun así, tuvo la sensación de que un momento antes −¿o fue el día anterior, tal vez la semana pasada?− había escuchado ese mismo zumbido insistente, sin que eso supusiera el planteamiento de una interrogante que no podía ni le interesaba discernir: ¿eran reales esos sonidos, o sólo un eco de la ficción cinematográfica? ¿Es posible que estén únicamente en mi cabeza? En aquella casa, después que su mujer se largó, el teléfono apenas sonaba. De cualquier manera, y a pesar del tiempo transcurrido, le era imposible evitar un pequeño sobresalto cada vez que lo oía. Sin saber muy bien por qué, su mujer lo había abandonado un buen día y nunca más volvió a saber de ella. Sin embargo −o tal vez por eso−, el timbrazo repentino del teléfono −de cualquier teléfono– le provocaba una extraña desazón; su estómago se contraía repentinamente, aunque después, a los pocos segundos, oyendo a Susana hablar despreocupadamente, la tranquilidad parecía volver a él, al desechar la suposición de que esa campanilla monocorde e insistente estuviese dirigida a él. Pero el sobresalto inicial era inevitable. Ahora, sí, era su teléfono el que sonaba. Susana no estaba en casa. O tal vez estaba dormida. Tendría que bajar.

hace un calor *calcinante*... no, esa es una palabra demasiado bonita para lo que ahora está cayendo del cielo... lo que realmente hace es un calor DE MIERDA... del coño de su madre, un calor asqueroso, pregonado alegremente por un estúpido en la televisión que te dice que el *soleil* y la humedad relativa están confabulados para no dejarte olvidar tu condición de insecto tropical que debe achicharrarse en estas calles hediondas de cuyas aceras para colmo y en pleno verano han talado todos los árboles hasta dejarlos despeluzados como viejos con tiña pues dentro de ¡CUATRO! meses llega la temporada de los ciclones y hay que prevenir la confabulación de las ramas con el tendido eléctrico al paso de los vientos y la lluvia... qué bonito... entonces lo único que uno desea es estar en cualquier parte que no sea donde ahora se está y por la que sin embargo no me queda más remedio que caminar con una mochila al hombro esquivando policías que de milagro con esta pinta que traigo aún no me han parado para pedirme el carnet de identidad y preguntarme qué coño llevo en la bolsa... pero aunque los hayan traído de las antípodas o lo que es lo mismo de las mosquitosas riberas del Cauto también ellos tienen una piel con los poros abiertos y una cabeza que suda a chorros bajo la gorra azul mientras las gotas le corren por la cara y los sobacos y están tan obstinados que me miran pero ni siquiera tienen ánimo para abrir la boca y escupir «usted, ciudadano», y *proceder* con todo lo que sigue... ahí están al sol o a la sombra mientras yo paso con mi aire de me importa un carajo lo que piensen de mí y mis tatuajes pero la verdad es que *preferiría que no lo hicieran* como decía el tipo de ese cuento que contaba Spider... bueno no me queda más remedio los socios son los socios y yo di mi palabra la que ellos cosa que nunca hacen se ocuparon de tomar muy en serio... no sé en qué estaba pensando cuando dije que me ocuparía del rescate del armatoste aquel pero si no llego a poner cara de circunstancia y decir que iba en serio quien sabe si todavía no estuviéramos zapateando aquellas lomas sin hongos a la vista y sin saber qué hacer con la cabrona máquina... ¿a quien coño le pueden interesar estos discos con el calor que hace...? el que tiene dinero se lo gasta en cerveza no en *Type Of Negative*... una mochila llena de discos pesa ¿quién dice que la música no pesa? pero hace falta el dinero para el rescate... ¿y quién te dice que de verdad no es la máquina del americano ese? a juzgar por los gritos que daba aquella bruja podría ser incluso la máquina de Shakespeare... de todas formas sea o no sea es un buen pretexto para volver a las lomas... y para eso siempre hace falta algo de dinero porque si vas a pasar trabajo mejor te quedas en esta incómoda ciudad de mierda sofocante y oscura además... y suponiendo que no pueda vender nada igual el ronco y el araña se van a enterar de que me estoy moviendo pues ¿a quién le voy a proponer estos discos si no es a los mismos socios?

Susana despertó al oír la voz de su padre en la sala. Él casi nunca recibía visitas, mucho menos antes de las doce del día, que era la hora aproximada en que ambos se levantaban cuando Susana no tenía clases en la Universidad. Al prestar atención, notó que escuchaba sólo la voz de él, con pequeñas pausas entre un comentario y otro. No, no había visita, hablaba por teléfono, y por el tono dedujo que lo hacía con su tío Robert, el hermano mayor de su padre, que se había ido de Cuba a principios de los sesenta y desde entonces vivía en New York. Sin otra cosa que hacer y nada en qué pensar, Susana siguió el hilo de la conversación.

…no, no, no estaba durmiendo, decía el padre, estaba viendo una película y… bueno, es un poco complicado de explicar… oye, por cierto, anoche estuve viendo las Grandes Ligas… ¿tú cuando vas a cambiar de equipo? ¿No te da vergüenza? ¿A quien se le ocurre vivir en Nueva York, donde tienen dos de los mejores equipos de la Liga, y ser fanático de los Cerveceros de Milwaukee? No jodas… Sí, está bien…, sí, en la universidad, pero a mí me da la impresión de que se aburre… Es un mujerón tu sobrina, y tan resabiosa como su madre… a propósito, ayer me estaba contando una historia alucinante… sí, alucinante… ¿cómo?, a-lu-ci-nan-te, quiere decir apasionante, extraña, coño, lee el periódico aunque sea… Bueno, el asunto es que el novio… sí, tiene novio, no sé, creo que se llama Harold, ella le dice Spider…, sí, Spider… Bueno, el araña se fue con unos amigos a la montaña… sí, si, rima… ¿me dejarás contarte o no?… ya sé que eres tú el que paga… bueno, y estando allí, van a dar a un bohío perdido en medio del monte donde vivía una vieja sola, rodeada de botellas vacías de ron… ¡de ron!, sí, y ¿a que no te imaginas lo que la vieja tenía allí? ¿no?… tenía una máquina de escribir… sí, pero no cualquier máquina…

Susana, aburrida, se tapó la cabeza con la almohada. Su padre, obsesivo, seguía dándole vueltas a lo mismo. Ella no tenía nada que hacer, ni siquiera en qué pensar, no tenía por qué levantarse aún.

Flaubert llegó a La Habana a las cuatro y media de la tarde, en un vuelo charter procedente de Cancún abarrotado de turistas alemanes, canadienses, rusos de la nueva era y media docena de norteamericanos, incluido él. Como casi todos, vestía pantalón corto, sandalias, camiseta de algodón, gorra para el sol y gafas oscuras; de equipaje una enorme bolsa a la espalda y al cuello la obligatoria cámara fotográfica que, a diferencia de los otros, en su caso podría resultar imprescindible.

Flaubert se había preocupado de que su indumentaria estuviera perfectamente a tono con el clima, la moda imperante y el tipo de vuelo que había elegido para viajar. Sólo que su pasaporte, al igual que el de la media docena de compatriotas que llegaron en ese vuelo, siempre resultaba sospechoso en un aeropuerto como el de La Habana, viniera de donde viniera. Aun sabiendo los aduaneros que muchos norteamericanos utilizaban aquella vía para burlar la prohibición de viajar a Cuba decretada por su gobierno, era evidente el nerviosismo que se apoderaba de ellos —los revisores— cada vez que veían deslizarse, bajo el cristal de su ventanilla, el conocido salvoconducto marrón con el águila dorada en la tapa. Esa era la faz del enemigo, el símbolo de su poder, reflejado desde la misma postura altanera y prepotente del animal en el frontispicio, en el filo de sus garras, en su rapacidad. No bien el pajarraco recogía sus alas y se colaba por la abertura del cristal, en la pequeña caseta de control fronterizo se activaba todo un sistema de espejos convexos, lucecillas intermitentes y fotocopiadoras silenciosas combinado con miradas de soslayo y un cuestionario de preguntas rápidas, directas e incisivas que detenían la cola de viajeros y la demoraban durante varios minutos. La ausencia de fluidez, un mal endémico en la vida cotidiana del país, multiplicaba ahora sus efectos en un lugar tan sensible como las puertas de la isla. Pero Flaubert, perro viejo en estos trances, se las ingenió para sortear con habilidad el escollo luciendo una de sus caras más convincentes, la del ingenuo deslumbrado y feliz de hallarse finalmente en el sitio añorado, aderezada con una sonrisa entre tonta y expectante y algún que otro comentario cómplice sobre las bondades del clima y la gracia proverbial de sus habitantes. Se sabe que no hay mejor antídoto contra la suspicacia de un patriótico custodio que la alabanza de sus propios mitos.

Una vez fuera del edificio, luego de pasar los controles secundarios, una avalancha de personas le vino encima. Se dividía en dos grandes grupos: los que proponían taxis y los que ofertaban casas de alquiler, aunque los había también que desempeñaban ambas funciones, y siempre, tanto en uno como en otro caso, hacían de maleteros voluntarios. Ponían tanta pasión y tanto empeño en su propósito que escoger uno equivalía a contrariar al resto, que acusó entonces al hombre de «piratería» cuando Flaubert eligió al propietario de un flamante Chevrolet del 53, probablemente por las mismas razones que parecen mover a todo extranjero en su primer viaje a La Habana: nostalgia y exotismo. Pero, fuera o no por ello, no eran estos los únicos motivos de su elección: cabalista al fin, para Flaubert el 53 tenía una importancia particular, al coincidir este número con el supuesto año de fabricación de aquello que había venido a buscar. Después de meter su equipaje en el maletero del carro, indicó la dirección al chofer y se recostó cómodamente en el asiento trasero, pensando que si, como le habían dicho, aquella que acababa de pasar era la prueba más difícil, el resto sería tan apetitoso y fácilmente masticable como una tostada con mantequilla.

A esa misma hora, en el dormitorio de su apartamento en Centro Habana, Cook se miraba al espejo. Vivía solo, y la casa parecía mucho más grande de lo que realmente era porque allí sólo había una mesa de madera, un teléfono, dos sillas, un refrigerador espasmódico y un afiche de la orquesta Ritmo Oriental, todo en la sala. En el dormitorio, un armario pequeño de planchas de bagazo carcomido por la humedad y una cama con un montón de ropa encima. Cook, de pie frente al espejo que lo reflejaba de la cintura para arriba, intentaba ajustar sobre su cabeza una peluca de pelo negro y rizado. Se la colocó de varias maneras hasta que decidió, no muy convencido, que con los tirabuzones cayendo hacia un lado lucía mejor. La imagen, combinada con el rostro de Bob Marley en la parte delantera de una camiseta negra, se parecía bastante a lo que él suponía que debía ser el aspecto exterior de un rastafari. Luego caminó hasta una esquina del cuarto donde había una caja de cartón nueva, recién abierta, con una reproductora de cassettes encima. La conectó a la electricidad y le dio al play.

La diminuta habitación se llenó de música reggae. Cook se quedó junto al aparato, sin moverse, escuchando. No había pausas entre el final de una canción y el comienzo de otra, y durante media hora se mantuvo en la misma posición hasta que terminó aquel lado del cassette. En todo ese tiempo no movió un solo músculo de su cuerpo, y las contracciones de su cara reflejaban por momentos una mueca de aburrimiento. Le dio vuelta al cassette, volvió a ponerlo en marcha y caminó despacio hasta la cama. Revolviendo entre la ropa allí amontonada, sacó un gorro tricolor tejido con estambre verde, rojo y amarillo. Fue hasta el espejo, y una vez delante trató de hallarle acotejo a la lana sobre las fibras negras de henequén teñido, hasta que recordó por las indicaciones recibidas que el asunto consistía exactamente en recoger y acomodar esos flecos dentro del gorro, formando una gran bola sobre su cabeza.

Una vez superado este detalle, la mueca de aburrimiento que se había clavado en su rostro se transformó en una contracción de dolor. Con los ojos fijos en el azogue parecía aborrecer aquella imagen patética que el cristal le devolvía. Esos ojos, grises como el mismo mercurio que los reproducía y saltones por naturaleza, despedían un brillo mas cercano al furor que a la admiración. Pero como creía, con inocencia y fervor, que realmente las órdenes *se cumplen y no se discuten*, tragó en seco y mantuvo firme la mirada en el espejo, intentando acostumbrarse a aquella nueva imagen y haciendo acopio de todo el valor y la confianza posible para lo que vendría después.

Que fue la prueba más difícil, en nada comparable al obstáculo que unos minutos antes había tenido que superar Flaubert en el aeropuerto: Cook debía moverse *armoniosamente* al ritmo de aquella música. Sus piernas, negras y delgadas como cables eléctricos, estaban rígidas aunque corriera por ellas una sangre ancestral que respondía involuntariamente a ciertos ritmos, lo que hacía que en ocasiones se movieran como si tuviesen vida propia. Así, casi sin proponérselo, obedeciendo a un estímulo patrimonial que le llegaba desde lo más recóndito de su atormentado cerebro en el eco de un tambor milenario, un compás sincopado, una contorsión instintiva, el travestido Cook comenzó a balancearse primero hacia un lado, luego hacia el otro, introduciendo entre ambos movimientos una casi imperceptible ondulación giratoria de sus caderas, oscilación más cercana al huidizo culebreo de un majá que a la auténtica kinesis de un *hijo de la tierra*, al mismo tiempo que tartamudeaba la primera frase que debía aprender, copiada en una hoja de papel prendida al espejo.

Con el lenguaje la cuestión era aun más complicada. La cadencia sugerida por la música, enfatizada por los movimientos, debía ser coherente con el tono de las palabras, componiendo así un gracejo particular y orgánico que diera la impresión de que todo, música, contoneo y voz, fueran una misma y única cosa, algo que rebasara la simple fonética cotidiana para crear entonces un «comportamiento», un estilo diferente donde la manera de expresarse resultaba fundamental. Cook, hombre de pocas palabras –en el sentido literal y no metafórico de la expresión– sintió la lengua pegajosa y dormida dentro de su boca de sólo balbucear aquellas frases, como si ese apéndice tan familiar fuese ahora un artefacto introducido de contrabando entre sus dientes. Sólo de intentarlo la saliva salía disparada de sus labios y se pegaba en el espejo que tenía delante. Allí Cook la veía resbalar, blanca y espumosa, como los estertores de una jerigonza indomable. Tartamudeando, se aventuró con la primera frase: «wat say, man, wat say». Una sensación de avispas anidando en su paladar.

Flaubert, en tanto, veía deslizarse el paisaje con rapidez a través de la ventanilla del Chevrolet, sin llegar a descubrir las paletadas de color imaginadas a partir de los relatos de entusiastas cronistas. También aquí, como en casi todas partes, era largo el trayecto entre el aereopuerto y el centro de la ciudad, y durante un rato sólo vio almacenes, fábricas, grandes superficies, carteles de publicidad y propaganda política, monotonía que ni siquiera los variados matices del verde follaje lograban mitigar. El aire húmedo rebotaba en su cara, y se quitó la gorra para dejarlo pasar entre los pocos cabellos que le quedaban a ambos lados de la cabeza. Olía a lluvia, pero no se veía una nube en el cielo.

Casi media hora después, cuando ya caía la noche y comenzaba a decepcionarse, Flaubert atisbó a lo lejos la punta del monumento que en alguna ocasión había visto en fotos, sin duda uno de los símbolos distintivos de la ciudad según la bibliografía consultada recientemente como parte de su misión, y que por su forma le recordaba aquellos dulces piramidales hechos con jugo de caña de azúcar concentrado que su madre llevaba a casa cuando era pequeño. El recuerdo de ese sabor tan peculiar –*raspadura*, recordó–, se asoció a la visión de la torre que se alzaba ante su vista o desaparecía según el trazado del camino. Esta azarosa combinación de intermitencias trajo a su mente uno de los pasajes favoritos de su novela preferida, no obstante la diferencia de arquitectura y lugar entre ambas situaciones: aquel donde el narrador, llegando a Combray en tren, ve como aparece y se oculta por los accidentes del camino la torre de la iglesia, en un juego de veladuras y evidencias semejante a su vida. Pero más que el recuerdo del pasaje literario fue la intensa salivación lo que le hizo retroceder hasta un lugar casi olvidado, que comenzó a tomar forma y consistencia mientras más nítido se hacía el placer provocado por ese sabor puro, definido, que no debía mojar con nada (otro de los pasajes favoritos). No se sintió feliz, sin embargo, pues la remembranza trajo también el recuerdo de una exclamación inconfundible ante la presencia de tan delicioso y ordinario manjar –¡*Viva la raspadura!*–, un grito de satisfacción puramente golosa que ahora debía ahogar en la oscura noche de esa lengua materna y desplazada. De la no revelación de este «secreto» dependía en buena medida el éxito de su tarea en este lugar.

Unos minutos después de sobrepasar el monumento de mármol y la plaza que lo acompaña, el auto se adentró en un laberinto de calles mal iluminadas y montones de basura en las aceras, donde una muchedumbre parecía moverse constantemente alrededor del viejo Chevrolet. A Flaubert los rostros de aquellas personas le resultaron familiares, aunque lejanos por la manera de vestir y de mirarlo fijo a los ojos a través del cristal de la ventanilla cuando el auto se detenía en una esquina. Se movían tranquilamente entre una acera y otra, entre una loma de desperdicios y la siguiente sin preocuparse por nada que no fuese caminar y mirarse, y sólo cuando el auto se detuvo pensó que de puro milagro no habían atropellado a nadie antes de llegar.

En la puerta de la casa, al pie de la escalera, una mujer gorda y sonriente abrió los brazos al verlo, dos tenazas de carne que Flaubert rehuyó por falta de hábito y por desconfianza. Sólo cuando cesó la amenaza decidió recoger su equipaje y caminar hasta la puerta, mientras la mujer, sonriente aún, lo invitaba a subir.

Entre, entre… coming… a-de-lan-te. Lo esperábamos.

Yo francés, murmuró Flaubert mientras subía. Yo amar a los pájaros…

Yeah, yeah, da igual, pase, dijo la gorda al llegar arriba. Mire, aquí tengo una cotorra…

¡Oh, beautiful…! Flaubert soltó su maleta en medio de la sala y se aproximó a la jaula del animal. Parecía realmente interesado. Por la puerta del pasillo, que comunicaba con los dormitorios de la casa y con la cocina al fondo, aparecieron dos muchachas jóvenes.

…y dos hijas, concluyó la mujer.

¡Oh, beautiful!, dijo Flaubert otra vez, sin que las muchachas supieran si se dirigía a ellas o a la cotorra.

¡Oh, beautiful!, repetía también Cook desde su cuarto, casualmente no muy lejos de allí, mientras subía el volumen de la música y se contorsionaba frenéticamente frente al espejo.

Ese mismo día, temprano en la mañana, Spider y el Afónico se encontraron en la esquina de Reina y Belascoaín. Cargaban las mismas mochilas que llevaron a las montañas una semana antes, sólo que ahora iban repletas de libros. Necesitaban dinero, y se habían propuesto hacer un recorrido por todas las librerías de segunda mano de la zona, bajando por la calle Reina hasta llegar a la Plaza de Armas. Entraron primero en La Avellaneda, a unas tres cuadras de allí, sacaron todos los libros y los fueron apilando sobre el mostrador de cristal. Del otro lado, un viejo calvo y flaco los miraba con recelo por encima de las gafas de aumento. El viejo, sin hojearlos siquiera, echó un vistazo a los libros, recorriendo de arriba abajo los títulos impresos en los lomos. Cuando terminó la segunda pila, negó con la cabeza sin decir una palabra.

Spider y el Afónico se miraron desconcertados. Pensaban que sería fácil vender aquellos libros, aunque en su mayoría fueran viejos ejemplares en rústica de varios títulos publicados por una popular colección de los años setenta y ochenta. Miles de ejemplares de libros parecidos se apilaban contra las paredes de aquel salón. Cuando el viejo les dio la espalda, dedujeron que no tendría sentido insistir. Volvieron a guardar los libros en las mochilas, salieron a los portales de la calle Reina y comenzaron 1a bajar hacia la parte vieja de la ciudad, a probar suerte en aquella zona, pues allí se había instalado la mayoría de los libreros de segunda mano. Y no podían darse el lujo de tomárselo con calma o regatear: estaban obligados a vender aquellos libros, al precio que fuera, si querían recuperar la máquina de escribir.

El Loco, por su parte, decidió sacrificar algunos de sus discos. Antes de salir a venderlos los había grabado en cassettes, y ahora no le importaba el posible *valor sentimental* que pudieran tener, pues así quedaba a salvo y siempre con él lo que en realidad tocaba sus sentimientos: lo otro era fetichismo. Pero al igual que sus socios tampoco había tenido suerte. Esos discos sólo podrían interesarle a algunos de sus amigos, o a los amigos de sus amigos, y por lo general todos, de una u otra manera, habían logrado hacerse de la misma música. O ya los habían oído hasta el cansancio. O aunque estuvieran interesados, no tenían donde oírlos. Ni dinero, como de costumbre.

Cansado de caminar por todo el Vedado con su mochila a cuestas, decidió llegarse hasta casa de Susana. En dos ocasiones la policía le había pedido identificación y preguntado por lo que guardaba en el bolso. Estaba «limpio», pero ya se había hastiado de que metieran las manos en sus cosas. Casualmente las dos veces, mientras esperaba que revisaran entre los discos, había visto de lejos a la misma persona. Era un negro flaco, de estatura media, y que a juzgar por la apariencia debía ser un rasta. Pero había algo en aquel tipo que le llamó la atención, sobre todo la segunda vez que lo vio, bastante lejos por cierto del lugar donde lo había visto la primera vez. Tal vez era la manera de caminar, o la forma de llevar el pelo bajo el gorro de colores… Y en ambas ocasiones le pareció que el otro lo miraba.

Cuando iba subiendo por Zapata y antes de doblar en 8 lo vio por tercera vez. Era demasiada coincidencia en un radio de unos cuatro kilómetros y en menos de tres horas. Pero en esta ocasión el ubicuo rasta estaba de espaldas y no pudo verlo a él en el momento en que entraba a la casa de Susana. El tipo conversaba con una anciana en la acera opuesta, y por el movimiento de las manos, al Loco le pareció que hacía un gesto muy parecido al que solemos hacer cuando intentamos imitar a alguien que toca el piano.

El padre de Susana, como de costumbre, estaba sentado frente al televisor, pero ahora en la sala. Por la puerta siempre abierta el Loco entró sin llamar, saludó al padre de su amiga y Susana, al oír la voz, salió de la cocina. El Loco, sin detenerse y sin decir una palabra la tomó por un brazo, subió la escalera hasta el cuarto del padre, cerró la puerta y la tomó por la cintura. Susana sintió el brazo tibio y apretado cerrando sus caderas, y aunque sus músculos estaban rígidos por la sorpresa, una agradable sensación de abandono recorrió su cuerpo. Se miraron un segundo. En los ojos de ella no había entrega; tampoco resistencia, descubrió el Loco con cierto temor. Descubrirlo y soltar su brazo fueron la misma cosa: la ambigüedad lo desconcertaba. Entonces caminó hasta la ventana, miró hacia afuera y le hizo señas a Susana para que se acercara.

Spider dirá que estoy paranoico —el Loco señaló desde arriba a Cook, pero a ese tipo me lo he encontrado hoy tres veces. En menos de tres horas. Donde quiera que fuera, allí estaba. «No sé quien coño será, pero a mí me huele a podrido».

Cook terminó de hablar con la anciana, y la ayudó a cruzar la calle.

Dice mi padre que estuvo aquí hace una hora, respondió Susana. Le preguntó por mí y por Spider. No sé, pero a mí también me huele raro, ¿no? Mira, parece que tiene un fuelle invisible en la mano... También llamó alguien, dos veces.

¿Quien era?

No sé. Un tipo que vino de Nueva York. Dijo que era amigo de mi tío Robert, y que quería vernos a Spider y a mí.

¿Y tú dices que tu padre le contó al Robert ese lo de la máquina?

Sí..., respondió Susana con timidez.

Vamos, dijo el Loco cerrando la ventana.

¿A dónde?

¡Vamos!

La agarró por un brazo y bajaron casi corriendo. Al pasar junto a la mesa del comedor, Susana cogió su bolso y dos pedazos de papel que su padre le había dejado allí con dos números de teléfono escritos a lápiz. Cuando el padre se volvió para despedirse, lo único que pudo ver fue la puerta cerrándose con estrépito. Otra vez se quedaría sin almuerzo.

Bajando por 8 atravesaron la calle 23 y siguieron resbalando hasta llegar a Línea. La casa de Spider estaba casi junto al mar, frente al Malecón, en un edificio de ocho plantas. Subieron hasta el sexto y tocaron a la puerta varias veces, pero allí no parecía haber nadie. Cuando ya se retiraban, sintieron unos pasos al otro lado de la pared. La puerta se abrió a medias y un anciano asomó la cabeza, ajustándose los espejuelos.

¡Parque!, gritó el viejo al verlos, y volvió a cerrar.

Susana y el Loco sabían que «¡Parque!» significaba 6 y 17, y en particular los escalones de la glorieta que estaba en el centro de la plaza. Spider iba a sentarse allí, solo o con algunos amigos que vivían cerca, y que también recalaban en el mismo lugar cuando no tenían otra cosa que hacer, es decir, con frecuencia. Siempre fue un parque tranquilo, como muchos otros del Vedado, con bancos de listones de madera pintados de verde y árboles medianos, hasta que un buen día comenzaron a celebrarse allí conciertos informales cada 8 de diciembre, y después decidieron bautizarlo oficialmente como «Parque John Lennon» al sentar una estatua del músico en uno de sus bancos. A partir de ese momento, siempre había alguien tomándose una foto abrazado a la imagen del difunto, conversándole al oído o leyendo para él un poema a media voz; siempre bajo la celosa mirada de un guardián que plantaba su silla a unos metros del hombre de bronce. Los había incluso que llegaban únicamente hasta la esquina de 6 y 17 para contemplar algo insólito en una ciudad como La Habana, o para arrancarle al músico sus espejuelos de aro redondo: de ahí la figura del custodio.

Caía la tarde, hora de transeúntes apáticos, mandaderos y asalariados de regreso a casa. El centinela daba vueltas alrededor de la escultura, un moscón que no quiere seguir posado pero tampoco alejarse del turrón inerte que debe custodiar, cuando lo que más desea es acercarse y charlar un poco en el grupo más próximo —tal era su hastío, esos insectos de la glorieta tan parecidos al objeto de su celo.

Parece mentira, dijo alguien desde allí, señalando hacia el banco-con-escultura-incluída. Primero lo censuran, luego te censuran a ti por escucharlo, y al final le levantan una estatua.

Así y todo lo tienen vigilado las veinticuatro horas, contestó Spider. En ese momento vio que Susana y el Loco se acercaban.

Alarma de combate. Vamos, muévete, le dijo el Loco mientras saludaba a los otros.

Habla claro, lunático. ¿Hay mecánica?, preguntó uno.

Sí, pero no contigo, respondió el Loco.

¿Qué pasa?, preguntó Spider.

Aquí no. Vamos.

¿Y tú qué haces aquí… con éste? Spider miraba a Susana. Y ella: ya lo sabrás.

El Loco hizo un movimiento con las manos, pero tan amplio que parecía tocar un gran piano invisible. Como Spider seguía sin comprender, gritó «¡Vamos, carajo!», y salió caminando. Por un instante, Susana no supo si seguir los pasos del Loco o esperar a Spider. Se decidió por lo segundo, y cuando Spider pasó a su lado sin detenerse, le susurró: «hay que buscar al ronco». Spider ni siquiera la miró.

Tres horas más tarde, aún estaban sentados sobre el muro del Malecón. Las piernas colgando sobre el arrecife, de espaldas al mundanal silencio de la ciudad, indiferentes ante la puesta de sol que recién terminaba. Nadie que se detuviese a observarlos podría imaginar cual era el verdadero sentido de aquella inmovilidad frente al mar. No contemplaban nada. Ni candor ni odio había en sus rostros, tampoco en sus posturas, muy semejantes entre sí, demasiado tranquilas luego de una larga conversación y la posterior euforia del acuerdo.

De aproximarse, la misma mirada curiosa podría descubrir la existencia de esos elementos comunes que relacionaban aquellas figuras –la manera de vestir, el largo del pelo, cuerpos magros– vibrando en su escualidez y su aparente inmovilidad, sin éxtasis alguno ante el ejercicio de esplendor natural que frente a ellos se extinguía reclamando la atención de sus únicos espectadores, esos cuatro de rostro indiferente y contraído por la sal y piernas colgando sobre la roca.

¿Y qué hacemos con esta?, preguntó Spider, apretando las caderas de Susana.

Viniendo de Spider, y más aún tratándose de Susana, aquella *duda* podría ser y no ser una broma, por lo que era mejor dejarla correr, que la brisa se la llevara tierra adentro junto con el salitre. Habían discutido por más de dos horas, siempre a gritos y sin temor a que alguien –esa misma mirada panóptica que con precisión ya habría definido sus figuras– los oyera, pues sabían que el excedente de sus palabras se ahogaba en el fragor de las olas. La estación de las lluvias estaba por comenzar, y aunque ya hacía calor, la inminencia de algún frente frío rezagado traía ahora esta marejada que rompía con fuerza frente a ellos, bañándolos con una ligera llovizna salada y tragándose las voces. Sólo dos estaciones había en la isla, y el Malecón era la puerta de entrada del invierno y el escenario ideal para su despedida. El Loco se quitó el pulóver para sentir el frescor del agua y el viento sobre la piel. Las gotas de mar, igual que la lluvia en la montaña, resaltaban los colores de sus tatuajes. No iba a ser él quien contestara esa pregunta. Spider y Afónico parecían pensar lo mismo. Pero tenía que obrar rápido; unos segundos más de silencio y todo se echaría a perder.

Ahora, para celebrar, sacaré un bistec del congelador, dijo.

De lo profundo de un bolsillo del pantalón izó cuidadosamente hasta la superficie un pequeño envoltorio de papel, aplastado y torcido en las puntas. Lo manipuló cuidadosamente entre las yemas de sus dedos, rotulándolo contra la palma de la mano izquierda, hasta parecer satisfecho de su consistencia. Luego vertió el contenido de la bolsita en un rectángulo blanco de papel engomado y comenzó a torcer un cigarro. Según Afónico, el Loco era la única persona en toda la ciudad que podía prepararse un cigarro sobre el muro del Malecón sin que el viento le volara una sola hebra de hierba. En efecto, sus manos demostraban una pericia poco común al crear una concavidad protectora alrededor del papel y la picadura, mientras liaba el cigarrillo a una velocidad vertiginosa. Al final, un toque de saliva reforzaba la solidez del pitillo, dándole su definitiva consistencia tubular. Después de darle un par de vueltas entre los cuatro, el Loco le dio una chupada larga, lanzó la pequeña colilla al mar, y dijo: Ahora presentemos nuestros carnets a los compañeros, y nos vamos felices.

Él mismo había llamado la atención de los policías al quitarse el pulóver. Intrigados por aquellos arabescos coloreados sobre la piel, símbolos del mal según su código de valores, los uniformados se acercaron perezosamente hasta detenerse a unos pasos del grupo. Susana dejó su vista clavada en el horizonte, pero los otros tres miraron un instante a los policías y cambiaron la vista sin decir palabra. Ese silencio repentino los hizo sospechosos, y ellos mostraron con desgano sus documentos. Documentos nuevos, sin una cuarteadura, plastificados, esplendorosos, impecables (una simple arruga bastaría para servir de pretexto; había que estar preparado); magníficos en su sencillez y carácter funcional a diferencia de aquellos anteriores, incómodos mamotretos que al poco tiempo se transformaban en pequeños incunables o mazo de barajas. No había nada que hacer contra esos documentos en regla, tan pulcros y conservados que no parecían pertenecer a sus portadores. Aun así, los agentes verificaron las identidades a través de un sofisticado sistema de telefonía celular. Para su decepción los cuatro estaban limpios. Devolvieron los documentos y siguieron de mala gana su camino, aparentando la misma indiferencia que traían al llegar.

Volvieron a encontrarse a las once de la noche en el parque de 6 y 17. Al ver llegar a Susana con Spider, Afónico miró al Loco sin poder disimular su fastidio, pero el Loco no se dio por enterado. Aunque el tema quedó sin definir cuando hablaron en el Malecón, realmente no le molestaba la presencia de Susana, le daba igual, como casi todo, y en su actitud no había resentimiento ni indiferencia. Aun así, sabía que desde este mismo momento cambiarían para él las reglas del juego, y no porque hubiera una mujer en el grupo a partir de ahora; de alguna manera se vería forzado a cambiar sus hábitos, su costumbre de hacer casi siempre lo que se le antojara sin pensar en las consecuencias, pues ahora cualquier acción podría repercutir en los otros. De todas formas, y sin tener aún muy claro lo que Spider llamara «responsabilidad colectiva», le agradaba la presencia de la muchacha. Si debía vivir encerrado con el ronco, al menos tendría una cara bonita que mirar.

Bajaron por la calle 8 hasta llegar a la intersección de 11. Allí, en la esquina, había una gran casa de madera y techo de tejas a dos aguas, con un pórtico que se abría a un jardín donde la hierba era tan alta como ellos. Apuntalada ahora con largas vigas de cedro a todo su alrededor, el puntal elevado, sus finas molduras y lo que quedaba de sus estilizadas formas hacían evidente la existencia de tiempos mejores, siendo en su momento una hermosa casa señorial, como tantas en aquella parte de la ciudad. Luego de pedirle a los otros tres que lo esperaran un instante junto a la cancela, Spider, con un manojo de llaves, abrió el candado que cerraba la verja del pórtico y se perdió en la oscuridad del jardín. Un minuto después regresó, y les hizo señas de que lo siguieran.

Spider iba delante, alumbrando el camino con una linterna. Parecía ser una casa abandonada, aunque en el patio una fuente de piedra soltaba chorros de agua intermitentes. Como a esa hora la presión del agua era mayor, el surtidor regaba con fuerza un área de varios metros en torno al perímetro de la fuente. La presencia y el sonido del agua en ese ambiente de abandono y oscuridad daba un toque fantasmal al lugar. Una fuerza viva pero intermitente, la del agua, como la voluntad de algo que persiste aunque ya sin la energía suficiente para mantener el decoro de una erección constante y pareja, un conde bohemio y lujurioso que descubre con dolor su decadencia, la merma de su orgullo, la decrepitud que se le encima. A través del fango se fueron abriendo paso entre la abundante vegetación, una infinidad de trastos abandonados —restos de una casa de muñecas, una bañadera de hierro, blanca y reluciente en la noche como un crucero, rollos de alambre oxidado, un enorme motor de ocho pistones, pilas de escombros— y la oscuridad.

Si mis abuelos vieran en lo que se ha convertido su casa...

Spider les había pedido silencio antes de entrar. Ahora, al romperlo, desencadenó las quejas de sus amigos. Querían saber a dónde los llevaba, por qué los había metido en ese fanguero y esa llovizna absurda en medio de una gran sequía nacional, o cual sería la recompensa de aquella expedición. Las burlas y los lamentos comenzaban a subir de tono cuando Spider se detuvo, enfocó con la luz un rectángulo de cemento en el suelo y dijo «aquí». Pasó la linterna al Afónico y se agachó para limpiar la superficie de hojas secas, ramas de árboles y pedazos de madera medio podrida, mientras los demás observaban en silencio. Unos segundos después, vieron que era una tapa de hierro con una anilla redonda en el centro.

Spider la levantó con cuidado, tomó otra vez la linterna e iluminó hacia adentro. El aljibe tendría unos tres metros de profundidad, que se abrían a los lados más allá del espacio que abarcaba la luz, boca estrecha y vientre amplio como un cetáceo de tierra firme. Palpó en los bordes del rectángulo de cemento, desanudó una soga atada a uno de los salientes, y tirando con fuerza hacia arriba hizo aparecer una escalera de madera, que apoyó al borde sobre el que estaba parado. «Cuelen, gusanos inmundos. El último cierra», dijo al llegar abajo.

El eco de su voz repercutió en las paredes de la cisterna junto con el sonido borroso de unas campanadas que anunciaban la medianoche. Parecía venir del interior de la casa, aunque ellos prefirieron creer que eran las campanas de una iglesia vecina, en la calle Línea. Una suposición lógica pero absurda, pues ninguna iglesia de la ciudad, salvo la Catedral, anunciaba las horas con ese sonido. Y era imposible oírlas desde aquel lugar.

Bajó el Loco y bajó Susana. Afónico, de último, corrió la tapa sobre su cabeza, dejando un resquicio abierto. No llegó al piso: se quedó sentado en el tercer escalón. Spider iluminó el techo con la linterna, dio vueltas a un bombillo que colgaba de un cable, y el espacio se llenó de una luz tenue, mortecina. El cable corría por toda la parte superior hasta una esquina, y desde allí bajaba hasta una batería de auto en el piso. El aljibe medía unos cinco metros de ancho por siete de largo, y era mucho más grande de lo que se podía imaginar desde arriba. Las paredes estaban tapizadas con fotos de grupos musicales y mujeres desnudas, pegadas directamente sobre el cemento y carcomidas por la humedad. Junto al acumulador, en la misma esquina, había una cama de hierro con una colchoneta encima del bastidor, y cajas de madera por todas partes. Susana recorría el lugar, alternando el desplazamiento con rápidas ojeadas dirigidas a Spider. «Rezagos de la adolescencia», dijo al sentir los ojos de Susana sobre él.

Si vamos a vivir aquí, habrá que poner ciertas reglas de higiene personal para la convivencia, advirtió el Loco, dirigiendo la vista hacia la parte superior de la escalera, donde estaba sentado Afónico. Había soltado su mochila encima de una caja y comenzaba a vaciarla: cuatro latas de carne prensada, dos de leche evaporada, dos pomos grandes con agua, una bolsa de galletas, cigarros, cassettes, algunas velas...

Vamos, baja, que aquí no hay ratas, dijo Spider al Afónico, mientras le hacía señas con una botella de ron que había sacado de su mochila.

No, no es eso...

No me digas que eres claustrofóbico...

Sí..., respondió Afónico en un susurro.

El detalle que faltaba. Ahora sí somos un bonito grupo. ¿Era por eso que no querías venir? Spider se acercó a Susana y abrió la botella.

Tampoco es eso...

Tú nunca me habías hablado de este lugar, le dijo Susana a Spider. Bien callado te lo tenías.

Ay, otra vez no, por tu madre… no empiecen, se los ruego, murmuró el Loco, mientras sacaba de la mochila de Spider una pequeña grabadora de cassettes.

¡Otra vez sí, y todas las que me dé la gana! gritó Susana. Yo jugándomela por ustedes, porque es a mí a quien conocen y a quien van a ver, y ustedes aquí, en sus orgías sotaneras…

Yo te juro que es la primera vez que vengo, ronroneó Afónico.

Se dice *underground* querida, musitó el Loco. Buscaba como conectar los cables de la grabadora al acumulador.

¡Se dice como me dé la gana, mamalón!

Pero, ¿quién enseñó a esta niña a hablar así?

¡Está bueno ya de escándalo!, gritó Afónico. Así no vamos a durar ni una semana juntos. No hace cinco minutos que llegamos, y ya la están armando. Si va a ser de esa manera, díganmelo que yo me voy. Recuerden que yo soy el que más pierde aquí, porque soy el único que trabaja… y que gana dinero.

Pues si quieres te vas ahora mismo con tus refrigeradores, a ver si chapisteando te diviertes más, respondió el Loco.

Afónico había descendido hasta el centro de la cisterna. Al darse cuenta de donde estaba corrió hasta la escalera, trepó tres peldaños y volvió a posarse allí.

Si, y luego venden la máquina y se quedan con mi parte, replicó.

Aquí el único que ha hablado de venta has sido tú, ronco. Mejor te callas, dijo el Loco, y concluyó: ya es bastante con tener que cargar contigo, y además claustrofóbico.

Está bien. Vamos a dejarlo ahí. Pero por ahora no cierren la tapa. Tengo que acostumbrarme.

Se hizo una pausa. En el silencio podían escuchar los grillos y las ranas en el jardín. Y si aguzaban el oído, el sonido del agua en el surtidor de la fuente. Aun sabiéndose en medio de la ciudad, hubo un instante en aquel lapso de silencio en que cada uno, a su manera, tuvo la sensación de hallarse en el mismo centro de una noche de campo, una noche como cualquiera de las vividas en la montaña. El Loco encendió una vela y apagó el bombillo que colgaba del techo. El resplandor de la llama en la oscuridad estimuló esa sensación, y la combinación de la luz con los sonidos que llegaban desde el jardín transformó el espacio hasta convertirlo en un lugar muy parecido a cualquiera de aquellos donde habían acampado días antes. Sintieron que allí estaban a salvo, que nadie podría encontrarlos en un sitio como aquel porque el mejor escondite es siempre el más visible, el que está en el centro de todo y no parece ser lo que es, el que por su obviedad todos miran sin detenerse a buscar. Spider pasó la botella, y todos bebieron directamente de ella. Su plan parecía perfecto, al menos ahora, al inicio, cuando siempre es tan necesario que lo parezca. Cuando la botella regresó a él, se dio un trago largo, se aclaró la garganta y soltó la parrafada que hacía rato rondaba en su cabeza.

Colegas, aunque en realidad no tengamos nada, podemos hacer creer que lo tenemos todo, que tenemos algo valioso entre las manos. De hecho, ya algunos lo creen así, y eso, más que un problema, nos pone ganando una a cero antes de comenzar el juego, y hay que aprovechar esa ventaja. El resto depende de nosotros, y creo que esta es una gran oportunidad. Yo siento que ahora no somos simples espectadores en ese pasatiempo absurdo e inútil de todos los días, ahora somos nosotros los que inventamos el juego y ponemos las reglas. No sé ustedes, pero prefiero tentar el peligro que pueda haber en todo esto antes de seguir muriéndome de aburrimiento en esta ciudad.

«Está claro», pensó Susana, sentada en lo alto de la escalera mientras Spider hablaba, «siempre es igual: todo hombre de verdad quiere siempre dos cosas: el peligro y el juego. Por eso ama a la mujer. El juguete más peligroso». Lo pensó, recordando una cita leída en clases, pero no dijo nada.

Eso es, socio. ¡Acción, quiero acción!, gritó el Loco al terminar Spider.

Esas son palabras sabias, respondió Spider. Venga un abrazo.

Cuando Spider se acercó al Loco, ya este sabía lo que su amigo pensaba hacer. Con un movimiento perfectamente sincronizado saltaron hacia la escalera y agarraron al Afónico, obligándolo a bajar. Una vez que lo tuvieron en el piso, Susana aprovechó para subir hasta la entrada y cerrar de un tirón la tapa de la cisterna. Al oír el estruendo del metal contra el cemento, Afónico comenzó a gritar como si lo estuvieran torturando. Verdaderos alaridos de terror. A pesar de su delgadez casi anémica, logró zafarse del agarre de Spider y el Loco y corrió hasta la escalera. Allí se detuvo, al ver a Susana sentada en el último escalón. En su caso, la vergüenza era más fuerte que la fobia a los lugares cerrados, sobre todo si quien se burlaba era una mujer. «¡Detergente es lo que te hace falta», gritó Susana desde arriba, y el grito pareció inmovilizarlo al pie de la escalera. Momento que aprovechó Spider para agarrarlo por la espalda y sentarlo en una de las cajas de madera, pues no se podía trazar un plan serio con uno de los estrategas posado en un palo, como un ave soñolienta al anochecer.

Cuando Flaubert despertó, después de doce horas de sueño, en la casa todos dormían. Sin hacer ruido cerró con llave la puerta de su habitación, bajó las escaleras y salió a la calle. El sol fervoroso de una típica mañana en el Caribe golpeó sus ojos cuando apenas había dado unos pasos por la acera, ya a esa hora estremecida por el bullicio y el trasiego de todo. Guiándose por el mapa que había comprado en el aeropuerto recorrió durante un par de horas el barrio donde se hospedaba, para ubicarse y tener una idea aproximada de las distancias en la ciudad. Caminó hasta el Barrio Chino, donde desayunó jugo de naranjas y plátanos maduros en un mercadillo de la zona, y bajando por el bulevar de la calle Obispo llegó hasta la Plaza de Armas, el corazón de la ciudad vieja.

Aquí descubrió que su condición de extranjero era menos notoria que en la zona donde vivía, dejaba de ser un punto de atención por la cantidad de turistas que pululaban entre sus calles. Asimismo, dedujo que si introducía algunos ajustes en su vestimenta podía pasar como un nativo mientras no abriera la boca: Flaubert hablaba perfectamente el español, pero con un fuerte acento francés de la Louisiana que volvía guturales sus palabras. En sus varios años de sabueso ilegal, y en no pocas ocasiones, se había visto obligado a echar mano a las destrezas aprendidas en el oficio, incluída una fundamental: la habilidad para mudar a voluntad su aspecto exterior y asumir, según las circunstancias, la apariencia que más le convenía. Dicho en otras palabras: mimetizarse como un camaleón, algo fundamental para la felicidad del ser inasible y no-identificable. Recordó la famosa frase de Lucio Sutilo, todo un axioma en la profesión: «Llega siempre de improviso y cultiva el estupor de los otros. Y antes de que en sus copas se aquiete el vino, huye». Por tanto, y teniendo en cuenta la misión que lo había traído hasta aquí, pasar desapercibido resultaba fundamental.

De regreso, ya cerca del mediodía, subió por la calle Zanja hasta llegar a la calzada de Infanta, donde al inicio de su recorrido había encontrado un pequeño local donde vendían pájaros ornamentales. Compró un canario, un tomeguín y dos parejas de azulejos, todos con su respectiva jaula. Al llegar a la casa las colgó en el balcón, saludó a la señora gorda desde la puerta de su cuarto y se encerró en él. Sacó de su maleta una pequeña grabadora, corrió el cassette hasta el inicio, se puso unos auriculares y escuchó:

(Sonido de toques a una puerta)
Él: *Pase.* (Sonido de puerta que se abre)
Voz: *Detective Ffflll...aauu...*
Él: *Flober. Pase y siéntese.* (Puerta que se cierra. Pausa)
Voz: *Soy Robert... hablamos ayer por teléfono. Mi hermano, en La Habana, es decir, su hija, encontró...*
El: *Sí, ya recuerdo. Siéntese de una vez.* (Pausa) *¿Qué, le gustan los pájaros?*
Voz: *No, es que pensaba encontrar otra cosa. Usted sabe, la típica oficina semioscura, con las cortinas bajadas y un escritorio con teléfono negro junto a la ventana, tipo sam spade en el halcón maltés... o philip marlowe en el largo adiós, (...) usted sabe...*
Él: *No le gustan los pájaros pero sí el cine. A mí también. Lo uno y lo otro.*
Voz: *Estas jaulas, entonces...*
Él: *Una cobertura.*
Voz: *Ya.*
Él: *¿Y?*
Voz: *Usted sabe... la máquina, la máquina de...*

Él: *Ya, ya.* (Pausa) *Bien, como podrá suponer, es una misión difícil, arriesgada incluso. Y costosa. A pesar de la cercanía, es más fácil viajar a la tierra del fuego que a esa isla…*

Voz: *Le pago la mitad de sus honorarios ahora, más los gastos. La otra parte, cuando regrese con la máquina.*

Él: *Me parece justo, pero así y todo no es suficiente. Yo también pongo una condición: quiero el diez por ciento de la venta posterior. Correré un gran riesgo, y lo que usted me ofrece es sólo un mínimo aliciente comparado con los peligros a que tendré que exponerme.*

Voz: *Es decir que usted, por adelantado, se está haciendo socio de esta empresa.* (Pausa) *No, una vez que traiga la mercancía y yo le pague, lo que haga después con la máquina es asunto mío, no suyo. Dígame, ¿por qué tendría yo que aceptar esa condición?*

Él: *Porque de lo contrario se queda sin máquina y con insomnio, pues el recuerdo de lo que pudo haber sido y no fue no lo dejará dormir.*

Voz: *Bastardo…*

Él: *Son las reglas.* (Pausa larga)

Voz: *Está bien. Cuando esté de vuelta con la máquina cerramos esa segunda parte del trato, ¿bien?* (Pausa. Sonido de papel que cruje. Un golpe contra la mesa) *Aquí tiene. En el sobre también hay una nota con algunas indicaciones que pueden serle útiles en La Habana. Un par de nombres, dos teléfonos, y una dirección donde pueden hospedarlo a muy buen precio. Y este es para mi hermano.* (Otro golpe sobre la mesa) *Entrega personal: es dinero. Ah, muy importante: no le comente nada de esto.*

Él: *Ya veo.*

Voz: *No es lo que usted imagina…*

Él: *Como quiera. No es asunto mío.* (Pasos que se alejan, luego se detienen)

Voz: *Por cierto, ¿cómo anda su español?*

Él: *Mi madre es puertorriqueña. Yo nací en new orleans.*

Voz: *Grandioso. Es como mezclar champagne con dulce de coco.*
(Portazo)

Flaubert apagó la grabadora y se quitó los audífonos. Hacía mucho calor en aquel cuarto. Mientras se secaba el sudor del pecho y las axilas con una toalla húmeda descubrió, en una esquina de la habitación, un pequeño ventilador debajo de una silla. Lo puso sobre la mesa de noche y lo enchufó. El aparato, un Westinhouse*** de los años cincuenta, funcionaba perfectamente, aunque producía un ruido parecido a las turbinas de un avión momentos antes del despegue, un sonido bronco y sostenido que aumentaba con la velocidad de las aspas. Era difícil que pudiera dormir con ese rumor, pero por lo pronto atenuaba el vapor que flotaba en el cuarto.

La voz grabada junto a la suya le hizo recordar las facciones de aquel tipo pintoresco que lo había contratado. Pagaba bien y parecía muy interesado en el asunto. Aun así, Flaubert se preguntó como era posible haber confiado en semejante especimen. Robert o como se llamara era el clásico buscavidas de Harlem, con alma de perro y pretensiones de gran señor. En sus más de veinte años de detective privado sin licencia había conocido centenares de tipos como aquel, orgullosos y rastreros, aunque solían llegar a su oficina por causas bien diferentes. En casi todos los casos, su misión consistía en perseguir a algún acreedor escurridizo, rastrear el díscolo itinerario de una esposa infiel o la fuga de hijas mimadas y rebeldes que siempre, una vez descubiertas, intentaban seducirlo. Se movía en un territorio peligroso aunque familiar, donde circulaba con gracia y seguridad. Ahora, sin saber muy bien cómo, el tal Robert había logrado seducirlo con una propuesta inesperada y extravagante, viniendo a parar a un lugar que le era completamente extraño, con códigos y costumbres desconocidas o incomprensibles para él y que por lo mismo –no obstante la aparente mansedumbre del entorno– podía volverse de cuidado.

Flaubert salió al pasillo y se dirigió a la cocina para beber un vaso de agua. Creía estar solo con la señora gorda en la casa, pero al llegar se encontró con una de sus hijas, la más trigueña de las dos. La noche anterior, tal vez por el cansancio, después del largo recorrido para llegar hasta la Isla sin despertar sospechas –New York-Miami / Miami-Mérida / Mérida-Cancún / Cancún-La Habana–, o por la tensión de saberse finalmente allí, no se fijó en las virtudes corporales de la muchacha, realzadas ahora por el cortísimo pantaloncito que llevaba a la cadera (un pedazo de tela brillante con anchas franjas rojas y azules), y una blusa que apenas le cubría los senos y dejaba al descubierto un abdomen terso con diminutos vellos negros en la parte inferior. Ahora, más tranquilo y descansado, completó la visión, examinándola detenidamente con sus ojos de sapo: alta, mucho más alta que él –aunque ser más alto que él no significaba gran cosa–, de unos veinticinco años, pelo negro y rizado hasta la mitad de la espalda; piernas largas y fibrosas, bien plantadas, muslos macizos, definidos, una cintura perfecta y, como si todo esto fuera poco, ojos claros y penetrantes.

Para Flaubert, sin embargo, el *summum* de la belleza se concentraba, como ojo mágico aglutinador, vórtice de todas las tempestades, en el ombligo de la muchacha. Su perfecta redondez y su ubicación meridiana, enaltecidas por el complemento de la piel blanca alrededor, pespunteada por la oscura pelusa incipiente, constituían la antesala de un territorio misterioso y desconocido donde con placer le hubiese gustado extraviarse, entrando por la oquedad superior y resbalando hasta el fondo por los anillos en espiral concéntrica, que parecían desafiar al mundo y su metafórica imagen de la dialéctica. Cuando pudo despegar su ojos de allí, alzó la vista y miró a la muchacha, y en los de ella descubrió lo que tal vez podría parecer una intención veleidosa. Pero luego de mirarla un instante con detenimiento, supuso que tal vez se equivocaba. Aquella podría ser la manera o la intención natural con que en este lado del mundo las mujeres miran a los hombres, sin recato, directamente a los ojos, casi con descaro. Inconscientemente, volvió a bajar su mirada hasta el punto focal del ombligo. Debajo, las anchas rayas rojas y azules le parecieron ahora los vestigios de alguna cortina de aforo en un teatro de variedades. Mucho habría pagado él por una butaca de primera fila, pero ya sabía que esa noche no habría función.

¿Quiere un poco de agua?

La voz lo hizo volver en sí. Por un momento olvidó dónde estaba o qué lo había llevado hasta allí. Hizo un gesto afirmativo con la cabeza, sin preocuparse por saber cómo había adivinado lo que quería. La muchacha fue hasta el refrigerador, llenó un vaso, estiró el brazo y lo puso delante de la cara de Flaubert. Las gotas de agua al resbalar por el vidrio le parecieron pequeñas perlas de sudor deslizándose sobre la piel de la joven, para ser engullidas luego por la redonda oquedad, la mancha oculiforme al centro que lo absorbía todo. Ella se movió hasta la mesa, dejó allí el vaso y empujó hacia él un sobre de papel blanco.

Esto se lo dejó una *mu-cha-cha* hoy por la mañana, dijo, y salió de la cocina.

El tono utilizado por la joven para referirse a la hipotética mensajera le hizo pensar en que tal vez había una pizca de celos escondida detrás de aquellas palabras, un celo juguetón aunque intencionado. Pero tan rápido como lo había imaginado intentó borrar de su mente esta suposición, pues temía descubrir en el matiz de la voz la misma indiferencia real que antes había descubierto en los ojos. Recogió el sobre y entró en su habitación. Al abrirlo, vio que contenía un cassette. La muchacha, en tanto, regresó a la cocina, tal vez para comprobar la reacción que sus palabras habían causado en el extranjero. Al ver que ya no estaba allí, y que el vaso seguía intacto en el mismo lugar donde ella lo había dejado, lo cogió, fue hasta el balcón y lanzó el agua sobre la jaula de los azulejos. Flaubert colocó el cassette en su grabador, volvió a ponerse los audífonos, y pulsó el botón de reproducción en el mismo instante en que el agua caía sobre los pájaros:

(Voz en el cassette):

Estimado señor flaubert.. (Se escucha música detrás de la voz) *¡bienvenido al infierno!* (Risas) *No se preocupe, es un chiste* (Otra voz detrás: *bueno, no tanto…*) *¡cállense coño!* (Risas. Pausa) *Humm, bueno, al grano: aunque nunca nos hayamos visto las caras, usted sabe más o menos quienes somos, de la misma manera que nosotros sabemos quien es usted. Por tanto, como estamos en igualdad de condiciones, pongamos las cartas sobre la mesa y así será mejor para todos… Usted… no es un simple turista… No se asuste, eso no nos interesa. Nosotros tenemos lo que usted busca, y usted nos puede facilitar lo que nosotros necesitamos. Hagamos un pacto de caballeros… nadie se entera y cada cual resuelve lo suyo. A nosotros no nos interesa vender. Le proponemos un canje: la máquina por un saco de yerba y media bobina de papel para traza. Ojo: queremos yerba, no flores. En su defecto campana blanca, no rosas ni girasoles. Campana blanca, grabe ese nombre. Pero eso sólo como última opción, así que esmérese con lo otro… Esa es nuestra propuesta. Como verá, es una ganga comparado con lo que esa máquina puede valer en su país, pero tenemos nuestras razones…* (Risas) *Bien: lo toma o lo deja. Si está de acuerdo, deje su respuesta en casa de susana. Hasta pronto. Saludos del club factotum…* (Música)

Flaubert apagó el grabador y se quedó inmóvil durante un rato. Había tanto silencio que pudo oír, desde su habitación y con los audífonos puestos, el alboroto de los azulejos en el balcón. Sin otra cosa que hacer, sorprendido y confundido con lo que acababa de escuchar y esperando a que la señora gorda lo llamara para el almuerzo, sacó el mapa de un bolsillo y se puso a recorrer otra vez las calles y los lugares donde había estado esa mañana.

También Cook se entretenía estudiando un mapa de la ciudad. Su grabador nuevo, dotado de sistema *autoreverse*, repetía constantemente las mismas canciones desde hacía varias horas, cuando, igual de temprano que Flaubert, se levantó para ir a dar una vuelta por los alrededores y comprobar si su nuevo atuendo producía algún efecto entre sus vecinos. Sintió que lo miraban con detenimiento, con cierta extrañeza incluso, pero nadie se atrevió a hacer ningún comentario. Ni siquiera aquellos a los que la rutina cotidiana del encuentro les permitía cierta familiaridad, la confianza suficiente para una simple broma. Nada. Ni el panadero de cada día, ni el limpiabotas de los bajos, ni el viejo del estanquillo de periódicos. Lo miraron, sorprendidos, pero ninguno dijo nada. Tal vez porque todos sabían quien era, o al menos lo sospechaban, y con esa investidura no se jugaba.

Estudiaba sobre el mapa la forma más conveniente de acercarse a su objetivo, repasaba los atajos, las calles menos concurridas, teniendo en cuenta los horarios de menor circulación. Al recorrer esas calles apelaba a su memoria para fijar allí cada detalle: los árboles, un portal resguardado de las miradas, una casa abandonada, una loma de escombros o un bar de mala muerte: cualquier referencia era importante por más absurda que pareciera, pues podía servir para ocultar su presencia en un momento determinado. Pasar sin ser visto, desaparecer en un instante era fundamental en la misión que le habían asignado.

Exprimía su mente en el esfuerzo de reproducir cada lugar —nunca había sido un buen observador—, pero lo único que venía a su cabeza ahora, como una remembranza lacerante, era la cara de su ex-mujer. Lo había abandonado un par de años atrás, y su recuerdo, más que nostalgia o añoranza, estimulaba su conciencia de la soledad, una conciencia dolorosa: necesitaba una mujer. Cualquiera, así fuese aún más horrible que la anterior, lo cual, según él mismo, era bastante difícil. Pero Cook no era exigente en este sentido; tampoco podía serlo por su figura y su tartamudez, cada vez peor, que lo afligían y alejaban de las relaciones sociales. Por si fuera poco, su jefe apenas le dejaba tiempo libre para estos menesteres, y él no se atrevía a plantearle una situación tan ajena a sus obligaciones profesionales. Cada vez trabajaba más, adelgazaba parejo a su trabajo, y de esa forma, estaba seguro, llegaría el momento en que su ostracismo tocaría fondo. «Ni para una negrita-cabeza-de-puntilla tendré tiempo ni fuerzas», pensó con dolor. La alternativa sería enrolarse otra vez en las patrullas que organizaban redadas contra las prostitutas. Allí existía siempre la posibilidad de acorralar alguna mariposa nocturna después de un operativo, y canjear su libertad o la limpieza de su expediente delictivo por un poco de sexo. Pero eso, además del riesgo que siempre implicaba —no obstante su supuesta impunidad como agente secreto—, era una solución momentánea, atractiva, sí, y estimulante por la novedad, pero efímera al fin y al cabo. Y ajena, además, a su sentido del deber y a su integridad. No, él quería su negrita entalcada en casa que tuviera todo limpio y la comidita preparada y dispuesta siempre —aun después de una redada— cuando sonó el teléfono. Ese sonido era un acontecimiento y una desazón: aquel teléfono no sonaba casi nunca, y cuando lo hacía generalmente era su jefe quien llamaba, lo que significaba nuevas órdenes a cumplir, más trabajo.

«¿Cook?», preguntó ahora una voz desconocida. Él no supo cómo responder, y la voz volvió a repetir su nombre. Por un momento hizo silencio, intentando adivinar quien podría saber su número y llamarlo a aquella hora de la mañana. Por fin articuló un «sí» discreto, ensayando el tono más neutral posible.

¿What say, man?, gritaron entonces del otro lado de la línea. Y a continuación: Mira, bro, tú no me conoces, soy un miembro de la congregación rasta… La cara de Cook se iluminó.

Ah, sí… exclamó, más entusiasmado. Y recordó donde había dejado su número de teléfono el día anterior.

…y aunque estoy seguro de que si me vieras tal vez no te lo parecería, por mi apariencia, claro, te digo que mi corazón está ahí, en la hermandad…

¡Yeah!

…y te llamo porque sé que estás interesado en la máquina del big brother, ¿no?, del gran viejo sucio, ¡ja, ja!, y bueno, da la casualidad que unos socios y yo la tenemos, ¿sabes?, ¿qué te parece? Y ellos me dieron este teléfono…

¡Wonderful! ¿Y entonces?

Es una larga historia, dijo la voz al otro lado luego de una pausa. A Cook le pareció que cuchicheaba con alguien antes de hablarle. También oía risas. Ya te contaremos, prosiguió la voz. Los socios han dicho que esa máquina es muy importante para ti, que has dedicado muchos años al estudio de la obra del maestro…

Si, Bro, cortó Cook. Es muy importante para mí.

Lo sabemos, prosiguió la voz, lo sabemos. Y por eso, conociendo tu devoción es que queremos que seas nuestro tesorero, nuestro depositario fiel, ¿entiendes? No sabemos qué hacer con ella, pero también tenemos miedo de que se pierda, o se dañe, ¿entiendes? Por suerte eres uno de los nuestros, de la hermandad, quiero decir…

Yeah.

Pero hay que tomar precauciones, porque hemos sabido de algunos que también están interesados pero que no parecen tener buenas intenciones con ella, ¿entiendes?, con la máquina, quiero decir… Entonces pensamos que podemos cuadrar un encuentro, sólo tú y nosotros, hermano…

Me parece perfecto, hermano, respondió Cook. Es una buena estrategia, nunca se sabe.

Con la mano libre Cook desplegó el mapa que tenía delante a todo lo largo de la mesa. «Sí, claro, enmascarar para despistar. Me parece muy bueno», dijo mientras su dedo corría sobre el papel, hasta detenerlo sobre un punto de la ciudad. «Bien, a las cuatro. Allí nos vemos. Camisa verde y un gorro amarillo... sí, está bien... Para saber, claro. Entiendo. Tres y una girl, perfecto. Grande, hermano, grande. See you».

Aunque Spider aún dormía y el Loco apenas acababa de despertar, también en la cisterna la mañana había comenzado bien temprano. Al Afónico le había tocado la tarea, a primera hora, de telefonear a Cook. Por su voz, «como la de Tom Waits», según el Loco, era el encargado de los mensajes, responsabilizado con la comunicación telefónica y grabada, y él se lo tomaba muy en serio. De camino al teléfono se encontró con Sergio y Frank, otro amigo común. Despiertos desde la noche anterior y sin otra cosa que hacer decidieron acompañarlo y lo escoltaron hasta la cabina, todo porque el Afónico se negaba con insistencia a revelarles con quien y de qué iba a hablar a aquella hora de la mañana: de ahí las risas que Cook escuchaba en la conversación. Al final aceptó: tanto Frank como Sergio sabían de la historia de la máquina, aunque les pidió discreción sobre todo lo que él dijera al teléfono: las clásicas peras. Ahora, al entrar Susana en la cisterna, estaba sentado en la escalera, como el primer día, cabeceando de sueño. Ni siquiera se echó a un lado, y ella tuvo que pasarle por encima para bajar.

El Loco se había despertado con el ruido del Afónico al cerrar la tapa de la cisterna. Y como ya no pudo seguir durmiendo, decidió ir a comprar huevos para el desayuno. Spider le había dejado una nota con el nombre y la dirección de la mujer que los vendía en bolsa negra, a dos cuadras de allí: una bruja desgarbada y miope que se hacía pagar como si cada huevo fuese de oro, y encima te insultaba porque le comprabas pocos, haciéndote sentir en culpa por ello. El Loco llevó a cabo toda la operación sin abrir la boca al sondeo de la vieja –que pedía referencias, domicilio actual...– siguiendo el procedimiento indicado por Spider, y regresó a la cisterna. Una vez abajo descubrió que la pequeña hornilla eléctrica traída por Susana la noche anterior no funcionaba, por lo que tuvo que dedicar casi una hora a empatar los cables quemados en su interior. Finalmente lo consiguió, y en este momento batía los huevos para preparar un revoltillo colectivo. Era feliz cuando se ocupaba de estos menesteres. Pero tanto él como el Afónico parecieron ignorar la entrada de la muchacha.

Buenos días a los dos, que yo no dormí con ninguno de ustedes, dijo Susana al llegar abajo. Y como nadie dijo nada, preguntó: ¿qué tal el estreno del camarote?

Yo no he pegado un ojo en toda la noche... Afónico decidió romper el silencio.

Se te ve. Tienes unas ojeras...

Y además tuve que salir temprano para llamar a Bob Marley. No sé si será por la humedad de este hueco, pero hasta la lengua la tengo entumecida.

Muy bien, respondió Susana, sarcástica. Así al menos no abrirás tanto la boca, y de paso te cuidas la voz.

Afónico la miró en silencio. El Loco seguía revolviendo los huevos, esperando que el aceite en la sartén se calentara. Los batía con tal pasión que más bien parecía merengue lo que se proponía hacer. Contrario a la noche anterior, cuando estuvieron escuchando música a todo volumen hasta bien entrada la madrugada, ahora sólo se escuchaba el tintinear del tenedor contra la porcelana del plato como un llamado a maitines.

Ya entregué el encargo, dijo Susana. Por suerte me fue fácil dar con la casa, y por suerte también el tipo no estaba cuando llegué.

Más que informar sobre sus gestiones, trataba de romper aquel silencio que ya comenzaba a inquietarla. Aun así, Afónico siguió cabeceando en la escalera y el Loco en el batido de sus huevos. Susana se sentó en una de las cajas de madera y miró hacia la cama donde dormía Spider, de espaldas a ellos y con la cara contra la pared. Sacó un cigarro, y se acercó hasta donde estaba el Loco. Él la miró de reojo y siguió en lo suyo. Susana encendió el cigarrillo en la resistencia de la hornilla eléctrica y volvió a sentarse en el mismo lugar. «¿Hay algo más que hacer?», susurró. La resistencia, al rojo vivo, emitía un resplandor que iluminaba desde abajo la cara del Loco, realzando la angulosidad de sus facciones, transfigurando sus rasgos, convertidos de momento en una máscara espectral.

Ya no vamos a necesitar de tus servicios, dijo al fin.

Por primera vez desde la llegada de Susana, el Loco levantaba la cabeza para mirarla. Ella pudo ver cómo cambiaba el semblante de su amigo con sólo alejar la cara de la hornilla y reintegrarla a la semipenumbra de la cisterna. Lo que acababa de decir había sido dicho cuando más cerca estaba del fuego, cuando el brillo deformaba sus rasgos; ahora Susana esperaba una excusa, vuelto el rostro a la normalidad del claroscuro interior.

Hemos pensado…, hemos estado hablando, y pensamos que esto es un asunto de hombres, continuó el Loco. Nosotros nos metimos en él, nosotros somos los que estamos… Puede ser peligroso para ti.

Por el tono podría interpretarse como una disculpa. Por el volumen de la voz —casi un susurro— se podría pensar que intentaba mantener el silencio para no despertar a Spider. El Loco, temiendo que sus palabras no tuvieran la veracidad o el suficiente poder de convencimiento que necesitaban, miró hacia la escalera, buscando apoyo en Afónico, que sólo se encogió de hombros. Cualquier exabrupto hubiese sido más atinado que ese gesto de indiferencia.

Oigan… ¿qué les pasa, eh? No entiendo… Yo tengo tanto derecho a participar como ustedes…, protestó Susana.

¿Por qué?, preguntó Afónico.

¿Por qué? ¡¿Por qué?! ¡Pues porque yo también me aburro!

No es una buena razón. Si sólo fuera por eso, tendríamos aquí a toda la ciudad.

Susana se levantó de un salto y los miró detenidamente, primero al Afónico, luego al Loco. Más que ira, era la perfecta expresión de la perplejidad y el desconcierto. Nadie dijo nada. Fue sólo un instante, pero suficiente para reflejar la transformación de su cara, el temblor en sus manos.

Así que conspirando a mis espaldas… No lo puedo creer. O sí, por qué no creerlo, tratándose de ustedes. Pues óiganme bien, no me voy a ir, machistas de mierda. Hizo una pausa y se sentó, pero para enseguida volver a levantarse, recoger su bolso y caminar hacia la escalera. Pensándolo bien, es mejor que me vaya, prosiguió. No tengo por qué soportar sus groserías… Pero se van a joder. Metió una mano en su bolso y sacó un pedazo de papel.

¡Sin esto no pueden hacer nada! Por tanto me voy, pero ¡*esto*, me lo llevo!

¿Qué cosa es?, preguntó Afónico, volviéndose hacia el Loco. Los contactos.

Afónico saltó de la escalera y se abalanzó sobre ella. Intentaba quitarle el papel de la mano, aunque sin forcejear por temor a romperlo. A su modo de ver los chantajeaba, intentaba presionarlos con aquellas claves imprescindibles, pero estaba decidido a recuperarlas aunque ella apelara a la violencia o interpusiera su condición de mujer como defensa. Susana agarró la caja de madera sobre la que había estado sentada y la lanzó contra su perseguidor. La caja se estrelló en la pared, y al caer rompió una de las botellas vacías que había en el piso. La grasa en la sartén se había recalentado por la despreocupación del Loco, atento a la pelea, y la cisterna comenzó a llenarse de humo apestoso a manteca quemada.

El ruido y el humo despertaron a Spider, que de repente se sintió aturdido, como si no supiese donde se encontraba. Susana aprovechó para esconderse detrás de él. Ahora seguramente me vas a decir que estos dos anormales te querían violar, le dijo Spider cuando ella lo agarró por la espalda.

Me preguntaba qué hacemos con una mujer en el grupo... El Loco había subido por la escalera con la sartén humeante en la mano, y empujando la portezuela de hierro, la dejó afuera y mantuvo la tapa abierta, para airear un poco el lugar.

¿Y tú?, le preguntó Spider al Afónico.

Afónico recogió el pedazo de papel que Susana había dejado caer al lanzarle la caja, lo guardó en un bolsillo, y de allí mismo sacó un cigarro, como si aquella hubiera sido la verdadera intención de su movimiento. Todo a una velocidad vertiginosa.

A mí me da igual, dijo Afónico parodiando al Loco.

Somos un equipo, colegas, no lo olviden, intentó terciar Spider, y en estos casos siempre es conveniente tener una mujer cerca. Además, no sabemos cuanto tiempo vamos a estar aquí, así que... bueno, tres hombres solos en este hueco, durante tanto tiempo, siempre hará falta una mujer, ¿no? Creo que en una situación como esta el viejo Charly nunca se hubiera opuesto a una presencia femenina.

A una presencia no, pero sí a la permanencia, enmendó el Loco.

Váyanse a la mierda, cabrones libidinosos. Susana se levantó de la cama, y en tres pasos llegó al pie de la escalera. Se volvió: Óiganme bien, analfabetos. Si de verdad quieren entender a

Bukowski, primero lean a Tolstoi. Cuando lo hagan, en alguna parte encontrarán una frase de ese viejo misógino donde consideraba la compañía de una mujer como «un necesario, casi imprescindible deleite de la vida». Si quieren gozar, empiecen por el principio. Subió un par de peldaños y se volvió otra vez: Tarea de hoy, La guerra y la paz. Ochocientas páginas. Y desapareció por el hueco de la entrada.

Yo también salgo. Necesito aire, rezongó Afónico.

Ya que van a pasear, esta es la dirección del socio que tiene la máquina. Díganle que van de parte mía.

El Loco le dio a Afónico un pedazo de papel que el ronco dobló en cuatro antes de guardarlo en el mismo bolsillo donde, unos minutos antes, había escondido el papel de Susana con los teléfonos y la dirección de Flaubert y Cook. Afónico salió de la cisterna y el Loco subió detrás de él, recogió la sartén que había dejado fuera y volvió a correr la tapa de hierro hasta cerrar. Spider saltó de la cama y buscó entre las cajas de madera una botella de ron que había quedado de la noche anterior. La encontró junto a la grabadora y se sentó allí mismo a darse el primer trago del día.

Después de recorrer medio Vedado con una vieja máquina Remington al hombro y la voz de Susana fustigándolo detrás, Afónico creía estar convencido de dos cosas: le había tocado la peor parte en la repartición del trabajo, y todo aquello, en definitiva, no era más que una locura sin sentido. Según él era cierto que cambiando la máquina —en el peor de los casos— por un quintal de campana blanca nadie podría acusarlos legalmente de narcotráfico; cuando más de *tenencia*, «tenencia ilícita de flores», aunque sonara gracioso. Y un saco de campana daba infusión suficiente para llenar dos botellones de ponzoña virulenta, aunque él nunca se atrevería a probar ese brebaje:

no le gustaban las infusiones con tan malas referencias. Con esta opción, entonces, llevaba las de perder. Pero si vendían la máquina –y este era su argumento más contundente– podrían repartirse el dinero entre todos y cada cual resolvía lo suyo a su manera: a eso él le llamaba simplificar las cosas. Susana en cambio pensaba que además de egoísta y aburrido, era un tarado. Dios le había quitado de cerebro lo que demasiado le dio en estatura; se fue en vicio por un lado mientras por el otro, el más importante, se quedó escaso; el pobre, siempre con sus conflictos de proporciones justas. Cómo era posible que no se diera cuenta, abre los ojos, entiende, fustigaba desde atrás a una distancia prudencial, fuera del alcance de los largos brazos del ronco, cómo no era capaz de ver la posibilidad que ahora se les presentaba para divertirse, para salir del marasmo en el que estaban hundidos, no se podía pensar todo el tiempo en el dinero y en la dichosa chapistería de refrigeradores los fines de semana, también existían otras cosas como la felicidad y el placer de la diversión o la misma experiencia, que nada tenían que ver con lo material, mucho menos con los billetes. A lo que Afónico ripostaba rugiéndole que no lo jodiera más con su filosofía barata y maldiciendo aquella mole de hierro mientras deducía que si ahora, por ejemplo, tuviéramos dinero, yo no tendría que cargar como un mulo con esta mierda al hombro que, para colmo, con el sol que hace, la grasa se le ha empezado a derretir y me está chorreando aceite desde la oreja derecha hasta el sobaco, que ya le había desgraciado la camisa y que de un momento a otro comenzaría a gotear por la espalda para entonces resbalar hacia abajo y llegar quién sabe dónde.

Entraron a la casa por la puerta de la sala, abierta como siempre, y allí estaba el padre de Susana, sentado a la mesa del comedor, navegando entre un montón de papeles esparcidos sobre la madera. Afónico descargó la máquina encima de los papeles y siguió hacia la cocina. El padre de Susana los miró entre inquisitivo y paternalista, lo que en el fondo no era más que pura bondad e indiferencia. A lo único que atinó, tal vez por no encontrar en ese instante otra forma más evidente de ser amable, fue a preguntarle a su hija si regresaba de la playa, pues creía que por esas partes andaba. Ella se limitó a pedirle que prestara atención: vendría el tal Flaubert, el amigo de su hermano Robert, y él le debía entregar aquella máquina de escribir que Afónico dejó sobre la mesa. Que el americano o lo que fuera dejaría *algo*, y que lo guardara *bien* hasta que alguno de ellos pasara a recogerlo. Y ni una palabra más de las necesarias durante el intercambio. *Ni una*, volvió a repetir, admonitoria, y con la misma gritó al Afónico que se apurara, pues de lo contrario llegarían tarde a la cita con el rasta. El padre no entendía por qué tanto apuro, sobre todo si hacía dos días que no veía a su hija. Por un instante tuvo la esperanza de que se quedaría un rato más, que tal vez hoy sí tendría suerte con el almuerzo cuando ella, ya en la puerta y a punto de salir, le pidió al Afónico que la esperara un segundo y entró otra vez en la sala. Pasó por delante de él, subió a su cuarto y bajó enseguida con un pedazo de nylon rosado en las manos, con el que cubrió la máquina de escribir. «Ahora sí», dijo. Afónico empezó a reír. Entonces se fueron. Sin despedirse. Aunque tampoco habían saludado al entrar.

Bajaron por 10 hasta 25, entraron en el patio de una casa abandonada que había en la esquina y subieron hasta la azotea, que daba directamente a la calle Zapata. Allí arriba estaban Spider y el Loco, esperándolos. Al otro lado de Zapata estaba Cook, parado bajo el arco central a la entrada del cementerio, con su camisa verde y su gorro amarillo como ellos le habían indicado. Sostenía en una mano un racimo de cucuruchos de maní, y con la otra se ajustaba el gorro cada tanto; cuando no lo hacía, los dedos de esa mano se abrían y cerraban compulsivamente. A la legua, e incluso desde no tan lejos –desde aquella misma azotea, por ejemplo– cualquiera podría darse cuenta de que no era un vendedor de maní, aunque hiciera todo lo posible por pasar como tal. Camina de un lado para otro, repite por lo bajo «maní-maní/maní-maní» como un mantra resignado, se mueve entre los arcos, reduce sus pasos al espacio entre las columnas, mira a los lados con insistencia y no escucha cuando alguien lo llama para comprarle. Por un instante parece decidido a asumir su momentánea condición y vende un cucurucho. Cuando le pagan no sabe qué hacer con el dinero: mira la moneda sobre la palma de su mano como si observara un extraño insecto que ha venido a posarse allí, indeciso entre guardarla en un bolsillo o lanzarla al aire.

De repente se esmera; Cook se empeña en vender su maní a los dolientes que salen del camposanto, insiste en la calidad de su mercancía, los importuna metiéndoles los cucuruchos por los ojos incluso cuando estos lo rechazan; parece no saber muy bien donde está, malinterpreta la disposición de sus posibles compradores, el duro trance que los ha llevado hasta allí a esa hora del mediodía, con sol y con dolor y con deseos de cualquier cosa menos de comerse un asqueroso maní, sin reparar en que un poco más allá, por la misma acera, un policía lo ha estado observando con atención. El policía se acerca, y sólo cuando ya lo tiene encima es que Cook lo ve, da un salto y sale como un petardo Zapata arriba buscando Paseo con el policía corriendo detrás, sonando un silbato. Arriba, en la azotea, cuatro espectadores ríen encantados con la escena y gritan a coro «¡cójelo-cójelo-manisero-se-va-cójelo!».

La música de fondo y bien alta como siempre no lograba atenuar los gritos de Cook. Poseído por la furia, sostenía con una mano el auricular del teléfono (que parecía estar encolado a su oreja) y escupía su jerga recién aprendida por los orificios de la bocina, mientras con la otra gesticulaba reforzando cada palabra con un movimiento incisivo, cortante, punzando el vacío como si ahí, frente a él, tuviese de cuerpo presente al causante de su ira, estoico y en posición de *firme* ante las furiosas estocadas de su brazo-estilete. Aún llevaba puesta la camiseta verde y el gorro amarillo, que se arrancó de un tirón, junto con la peluca.

«¿La policía?», preguntó entonces. «¿Cómo que la policía?». Cook hizo silencio; también hubo una pausa del otro lado de la línea. «Y-y... ¿cómo ustedes saben que...». Volvió a hacer silencio. Y de repente estalló: «¡A mí no me importa la policía!».

Había cometido un error. Tanto entonces como ahora era un lumpen negociante sin licencia y la policía debía ser una preocupación para él. O al menos tenerla en cuenta, como todos los de su especie, estar cubierto, tener una coartada ante cualquier eventualidad. Aun así, lo que realmente le preocupaba era la mención a la policía. Si ellos en definitiva nunca llegaron a la cita, no tenían entonces por qué saber: lo detuvieron cuando intentaba saltar el muro del cementerio, y desde allí fue conducido como un vulgar delincuente hasta la Estación de Zapata entre los gritos y los escarnios de las viejas chismosas que se asomaban para verlo pasar. Pero más que todo ello le dolía esa expresión contenida aunque no susurrada, ese «tenía que ser» discriminatorio escuchado a su paso en un par de ocasiones. Que le dijeran eso a él, en plena calle y a pleno sol. Sin poder hacer nada, imposibilitado de revelar su verdadera identidad. Cook sabía que era este uno de los imponderables que se corrían en su profesión «cuando uno no es uno mismo», el riesgo moral, todavía peor a ese que pone en peligro la vida, la impotencia ante el escarnio y la humillación como la mayor calamidad. Pero más que servirle de algo en ese momento, saberlo sólo multiplicó su furor.

Cook dedujo que la salida más fácil con sus anónimos interlocutores, y también la más a tono con su fingida condición, sería la fanfarronería clásica del ambiente, que él, por cierto, conocía muy bien. «A mí no mm-me interesa la policía porque yo soy más rápido que ellos, man, nnn-onno-hay intriga conmigo», dijo, bajando el tono aunque con un aire de superioridad que tenía algo de sujeto protegido y otro tanto de consorte a respetar. «Pero de mí nn-no se ríe nadie», añadió, «nadie, ¿queda claro». Está cabrón, pensó Afónico al otro lado de la línea. No esperaba que fuera a replicar así, aunque era previsible una reacción. Lo había llamado para reprocharle su «informalidad» y concertar una nueva cita, a lo que Cook sólo respondió «ya-ya veremos» antes de colgar.

Colgar y darle una patada a la mesita donde estaba el teléfono fue la misma cosa, un solo movimiento. El aparato saltó por el aire, pero Cook pudo agarrarlo antes de que cayera al piso. Lo colgó otra vez, lo puso sobre la mesa, y en ese mismo instante sonó el timbre. Cook soltó el teléfono como si este le hubiera mordido las manos, y lo dejó timbrar varias veces, la vista clavada en él, esperando a ver si se arrepentía. Decidido, agarró el auricular con violencia.

¡Y ahora qué coño pasa!, gritó por el tubo.

La ira se transformó en espanto. Tres segundos después de gritar ya Cook estaba lívido, su piel adquirió una tonalidad lechosa, se puso *cenizo*, como suele ocurrirle a las personas de su raza cuando el frío las ataca. No era la voz de Afónico la que ahora salía por la bocina del teléfono, sino la de Tamayo. Cook se paró en firme, comenzó a tartamudear, casi saluda con la mano en la frente. «Eh…eh… sí, sí-jefe», pudo articular al fin, «disculpe, pensé que era alguien que está llamando para molestar y… No, no sé cómo habrá dado con el número… Sí… sí, enseguida…». Soltó el auricular, fue hasta donde estaba la grabadora y la apagó. Al volver, agarró el tubo con cuidado y se lo puso al oído sin decir palabra, esperando –y deseando– que El Depilador ya no estuviese allí. Pero este soltó un grito que lo hizo apartar la corneta de su oreja. Cook carraspeó: «…sí, bueno, puedo explicarle… Era un disfraz, una *cobertura*, usted sabe, sólo que». Volvió a apartar la bocina, como si una avispa le hubiese picado la oreja colando su aguijón por uno de los agujeros. De todos modos podía oír lo que su superior le gritaba, y poco a poco la fue acercando otra vez, hasta que pudo responder. «Nnno-no-no-se-preocupe. No volverá a suceder». *Y otra cosa*, escuchó a través del teléfono, *acaba de llegar a La Habana un americano que también parece interesado en la máquina. Piel blanca, muy blanca, estatura mediana, está alquilado cerca de la calle Zanja…* La descripción de Flaubert incluía pormenores dignos de no ser siquiera tenidos en cuenta, pero siempre era mejor saber demasiado que nada, dijo El Depilador al terminar. «Déjelo en mis manos, respondió Cook, le a-aseguro que resolveré este caso rápida-mente… Sí jefe, no se preocupe… Muy bien. A-a la orden».

Colgó y volvió a lanzar otra patada contra la mesita del teléfono. Pero esta vez sus reflejos fallaron, y el teléfono cayó al piso antes de que él pudiera cogerlo al vuelo.

Esa noche, al llegar, el Loco notó que el panorama dentro de la cisterna había cambiado. Lo primero que vio fue una caja de cerveza Bucanero aún sellada al pie de la escalera, y otra de la misma marca, abierta, y varias latas por el piso. Encima de un cajón de madera había una caja de ron Habana Club –doce botellas–, y otra de whisky Johnny Walker, etiqueta roja, a la que le faltaban tres botellas: una ya estaba vacía en el piso, otra la tenían Susana y Spider sobre la cama, y la tercera se la empinaba Afónico sentado junto a la grabadora y escuchando a su ídolo Tom Waits: sólo así era posible bajarlo de la escalera. Al llegar al fondo Spider lo saludó como siempre, alzando la botella a la altura de los ojos, y comenzó a leer en voz alta de un libro que tenía sobre las piernas de Susana. Estaban casi desnudos.

«A nosotros nos han criado con hojas de zanahoria», leyó; «con semillas de sésamo y una gramática violenta; malgastamos los días como mirlos enloquecidos y nos entregamos al alcohol por las noches. Nuestra leve sonrisa forzada nos cubre como el confeti de un extraño: y ni siquiera participamos de la fiesta».

Tal parece que lo escribió para nosotros, dijo Susana mientras pasaba algunas hojas del libro.

Tu idea del vendedor de maní fue genial, niña, respondió Afónico. Parecía estar un poco borracho ya. Eres muy… *lista*, prosiguió, pero para llegar a ser una verdadera bukowskiana debes librarte aún de algunos prejuicios…

¿Como cuáles?

…sexuales. Prejuicios sexuales.

¿Ah, sí? ¿Y qué tengo que hacer, según tú? ¿Acostarme con los tres?

¿Ves? Siempre tienes ideas interesantes. Podrías empezar por ahí.

Y para hacerlo bien divertido, todos en un jacuzzi, jugueteando entre la espuma… Lástima, tu ahí no entrarías.

En ese caso podría hacer una excepción… dolorosa, tratándose de una ocasión como esa. Afónico se sirvió un trago largo en un vaso de cristal que él mismo había traído –«es obsceno tomar Johnny Walker en vasitos plásticos», decía– y miró al Loco. ¿Y tú qué?, le espetó. ¿Encontraste algo?

Pizzas. Dos por cabeza, informó el Loco, dejando una bolsa de nylon sobre la caja de whisky. Caminó hasta la cama, le quitó a Spider la botella que tenía en la mano y se dio un trago.

Lástima que no podamos invitar a todos los socios. Pero me doy un buche por ellos. Viva yo. Se dio otro trago, devolvió la botella a Spider y sacó de un bolsillo del pantalón un libro, que le entregó a Susana.

Aquí está. *Música de cañerías*. Me cuadra ese título. Por cierto, niña…, dijo, haciendo una pausa.

¿Qué? ¿Tú también tienes una propuesta para mí?

Tranquila…, murmuró Spider.

No, un mensaje de tu padre. Dice que pases esta noche por allá. Que es importante. El Loco cogió otra vez la botella de Spider y bebió.

¿Para qué?, preguntó Susana.

Qué se yo… Me preguntó si sabía donde estabas. Le dije que no, por supuesto.

El Loco fue hasta donde había dejado la bolsa de nylon con las pizzas, sacó una, la dobló en dos, exprimiendo la grasa en el suelo, y empezó a comérsela, dando pequeños paseos de un lado para otro. No se había sentado ni un segundo desde que llegó a la cisterna. Spider leía en voz baja para Susana, y Afónico seguía embelesado con Tom Waits. Siempre moviéndose, se acercó a Afónico y bajó el volumen de la música. Luego se subió a una caja de madera, hizo señas de que guardaran silencio y desenroscó el bombillo del techo. De allí saltó hasta la escalera, entreabrió la tapa con cuidado y miró afuera.

¿Qué pasa? preguntó Spider.

No sé, dijo el Loco, luego de cerrar otra vez la tapa de la entrada y encender la luz. Pero me parece haber visto caras sospechosas por los alrededores cuando venía. Ojalá sea mi paranoia.

Bueno, yo tuve la misma sensación hoy por la mañana cuando traía el drink, dijo Spider. Y estaba pensando… No sé como lo ven ustedes, pero creo que sería bueno disfrazarnos. Eso multiplicaría las posibilidades. Además de protegernos, claro.

El Loco fue a sentarse junto al Afónico. Allí empezó a interpretar el personaje de Budhead, su animado favorito. Afónico, por supuesto, hacía de Beebes, los dos frente a un televisor imaginario; tenían montado el número desde hacía mucho tiempo, y en algunos lugares eran la sensación. Lo hacían realmente bien, y sabían que a Spider le gustaba. «Que fula, acere, disfrazarse, que fula», decía Beebes, mientras Budhead ripostaba «No, es cool, men, cool, je je». «No, *escul* no. No hay *escul* para nosotros». Así podían estar toda la noche.

Cada uno se inventa su disfraz a su propio gusto. No hay reglas, continuó Spider un rato después. Pero tiene que ser creíble, porque de lo contrario terminas con todas las miradas encima y ahí mismo se jode todo. Un buen disfraz te puede salvar la vida, pero uno malo te hunde en un segundo.

No creo que a alguien como *él* le hubiera gustado esa idea del disfraz… Él era más *realista*, dijo Susana señalando el libro que Spider tenía entre las manos.

El viejo empieza de esa tapa para abajo. Afuera él no cuenta, y hay que cuidarse, concluyó Spider, poniendo un énfasis en sus palabras que pretendía dar por terminada la cuestión, sin que ninguno de los otros tres hubiera dicho aún su parecer. Pero sabía que tanto Afónico como el Loco se apuntarían a cualquiera de sus iniciativas si eso les ahorraba tener que pensar por ellos mismos. En cuanto a Susana, estaba seguro que terminaría aceptando, aunque siempre se tomara su tiempo para pensar y darle vueltas al asunto, cualquiera que fuese. A los ojos de Spider, eso la distinguía.

Voy a mi casa a buscar algo de ropa, y de paso veré qué quiere mi padre, dijo Susana. Recogió su bolso y caminó hasta la escalera. Antes de llegar, aplastó con sus botas una lata de cerveza vacía.

Para la próxima entrega pidan vino, que era lo que realmente le gustaba beber a Bukowski… Permiso, caballeros.

Un momento antes Afónico y el Loco se levantaron de donde estaban, y antes de que ella llegara a la escalera ya se habían sentado en los escalones inferiores. Hicieron como si no la hubiesen oído, y Susana levantó contra ellos una de sus botas de cuero, diminutas aunque amenazantes. No le importó que al hacerlo su vestido –tan pequeño como sus botas– resbalara por encima de sus muslos. Ella mantuvo la pierna en alto; ellos sabían que la utilizaría, pero como ya habían disfrutado de una agradable panorámica de entrepierna, le hicieron lugar al centro de la escala. Ella subió contoneándose, y ellos alzaron los ojos hasta que el estrépito de la tapa sobre sus cabezas hizo desaparecer el último vestigio de aquella visión.

Con ese espectáculo sobre mi cabeza puedo estar mirando desde el fondo de un pozo oscuro hasta quedarme ciego, y aun así ni siquiera me acordaría de mi problema, susurró el Afónico luego de una pausa.

A la salud de ese culo, que bien se lo merece. El Loco le pasó la botella de whisky al Afónico, cuando reparó que Spider los estaba observando. Y a la tuya, hermano, para que no te me pongas bravo…

¿Les gusta el palo, eh?, les preguntó Spider. Ahora que los veo ahí sentados, se me ocurre pensar que la vida es como la escalera de un gallinero: corta y llena de mierda.

Muy agudo de tu parte, gruñó el Afónico. ¿Quién dijo eso?

Confucio, respondió el Loco. Afónico lo miró. No parecía muy convencido.

Yo también voy a salir un rato. Veré si encuentro algo que me pueda servir para el disfraz. Pónganse ustedes también pa'eso. Al pasar junto al Afónico en la escalera le lanzó el libro que había estado leyendo con Susana: Tienes tarea. Desodorante para tu alma.

Afónico miró la portada: *Se busca una mujer.* Esta la he hecho durante mucho tiempo, murmuró.

Repaso entonces, dijo Spider.

Cuando Susana llegó a su casa ya había oscurecido. Una ola de aire frío pasaba sobre la ciudad en ese momento y se veían pocas personas por la calle. No obstante, la mayoría de las casas tenían las puertas y las ventanas abiertas, y de casi todas ellas salían las voces de la programación infantil de televisión como un sonido uniforme y sostenido. La voz melodiosa y almibarada del pequeño héroe contrapunteando con la chillona voz del malvado acompañaron a Susana en su recorrido, siempre las mismas voces al mismo volumen guiándola a través de kilómetros de calles desiertas y mal iluminadas; la misma intensidad de sonido y el mismo sonsonete repetido como un eco de cuadra en cuadra parecía acompañar la vida de todos los habitantes de la ciudad a aquella hora; voces que un poco más tarde, cerca de las nueve, llenarán otra vez estas mismas calles de héroes y villanos, ahora un poco más maduritos pero igual de tontos, envueltos en una trama seriada y aletargante, verdadero «opio del pueblo» por el horario en que se transmitía y por ser, sobre todo, casi la única opción. Por una hora flotaban esas voces en el marasmo de la noche, atiborrando el aire y los estómagos distraídos con un sucedáneo virtual para mentes atontadas antes del sueño. Sonido que ya había llegado a convertirse en una suerte de *estática* ambiental, clamorosa etiqueta de barrio, sopor inerte de ciudad abúlica.

Aunque la puerta de la calle, extrañamente, estaba cerrada, Susana pudo oír desde el jardín a su padre conversando con alguien en la sala. Al fondo, el televisor encendido y sin volumen. Al asomarse a la ventana vio las dos cabezas moviéndose en la refracción intermitente de la pantalla, y sin abrir la puerta, pudo escuchar a su padre.

…no sé exactamente donde es, decía en ese momento, pero por lo que me ha contado Susana, él dijo que quedaba cerca de un pueblecito llamado El Mamey, que si mal no recuerdo, pues hace un tiempo anduve por esa zona, está un poco antes de llegar a El Nicho, subiendo por Cumanayagua. A lo mejor ha oído hablar de ese lugar, hay unas cascadas preciosas, los *desparramaos* les dicen, sólo que ya no dejan bañarse en ellas, ahora tiene que irse a los estanques o de lo contrario…

Cuando Susana entró el padre hizo silencio. Su cara, sin embargo, no era la de alguien que de pronto enmudece porque ha sido sorprendido cometiendo una indiscreción, sino la de quien descubre con alegría la llegada del aliado que puede corroborar sus palabras. Susana conocía bien aquella manera de comportarse, ese talante característico en su padre. De nada había servido la advertencia que, dos días atrás, cuando estuvo con Afónico a dejar la máquina, le había hecho sobre la necesaria discreción que ahora debía mantener: allí estaban su cara feliz y su boca locuaz para demostrarlo. Y ante esa mezcla de inocencia y estupidez nada le podía reprochar.

Mire, ¡mire!, ahí está, exclamó eufórico su padre. Al fin pueden conocerse. Susana, éste es el señor Flaubert, de Nueva York, amigo de tu tío Robert…

Mucho gusto, señorita.

Susana-esboza-sonrisa-complaciente. En realidad no esperaba encontrarse con semejante personaje, mucho menos a aquella hora y sentado en la sala de su casa, con ese aire suficiente de quien cree saberlo todo sobre ti y te hace sentir como si te tuviese agarrado por el cuello. Bastó con una mirada para que ambos supieran cuanto de sí sabía el otro, y por casi medio minuto quedaron en silencio, un silencio incómodo y tan cargado de intensidad dramática como una pausa en una escena de Chejov. Flaubert debió haber pasado en la tarde de ayer a recoger la máquina y a dejar la mercancía, y a ella nadie la esperaba en ese momento. Para el padre, sin embargo, la reacción de su hija era fruto de la sorpresa («¡un amigo de tu tío Robert!»): de ahí su sonrisa bobalicona. Para quitárselo de encima, para espantar aquella mueca estúpida y suavizar la otra mirada, que parecía querer atravesarla en su fijeza, a Susana no se le ocurrió nada mejor que mandar a su padre a la cocina a buscarle un vaso de agua.

Ambos se quedaron observando como el hombre desaparecía solícito por el largo pasillo hacia el fondo de la casa. Entre ellos había una mesita de cristal, dos vasos, una cubeta con hielo y una botella de añejo Havana Club, a la que le faltaba más de la mitad. Si aquel hombre parecía no haberse dado un trago en su vida, ¿a dónde fue a parar el alcohol que faltaba? A la cabeza de su querido progenitor, dedujo: de ahí aquella sonrisita estúpida.

Susana, sin sentarse, se sirvió una línea de ron con hielo en el vaso que le quedaba más cerca. Intentaba parecer ecuánime. Levantó el vaso en silencio, a la manera de quien propone un brindis sin necesidad de que alguien entrechoque su cristal, y cuando ya iba a bajarlo, Flaubert le agarró con fuerza la muñeca.

¡Óigame bien lo que le voy a decir –dijo el de Brooklyn conteniendo la voz–, para que se lo haga saber a los mocosos de sus amigos...!

¡Fíjese, no le permito...! ripostó Susana en el mismo tono, e intentó zafar su brazo de la tenaza con que Flaubert lo tenía inmovilizado. La sacudida derramó el ron sobre la mesa y las rodillas de Flaubert, que no le dio importancia, aunque le soltó la muñeca con un gesto brusco de desprecio.

¡Soy yo el que no va a permitir que me tomen el pelo!, la increpó.Ustedes no tienen ni idea de quien soy… Y créame, cuando me molestan puedo ser terrible. Claro que tampoco sé quienes son ustedes, ni me interesa. Lo que sí sé, como también lo saben tú y tus amigos, es que ninguna de esas dos que me dejaron son la máquina que ando buscando.

Usted tampoco cumplió con su parte, replicó Susana. Le agradecemos el gesto…, la bebida, quiero decir, pero eso no fue lo acordado.

No acordamos nada. Ustedes hicieron una propuesta, y yo me tomé la atribución de introducir una ligera variante. Eso es todo.

El problema es que si ahora usted nos devuelve la máquina falsa, nosotros no podremos reintegrarle su legítima bebida, dijo Susana sonriendo.

Cuidado, chiquilla, están jugando con fuego… Dígame una cosa: ¿ustedes piensan que soy tonto? Soy un turista americano, debo tener mil ojos encima de mí, ¿y quieren que corretee por toda La Habana con un saco de marihuana al hombro? ¡Por La Habana, nada menos! Sería como pasearse por Kabul con un harén de muchachas en bikini. Flaubert hizo una pausa y se sirvió un trago, aunque no lo bebió. Dígame, ¿por qué no quieren dinero? −preguntó al fin, mirando fijamente a los ojos de Susana.

Eso es asunto nuestro.

Drogadictos…

No somos drogadictos. Hacemos piñatas. Bacanales con piñatas ecológicas, eso es todo. Y ahora queremos hacer un regalo.

Ah… Happy, son gente happy, ¿no? ¡Qué lindo! ¡Ay! ¡happy, happy, happy!

Oiga, tranquilícese… Susana se sentó en una butaca al otro lado de la mesa de cristal.

En ese momento apareció el padre con el vaso de agua en una mano y dos botellas de cervezas en la otra. Al ver a Flaubert, su ánimo contagioso se hizo más expansivo, intentando involucrar a los otros con su buen humor. Puso el vaso delante de su hija, dejó una cerveza sobre la mesa, y empezó a agitar la otra en la cara del americano mientras gritaba «¿Contentos, eh?! ¡Happy, very happy? ¡Happy birthday, my friend! ¡Happy new year por adelantado! ¡Happy, happy, everybody happy!».

Terminó su elogio de la felicidad, sacó un abridor del bolsillo y destapó la cerveza. Un duendecillo juguetón no lo hubiera hecho mejor. La espuma salió disparada por la presión, y fue a dar directamente sobre la cara de Flaubert, como en el gastado gag del cine silente. Al ver lo que había hecho, intentó reparar su error levantando el pico de la botella, y entonces la espuma cayó sobre los tres en forma de llovizna atomizada y fría. Pero más fría aún era la mirada de Flaubert. Contemplaba al hombre en silencio, intentando dilucidar quien estaba más loco, si él o su hija, mientras la espuma le corría por el cuello y sembraba perlas de cebada en su brillante calva.

¿Vio eso, míster? ¡La espuma dio en el techo!

Susana comenzó a reír a carcajadas. Pero no por Flaubert; tampoco por su padre: en ese momento, junto a la puerta entreabierta, apareció Spider. Dio dos pasos y se detuvo, intentando explicarse el motivo de tanta alegría. Llevaba un bigote postizo, con una cicatriz dibujada en la mejilla derecha. Entre los dientes había colocado un pedazo de papel negro, se había recogido el pelo con una gorra verde de los Marlins, y venía envuelto en una capa de nylon verde olivo dos tallas más grande que la suya.

La espuma dio en el techo... y la mierda en el ventilador, dijo Susana, riendo cada vez más fuerte. Spider se acercó despacio, y sin saludar siquiera al padre o a Flaubert, le preguntó si estaba sola. Susana le respondió que mirara alrededor. Spider no se refería a ellos, y Susana dejó de reír. No podía creer que Spider hubiera venido solo porque pensara que encontraría allí al Loco.

¡Miren quien llegó!, exclamó el padre de Susana. Así salvaba sin proponérselo a la hija, la salvaba de una respuesta que no tenía. Oye, los carnavales son en agosto... ¿Y ese chubasquero, está lloviendo?

Ya aquí nadie se disfraza en los carnavales, mi viejo. Y esto es un gabán.

¿Y entonces?, preguntó el hombre. Spider se encogió de hombros, volvió a virarse hacia donde estaba Susana, y la miró con recelo. Ella empezó a reír otra vez. La de ahora era una risa entrecortada, distinta a aquella con la que lo recibió al llegar.

Mire, hablando del rey de Roma, dijo el padre de Susana señalando a Spider y dirigiéndose a Flaubert. Este es Harold, el amigo de Susanita. ¿O el novio? ¿Qué son, eh? ¿Una cerveza?

Bueno..., respondió Spider.

Evidentemente el tipo estaba contento. Se veía sobre todo en su locuacidad, en su dinamismo, pues normalmente era difícil hacerle hablar, sacarlo de su ostracismo, mucho más moverlo de su sitio, delante de sus papeles o del televisor. Y con el mismo entusiasmo de un rato antes volvió a enfilar por el pasillo hacia el fondo de la casa, tarareando en voz baja y saltando de gozo por aquella reunión espontánea y divertida.

Monsieur Flaubert, le indicó Susana a Spider, señalando hacia el sofá.

Tenemos cuentas pendientes, cachorro, lo saludó Flaubert. Pero por respeto al padre de acá, dejaré que sea ella quien le comunique mi parecer sobre lo sucedido.

Spider no pareció inmutarse con la presentación. Susana le había hecho un lado junto a ella en la butaca, pero el prefirió seguir de pie y hablar desde allí.

Sé tan bien como usted lo que ha sucedido, nadie tiene que contarme nada..., dijo. Estamos parejos, sabueso. Usted trató de engañarnos y nosotros hicimos lo mismo. Nadie cumplió porque ninguno de los dos confía en el otro, así que no se haga el ofendido. Yo también podría estarlo.

Pero te tomaste mi bebida…, protestó Flaubert.

¿Y qué quería, que la donara a un asilo?

Flaubert hizo un movimiento, como si intentara abalanzarse sobre Spider. Pero se contuvo al escuchar un ruido de cristales que se rompían en la cocina. Más que ruido fue un estruendo, como si hubiesen lanzado una botella contra la pared. Susana llamó a su padre, pero este le gritó desde el fondo que no se preocuparan, era sólo *un pequeño incidente sin importancia*. Entre tanto, se había bebido un par de cervezas (la tercera se pulverizó contra el piso antes de abrirla) y parecía estar ya completamente borracho. Ahora sacaba dos más del congelador. Flaubert se recostó otra vez en el cómodo respaldo del sofá. Hizo una seña a Spider para que se sirviera un trago, pero este lo rechazó con un movimiento de cabeza. Flaubert le puso hielo al que un rato antes se había servido, pero tampoco ahora lo bebió. De repente parecía más conciliador.

Bien, no perdamos más tiempo. Olvidemos lo ocurrido y… denme dos días. Pasado mañana por la noche. Aquí mismo, como la vez anterior. Veré qué puedo hacer.

No se hable más entonces, respondió Spider. Susana y yo recogeremos nuestra parte, y su padre le entregará lo suyo. Una cosa: es importante que no nos veamos. Estoy seguro de que nos siguen, al menos a nosotros, no dudaría que también a usted, y de ninguna manera deben relacionarnos. Espero que comprenda.

Flaubert hizo silencio. Un rato después dijo *okey*, y añadió: pero una jugarreta más, y me convertiré en la peor de sus pesadillas. Miró a Spider a los ojos, y le apuntó con el dedo índice como si lo encañonara. Por un instante, Spider sintió que volvía a vivir una situación que ya conocía, y de repente recordó: el mulato gordo que le apuntara con el taco de billar a través de los cristales de la cafetería, aquella noche de la discoteca, la noche en que había comenzado todo. Viendo que Flaubert persistía con su pistola imaginaria Spider levantó los brazos. Susana hizo lo mismo, poniéndose lentamente de pie, y ambos fueron caminando hacia atrás hasta llegar a la puerta. Aún con los brazos en alto dijeron adiós a Flaubert, moviendo acompasadamente las manos a ambos lados de la cabeza como dos figuras de sainete, y salieron de la casa. Flaubert mantuvo su sonrisa, un rictus más parecido a una mueca condescendiente, y los vio desaparecer en la oscuridad mientras llegaba hasta sus oídos el grito del padre de Susana.

¡Happy, happy, happy!, venía cantando por el pasillo, combinando la frase con un villancico de Navidad mientras danzaba con cuatro botellas de cerveza en las manos. Al llegar a la sala se sorprendió de no ver a Susana y a Spider. Flaubert le dijo que se habían marchado, pues al parecer tenían su propia fiesta. Parecía más relajado ahora.

Pero nosotros podemos seguir con la nuestra, exclamó, ayudando al padre de Susana con las cervezas. Abrió dos, las golpeó entre ellas y dijo ¡salud!. La espuma cubría toda la mesa. En ese momento tocaron a la puerta, y sin esperar respuesta, entró Afónico. No obstante a ser ya de noche, tenía puestos unos lentes oscuros, combinados con una boina calada hasta las orejas y un frac negro, cerrado hasta el cuello. Fumaba de una pipa. Llegó hasta la mesa, agarró una de las cervezas y la abrió con los dientes. Salud, dijo, y se bebió la mitad de un trago.

¿Y ahora qué?, preguntó Flaubert al padre de Susana. ¿Había una fiesta de disfraces en esta casa y nadie me lo había dicho? ¿O es que ya estamos en Halloween?

Es una combinación de Drácula con Sherlock Holmes.

Soy amigo de Susana y Spider, respondió Afónico, dirigiéndose a Flaubert.

Se acaban de ir hace un minuto, respondió el padre.

Sí, lo sé. Vengo a hablar con usted.

Afónico se viró hacia Flaubert y sacó de un bolsillo un pedazo de papel doblado en cuatro. Lo abrió y lo puso frente a la cara del americano: allí estaban escritos su dirección y su número de teléfono en La Habana.

Antes pasé por su casa, continuó Afónico, y me dijeron que había salido. No sé por qué, pero imaginé que estaría aquí. Hizo una pausa, antes de concluir: yo soy la voz en el cassette. Flaubert se levantó como un resorte.

Vamos.

El padre de Susana no entendía nada. Con sus labios llenos de espuma y los ojos entrecerrados seguía a uno y otro indistintamente, intentando explicarse qué sucedía: los disfraces, las miradas, el trasiego, las entradas y salidas. Lo único que se le ocurrió fue preguntarles cómo era posible que se fueran *justo ahora, cuando la cosa se ponía buena.*

Otra vez será. Nos vemos pasado mañana en la noche, le contestó Flaubert, antes de salir.

El padre de Susana se quedó sentado en el sofá. Delante tenía una mesa llena de cervezas y poco menos de media botella de buen ron, sin saber de momento qué hacer con aquello. Y no se le ocurrió nada mejor que encender el televisor, cepillárselo todo y pensar que, en definitiva, eran ellos quienes se lo perdían.

En El Mamey nunca sucedía nada fuera de lo común. Era el típico lugar de campo encerrado en sí mismo donde toda nimiedad puede llegar a convertirse en un acontecimiento. Pero nimiedad al fin, desaparece de las conversaciones de sus habitantes pocos días después, para dar paso enseguida a otra más reciente e igual de insignificante. Lo sucedido semanas atrás con unos jóvenes de La Habana y una vieja máquina de escribir ni siquiera reunía los requisitos necesarios para trascender la categoría de chisme pasajero. La anécdota, sin embargo, había despertado la curiosidad de algunos, y algo comenzaba a moverse.

Pero a juzgar por su apariencia exterior, el caserío se mantenía exactamente igual que un mes antes. Hundido en un pequeño valle rodeado de montañas como una escenografía majestuosa, parecía dormir en el silencio inmemorial que bajaba por las laderas de esas mismas elevaciones, un silencio profundo traído por el viento desde las cumbres hasta las casas, rachas que terminaban enroscándose en la explanada junto al secadero para levantar aquí las eternas espirales de polvo reseco, pegajoso, más densas ahora por los vientos de cuaresma y la larga sequía. De vez en cuando, rompiendo ese silencio atrapado entre el polvo y las casas, se escuchaban las canciones habituales, canciones de amor y odio, traiciones y desencantos, acompañadas por alguna voz que, alzándose de repente, sufría y se desgarraba junto a la voz original para luego enmudecer, minutos después, sin más explicación que su propio mutismo. Nada más.

Por ser la única entrada y salida de aquel rincón montañoso, el camino central era el único sitio donde quizás pudiera ocurrir algo fuera de lo habitual, pero más allá del paso diario del camión de pasaje con pobladores que subían o bajaban, nada sucedía allí que fuera digno de tenerse en cuenta. Ahora, no obstante a que comenzaba a caer la tarde y el camión ya había pasado, algo meritorio acontecía sobre aquella superficie: la presencia de Tiberio y Gumersindo –que como la vez anterior, parecían ser las únicas fuerzas vivas del villorrio– resbalando por el terraplén de tierra en dirección a la cañada, en las afueras del pueblo.

Tiberio, delante, arrastraba sus botas al caminar, y su paso dejaba entrever una teatralidad confusa, mitad altanería mitad gigoló de cabaret de mala muerte. Llevaba una botella de alcohol en un bolsillo; matarratas para el atardecer. Gumersindo cargaba sobre la espalda un pesado saco. De tanto en tanto Tiberio se detenía, llevaba sus manos a la cabeza y luego las deslizaba lentamente hacia atrás, alisándose el cabello engominado. Gumersindo pasaba a su lado y seguía de largo, empujado por su propia inercia, para detenerse unos pasos después y ver desfilar a su amigo con paso marcial y grotesco. Así iban descendiendo, como dos hormigas abúlicas en su carrera de relevo. Una de esas veces, al pasar Gumersindo, Tiberio se volvió y lo miró.

¿Como é que tú dice que se llama el ruso ese, Gumer? preguntó.

Visoski… creo.

Ujumm, gruñó Tiberio. Siguió caminando mientras hablaba. Mire compay, si é ese o no el nombre del tipo, eso a nojotro' no nos interesa. Lo que sí está claro é que tenemo' que aprovechar toa' la baraúnda ésta que searmao' con el compañero soviético y-irnos a la placa a hacer un baro, ¿oyó? De toas forma, algo debe haber de verdá en eso… Quien sabe. Por un lao' esa mujer que se volvió loca… ¿Quién ha visto que alguien pierda la chaveta por una máquina de esa? Y viejísima ademá. Por otra parte, el hombre del caballo desapareció, nadie sabe 'onde está; a las gallinas les ha dao' por cacarear toa la noche, dale que dale con el traqueteo…Yo le digo que aquí hay algo raro.

Gumersindo asentía y cargaba con el saco. Muchas veces no entendía lo que Tiberio trataba de explicarle, pero le daba igual, siempre y cuando su compadre tuviera algo entre manos que lo mantuviera entretenido. Lo único que hacía era alargar el brazo; así le daba a entender que quería ron.

Siempre bajando salieron del caserío y bordearon la cañada. Siguieron patinando cuesta abajo, hasta llegar ante la maltrecha puerta de una cabaña en la parte más baja de la hondonada. Gumersindo descargó el saco sobre la tierra, y sin alargar el brazo le sacó a Tiberio la botella del bolsillo, se dio un trago largo y la volvió a dejar allí, pero este ni se inmutó: estaba en medio de su pantomima engominada, y ese instante era sagrado. Luego tocó a la puerta y esperó. Volvió a tocar, y abrió un anciano de unos sesenta años.

Viejo, aquí está el material, dijo Tiberio.

Preferiría no hacerlo, respondió el anciano.

¡¿Cómo?!

Preferiría no hacerlo… repitió el viejo, y cerró suavemente la puerta.

Tiberio y Gumersindo se miraron. Tiberio se volvió hacia la puerta y levantó el puño derecho con intención de derribarla, pero Gumersindo lo detuvo con un gesto, y comenzó a sacar del saco dos ristras de ajo, malangas, calabazas, yucas, varios racimos de plátanos, una bolsa llena de frijoles colorados y una gallina medio ahogada. Fue él entonces quien tocó suavemente en una tabla agujereada de la puerta, y después de algunos segundos el anciano volvió a abrir. «Preferiría no hacerlo», repitió como un autómata. Gumersindo puso una mano sobre la nuca del viejo, ejerció una leve presión sobre ella y le dobló el espinazo hacia adelante, haciendo bajar la cabeza blanca hasta dejarla a la altura de las caderas, tensa como un resorte y la vista fija entre sus pies, las viandas, los frijoles, el agónico aleteo del pollo. Un hilo de saliva brotó de la comisura de los labios resecos del anciano y comenzó a resbalarle por la quijada. Gumersindo retiró la mano. Sin decir una palabra, el viejo retrocedió hasta desaparecer en el oscuro interior de la cabaña. Un minuto después, regresó cargando una vieja máquina de escribir.

El café empieza a madurar otra vez. Si no viene agua y lo tumba, los gajos reventarán de granos rojos y pulposos, llenando el monte de ese olor dulzón que alebresta a las bestias. Parecería que este año fuésemos a tener doble cosecha. Ya comienzan a verse caras nuevas, cambiantes como la luna, inconstantes como ella. Pero no es el mismo ajetreo de otros años, no parece ser la maduración del grano la causa de tanto traqueteo: son caras nuevas, pero no caras de café. Y todos corriendo de aquí para allá, llevando y trayendo esas moles de hierro viejo. En fin, todo muy confuso y divertido. Será porque ahora también cambiamos de milenio, quien sabe. Vamos Bucéfalo.

Susana salió de su casa corriendo y llegó hasta la esquina de 23, donde tuvo que detenerse por el tráfico. Con el impulso que traía intentó cruzar, pero en ese momento todos los autos, guaguas, camiones y bicicletas de La Habana parecían haberse concentrado en aquella intersección para dar la imagen de una metrópoli abigarrada y frenética de tránsito urbano. Llevaba un papel en la mano, y al no poder atravesar la calle lo leyó mientras esperaba. Al terminar hizo una pelota con el papel antes de guardarlo en un bolsillo de su chaqueta azul, la eterna y desgastada chaqueta jeans a la que ahora le había quitado las mangas, y salió disparada hacia la acera de enfrente, zigzagueando entre los autos.

Flaubert la había visto entrar unos minutos antes. Llevaba más de dos horas escondido cerca de Zapata, y tuvo que hacer malabares para no perderla de vista: primero correr, luego atravesar la calle, tomando precauciones para que ella no lo viera. En New York, a menos que uno esté desesperado, a nadie se le ocurre atravesar Lexington Avenue de aquella manera: si lo hacías eras death man walkin, y lo peor, nadie te pagaba. Como sabía que aquello no podía durar mucho, esperó a que la ancha avenida recobrase su condición habitual, despejada como un páramo, para cruzar. Al llegar al otro lado pudo ver a Susana corriendo cien metros delante. Estaba a punto de perderla cuando sonó junto a él una bocina de camión. Al volverse vio uno de esos engendros mitad bicicleta, mitad coche de paseo, centauros rodantes del transporte urbano, con toldo para el sol y música indirecta. «¡Bicitaxi», gritó el tipo que pedaleaba, y Flaubert se subió sin pensarlo. «Siga a aquella muchacha. ¡Rápido», ordenó en perfecta retórica detectivesca –*tumba la catalina* según el bicitaxista–, aunque fueron los cinco dólares que el de Brooklyn agitó en la nariz del pedalista lo que realmente hizo rodar barranca abajo y sin freno aquel palanquín tropical. Y ya tenía a la muchacha casi delante cuando ella, en pleno descenso, giró de repente a la derecha y se perdió tras un muro tapizado de moho. Fue tan rápida la finta, tan alto el volumen de la «música indirecta» y tan desaforado el pedaleo del conductor que él no tuvo tiempo de detener aquel armatoste rodante hasta casi una cuadra más abajo, poco antes de llegar a la calle Línea. Cuando subió corriendo ya Susana había desaparecido. Y allí no quedaba nadie más, ni junto al muro ni en el patio interior ni en los alrededores. Pero Flaubert tuvo la certeza de estar ahora más cerca de su objetivo.

Susana había salido de su casa cinco minutos después de entrar, temprano en la mañana, sin apenas beber el café que su padre dejó preparado. Al llegar a la cisterna y encontrarla vacía recordó entonces; la buena nueva escrita en aquel papel que su padre le dejara sobre la mesa de la sala le hizo olvidar la cita con Cook, la que ella misma, como en otras ocasiones, había planeado. Muy bien podía achacarle la culpa a aquel mensaje, aunque estaba segura de que no era sólo esa la causa de su olvido. La noche anterior había dormido con Spider en la cisterna, y ahora tenía hambre y le dolían los huesos por la humedad. El Loco y Afónico habían ido a un concierto de Garaje H, el grupo donde tocaba Sergio («la percusión más potente de la isla», según el Loco), y ellos aprovecharon esa primera noche de absoluta intimidad para hacer el amor como dos antílopes, mordiéndose con el furor del whisky acumulado durante varios días y acariciándose en el sopor y la languidez cannabiólica que emanaba de sus pulmones. Sin música, sin ruidos, a la luz de dos velas y en completo silencio, sus jadeos y gritos rebotaron en las paredes sin agua y se entremezclaron con su propio eco creando una cápsula sonora que los envolvía y exacerbaba los deseos acumulados, las posturas inventadas en el instante mismo en que sucedían, acoplando sus cuerpos según el instinto de posesión de cada uno, chupándose y desgarrándose y diluyéndose para luego comenzar de nuevo. Por toda la noche cada caricia fue a la vez preámbulo y culminación de una estrategia impensada y una avalancha desconocida. Luego Spider se durmió, y Susana, sentada en el piso, estuvo un buen rato contemplando el cuerpo desnudo y relajado de su compañero sobre la colchoneta empapada en sudor. No estaba segura de amarlo, pero tenía la certeza de conocer ese cuerpo casi tan bien como el suyo, de poder adivinar cada parte guiada sólo por el olor.

Comenzó a pasar su mano derecha muy lentamente, apenas rozando la piel, sobre los vellos del pecho de Spider; luego la hizo deslizar hasta el pubis, acompañando su caricia con una tenue y controlada exhalación de aliento cálido sobre los testículos y la fláccida carne de la entrepierna. Spider gemía y murmuraba en sueños, y eso la erotizaba tanto como que su amante la penetrara un instante antes del orgasmo. Entonces comenzó a masturbarse con su mano izquierda, con la que siempre lo hacía. No tenía mucha sensibilidad en los dedos de esa mano por una semiparálisis sufrida durante la infancia, de manera que cuando se masturbaba podía imaginar que aquella mano pertenecía a otra persona. A medida que pasaban los minutos la extrañeza de esos dedos acariciantes se incrementaba, redoblando la sensación de placer. Las dos velas se habían consumido, olía a madrugada y a cera, a espermas varias, a mucosa y axila, y en la oscuridad absoluta sus manos se movían guiadas por esa experiencia que constituye la única fuente de conocimiento, moviéndose ágiles y seguras en ese sentido intermedio donde termina la vista y comienza el tacto. Todo eso duró hasta que comenzó a amanecer, momento que desde allí dentro sólo podía saberse por los ruidos que llegaban del exterior.

Susana no supo si por un instante se había dormido y lo había soñado, pero al salir de la cisterna, bien entrada la mañana a juzgar por el sol, recordó con extrema claridad lo que había *percibido* la noche anterior: en algún momento, ella no estaba sentada frente a la colchoneta donde dormía su amante sino en un banco de algún parque oscuro, oscuro como la cisterna a aquella hora antes del alba. Una muchacha y un muchacho, ambos hermosos, pasaron abrazados frente a ella. Casi la tocan al pasar; aun así no la miraron. Caminaron unos pasos más, y de repente la muchacha se detuvo. Puso su dedo índice en el ombligo y se inclinó hacia adelante, como quien hace una reverencia, al mismo tiempo que su rostro se deformaba en una mueca que Susana no supo discernir si de placer o de dolor, pues estaba muy oscuro y sólo veía su perfil entre las sombras.

La muchacha gimió. Él la hizo incorporar, y siguieron de largo. Luego pasaron otros, siempre en parejas, siempre hermosos y abrazados, y ella seguía allí, sentada en aquel banco como si no existiera.

Puntual como buen soldado, Cook llegó a la cita a la hora fijada. Se había puesto de acuerdo por teléfono con Afónico en verse a las diez de la mañana en la explanada que hay entre el hotel Sierra Maestra y la desembocadura del río. Y allí estaba, trotando del edificio al mar, del mar al pie de la heroica cordillera vestido con sudadera y pantalón rojos con listas blancas y azules y letrero de HABA A (sin la N) en la espalda. Cada tanto se detenía, consultaba el reloj y oteaba en derredor, como un perro de presa, jadeante y aburrido.

Pero no había nadie de naranja completo por todo aquello. «Como harekrishna», había acordado Afónico que irían vestidos; de esa manera podrían reconocerse sin mayores dificultades. En la costa, sobre el arrecife, todos vestían de gris y pedazos de nylon sobre los hombros para no mojarse con las olas mientras pescaban, y las calles aledañas estaban prácticamente desiertas a aquella hora. De naranja sólo un pañuelo en la cabeza de una mujer, visto casi al llegar, y nada más. En el mismo centro de la explanada estaban levantando una estructura con rieles que semejaba el andamiaje de una montaña rusa, aunque en aquel momento la obra parecía abandonada si no fuera por la presencia de un hombrecillo, casi un enano, que dormía sentado contra una viga, aprovechando la franja de sombra que esta le proporcionaba.

Cook se acercó, y sin dejar de trotar, le preguntó si *por casualidad* no había visto rondando por allí a alguna persona, o dos, o tres, vestidos de naranja. El hombrecito abrió los ojos y lo miró desde abajo con una expresión que a Cook le pareció ofensiva, pero que en realidad era de burla. El falso rasta sacó de un bolsillo de la sudadera un carnet plastificado, y lo pasó ante los ojos del durmiente como Pollock un brochazo sobre uno de sus lienzos. Un reflejo azul tornasolado por la refracción de la luz sobre el plástico, un trazo celeste como la cola difuminada de un cometa, eso fue lo único que el hombre pudo ver desde su plano inferior, su miserable estatura, y se encogió de hombros, más por la pantomima de kun-fu con documento que por la pregunta en sí. Cook, sin dejar de mover los pies como si corriera, comenzó a girar sobre su mismo eje. «Hare-krishna/hare-krishna/krishna-hare-hare-krishna», trotaba-bailaba-cantaba Cook frente al hombrecito cabeceante, tratando de sacar alguna información. Daba vueltas sobre la hierba, perseverante, mientras iba ampliando en espiral el diámetro de su rotación. ¿Qué coño le pasa a este payaso?, parecía preguntarse el enano mientras observaba a Cook en silencio y le hacía un gesto con la mano de que se largara de allí. Quería sólo que lo dejaran dormir en paz, a la sombra de aquella viga: a fin de cuentas ese era su trabajo y allí, ahora, dormido o despierto, con legañas o sin ellas, él era la autoridad. Pero el otro seguía con su danza de exótico show cabaretero, y no contento ya con bailar frente a él, comenzó a girar alrededor de la viga y su sombra como un carrusel desenfrenado. Del otro lado de la explanada, tras los cristales de un pasillo en el noveno piso del edificio, Spider, Afónico y el Loco se revolcaban de la risa.

Después que Cook se marchó bajaron a la calle, cogieron una máquina de alquiler –Pontiac, 1953: preferían por cómodos los viejos almendrones– y regresaron directo a la cisterna. A nada exactamente: podían haber pasado antes por sus casas, comer algo en cualquier lugar, sentarse en un parque. Pero ellos, cada vez más, necesitaban estar allí, en aquel sitio oscuro y húmedo, aislados de todo y de todos. Un mes atrás habrían dado un gran rodeo –si era que tenían que llegar a alguna parte–; el dinero del taxi lo habrían invertido en ron, atravesarían el puente de hierro, comprarían un pan con algo en uno de los puestos que había del otro lado del río, y luego a caminar un rato por el Malecón mientras bajaban la botella. O tal vez hubiesen ido a casa de alguien a oír un poco de música. Pero ahora no querían oír música, sino hablar de ella. En la madriguera.

El cantante es un payaso ridículo, pero la banda sigue siendo lo mejor de este país. Hay mucha bomba en ese piquete, bomba de verdad. Afónico abrió tres cervezas. Se había llevado una docena de latas en una bolsa antes de salir, y al regreso cambió las que quedaron por latas frías en una cafetería cercana a la cisterna.

De verdad que es una lástima, confirmó el Loco. Aunque también es verdad que de no ser por él ya el grupo se hubiera ido a la mierda hace rato. Ese piquete necesita un domador despiadado, cada uno es demasiado loco y demasiado bueno en lo suyo para que puedan hacer algo juntos sin un tirano que los domestique.

A él eso no le interesa. Que sean buenos, quiero decir, buenos como grupo. Los necesita para su propio brillo, y mientras más buenos sean, mejor para él... Algún día los dejará colgaos de la brocha, sentenció Spider luego de una pausa.

Tenías que haberlos visto anoche, le dijo el Loco. Qué potencia, bróder, qué fuerte.

¿Y el negro en talla como siempre, no?

Sergio es el alma de ese grupo, dijo Afónico. Nada más tienes que fijarte un poco en las caras de los otros cuando tocan. Es como si él los arrastrara, y ellos se dejan llevar, aunque no sepan muy bien a dónde. Y el Lomba haciéndole la pala... Tú sientes esa confianza, esa... relación, por así decir, ese sentirse bien por estar juntos en ese momento. Llegas a sentirlo. Y si te fijas mejor, cuando empiezan a subir el payaso agarra el micrófono y los corta. Él no puede con eso.

Son auténticos, eso es lo que los distingue, dijo Spider abriendo otra cerveza.

¿Y tú por qué no fuiste? ¿Qué hiciste anoche?, le preguntó el Afónico.

Aproveché que ustedes no estaban y me quedé aquí con Susana. Los extrañé mucho…

Pero ella me dijo que iba a ir…

La frase se le escapó a Afónico. Y al cortarla en seco, se hizo más evidente el tono de reproche con que la había dicho, y que en otro momento o en otra circunstancia pudo haber pasado desapercibido. Ahora no hubo ironía, no pudo enmascarar lo que ya los otros dos intuían.

Hizo una cita contigo pero se quedó conmigo. Y te juro que nos divertimos mucho, respondió Spider.

Nosotros también, ripostó el Loco enseguida. Después del concert hubo tanda de malecón. Había tremenda violencia en el muro. Allí nos quedamos hasta que amaneció. El sábado hay toque en el patio. Podemos ir los cuatro…

El Loco intentaba terciar entre Spider y Afónico, atenuar la tirantez que, aunque por momentos no se notara, casi siempre había entre ellos dos. Ahora no se trataba de una discusión como tantas otras; la situación era mucho más delicada, y él lo sabía. Estaba en juego la estabilidad que habían logrado durante las últimas semanas, y le costaba creer que todo pudiera deshacerse en un minuto por los celos de Afónico o la ironía de Spider. Pero siempre es difícil moverse entre la árida evidencia y la confusa subjetividad, mucho más si entramos en campo ajeno; en estos casos el Loco se sentía chapotear impotente en un estanque de lodo blando que no lo dejaba avanzar o sujetarse a algo, y temía que sus buenas intenciones terminaran arrastrando a los otros hasta ese fondo fangoso de donde él ya no podría sacarlos. Por otro lado, tampoco le convenía. Susana era el tema, el elemento que podía desencadenar el conflicto entre Afónico y Spider, y de estallar llegaría a él de rebote, y eso, sí, podría acabar con todo.

El silencio que se produjo aumentó la tensión dentro del aljibe. También Spider estaba consciente de lo que sucedía, pero era incapaz de enfrentar con claridad al Afónico en un terreno donde de seguro su amigo no tenía argumentos, sólo emociones primarias, puras y simples, y aunque rebatibles, eran la terquedad y la ligereza de alguien a quien, a pesar de todo, quería. Nada es perfecto, pensaba. Allí tenían todo lo que de momento podría alegrarlos, divertirlos, hacerlos vivir de una manera diferente; incluso tenían dinero (lo que nunca): el Loco había logrado vender algunas botellas de whisky. Pero nada de todo aquello parecía suficiente. Y se consolaba pensando que la perfección es enemiga de la verdadera felicidad.

La tapa de metal se abrió de repente. Un chorro de luz entró por la claraboya, un bloque vertical y luminoso con ángulos perfectamente definidos en el cuadrado que se formó en el piso de la cisterna antes de que en él se reflejara la cabellera de Susana movida por el viento. Entró como una tromba deslizándose por la escalera, fue hasta donde estaba la grabadora, puso un cassette de Red Hot Chili Peppers que traía en un bolsillo de su chaqueta, y parándose junto a Afónico sacó un papel del bolsillo. ¡¡Ganamos!!, gritó.

Cuidado, que ese león está hambriento, le dijo Spider halándola por un brazo hasta donde él estaba sentado.

«Siempre he sido un hombre de tetas, nunca un hombre de piernas», respondió Afónico.

Ni de jabones… El Loco abrió dos cervezas y le pasó una a Susana. ¿A qué viene tanta fiesta?, preguntó.

Susana abrió el papel y leyó: «Okey boys. Pasado mañana tendrán su saco y su media bobina de papel. Quiero la máquina aquí ese mismo día a las ocho de la noche. Y no quiero maraña. Flaubert».

Spider y el Loco dieron un salto y comenzaron a gritar. Afónico subió por la escalera, corrió la tapa de metal hasta cerrar la entrada y se sentó en el primer escalón. Intentaba sonreír mientras los otros tres se abrazaban en el centro y se movían al ritmo de la música. El Loco abrió una caja de cervezas, agarró dos latas y las agitó antes de abrirlas. La espuma chorreó por las paredes y por las caras y los cuerpos mientras Spider, el Loco y Susana aullaban y bailaban su danza de celebración. Afónico, desde lo alto de la escalera, los observaba en silencio.

Bailaron hasta que se acabó la canción. Spider, eufórico, se desprendió del Loco y Susana y se acostó en el piso con los brazos y las piernas abiertas. «¡Quiero más, quiero más!», gritaba. Susana abrió un litro de whisky, y luego de darse un trago de la misma botella comenzó a derramarlo alrededor de Spider, dibujando con alcohol la silueta de su cuerpo sobre la áspera superficie del piso. Al terminar el trazo, el Loco encendió una fosforera y la acercó a la mancha de whisky. Luego apagó la luz, momento que Spider aprovechó para levantarse y observar junto a los otros cómo los bordes de su figura iluminaban el recinto con una llama verdeazulosa. Ardían y se consumían. Aunque afuera aún brillaba el sol, las oscilaciones de la llama hacían pensar en los latidos de la noche, en el palpitar descompasado de la oscuridad que revela así su temblor efímero mientras se extingue lentamente y en silencio hasta desaparecer. La espuma de la cerveza, al humedecer las paredes de la cisterna, se convirtió a la luz de las llamas en una pátina resplandeciente y grotesca que reflejaba las sombras de los cuerpos al moverse. La humedad sobre el muro engendraba figuras deformes; las sombras las redimían.

El instante que duró bien pudo ser un minuto o toda la eternidad, según lo que para cada uno de ellos significaba aquel momento. Pero seguramente coincidieron en que fue un instante de belleza, de emoción verdadera ante la improvisada imagen de la combustión, y a la vez de angustia, como quien tiene el privilegio de asistir al momento en que se incinera el alma de un amigo o el fin de una temporada en el paraíso. De querer, ninguno de los cuatro hubiera podido explicar qué era lo que allí se había consumido; mucho menos si algo llegaría a renacer como consecuencia de aquella muerte simbólica que nadie se había propuesto. Unos minutos después de extinguirse el último chisporroteo sobre el piso poroso ellos seguían allí, en el lugar que cada uno había escogido para sentarse alrededor de las llamas, en silencio y protegidos por la oscuridad que les servía para evitar la mirada del otro, una idéntica mirada de temor y fascinación. Pasaban del encanto a la incertidumbre con la misma rapidez con que el fuego consumía la imagen corporal ribeteada en alcohol y alteraba o recomponía las figuras que formaban sobre el muro la combinación de sombras y humedad, imágenes y figuras efímeras como la misma felicidad.

El Loco se levantó, fue hasta el centro de la cisterna y le dio un par de vueltas al bombillo que colgaba del techo. La luz, aunque débil, entró en los ojos de todos como un latigazo fosforescente, flagelando las retinas abiertas por la sombra.

Creo que voy a extrañar este lugar cuando todo se acabe. Como diría el viejo Hank: «sin dinero, sin trabajo, sin licor: de regreso a lo normal». A la ordinaria locura.

Sí. Nunca volverá a ser igual… sin la bebida, exclamó Spider.

Sin *esta* bebida, para ser exactos, aclaró el Loco.

Susana se levantó y fue hasta donde estaba sentado el Loco. Le quitó la cerveza que tenía en la mano, se acostó delante de él y apoyó la cabeza en sus piernas. Creo que de todas formas ha valido la pena, susurró la muchacha. Han sido los mejores quince o veinte o treinta días de los últimos años… Ya no sé cuanto tiempo llevamos aquí, pero da igual.

¡Lo que tenemos que hacer es buscar de una vez la jodía máquina y venderla!

El grito del Afónico paralizó a todos. No era una broma, eso se le veía en la cara. Revelaba, además, el motivo de su largo silencio desde que regresaron de la cita con Cook. Llevaba unos días rumiando seriamente esta idea, y ahora la soltaba de repente, sin avisar, como un chorro de vómito a la cara en medio de aquel tanque cerrado y sin ventilación.

¡¿Cómo?!, preguntó Spider, poniéndose lentamente de pie.

Lo que oyeron, respondió Afónico. Hay que poner los pies en la tierra, carajo. ¿O es que ustedes no necesitan otra cosa que no sea el alcohol… y el «espíritu» del maldito escritor?

Divertirnos, estúpido, eso es lo único que necesitamos, ¿o es que todavía no lo has entendido?

Venderla sería traicionarlo… dijo el Loco. ¿Tienes papel?, le preguntó a Susana.

Qué traición ni qué carajo. Si lo hubieras leído bien, te darías cuenta enseguida de que *eso* es lo que él habría hecho de encontrarse en la misma situación. A él también le hacía falta el dinero.

Sí, tal vez, pero luego se lo bebería, no pagaría con él ninguna deuda… El tono de voz de Susana sonaba acusatorio.

¡Así es! ¡El era un tipo cabal! El Loco se reía y preparaba su cigarro.

¿Una deuda?

Spider miró a Susana, luego al Loco. Buscaba una explicación. En las semanas que llevaban juntos desde que regresaron de la montaña, ninguno había hablado de vender la máquina, mucho menos que tuvieran que hacerlo porque alguno de ellos tenía una deuda pendiente. De pronto, Spider recordó que al principio de estar en la cisterna, en algún momento e intercalándolo en cualquier conversación de manera que pudiera pasar como una broma, Afónico había dicho que lo más conveniente sería venderla. Pero en aquel momento todos estaban demasiado entusiasmados con la posibilidad que se les ofrecía para tomárselo en serio. Ahora volvía. Se viró hacia el ronco.

Tú, cabrón, por eso aquella vez… ¿Por qué no dijiste nada? Hubiéramos podido vender un poco más del whisky, o cerveza, no sé… cualquier cosa… ¿Es que no confías en nosotros, no confías en nosotros, pestífero hijo de puta?

De un salto, Spider cayó sobre la escalera y agarró a Afónico por las piernas. Trató de bajarlo al piso, pero el otro se aferraba con fuerza a los escalones superiores. Susana le gritó al Loco que hiciera algo, lo que de mala gana hizo, ni siquiera lo dejaban fumar en paz estos cabrones, gruñó. Cuando agarró a Spider para apartarlos, Afónico soltó una de sus piernas y tiró al Loco contra la pared de una patada en el pecho. Ahora fue Spider quien tuvo que sujetar al Loco cuando alzó una de las cajas de madera para despedazarla contra la espalda de Afónico. «¿Te volviste loco? ¿Te volviste loco?», preguntaba Afónico nervioso, como si esa fuese la única frase en el mundo, redundante por demás, que supiera y pudiera resolver la situación. Su mismo nerviosismo lo había hecho bajar al piso.

Mira, quita tu peste y tu cara sucia de mi camino, si no quieres que te saque los dientes. ¡Quítate!, le gritó Spider. Y luego, cuando Afónico se hizo a un lado: Voy afuera a coger un poco de aire antes de cogerte a ti por el cuello.

Harold, por favor, susurró Susana.

Y tú cállate, más te vale. Ustedes dos…, exclamó volviéndose, mientras su dedo índice trazaba una diagonal entre ella y el Loco. Con un par de zancadas llegó a la parte superior de la escalera. Allí se agarró del pasamanos, hizo saltar la tapa de hierro de una patada y salió.

Susana y Afónico quedaron paralizados por la furia de Spider. Nunca se alteraba, pero si alguna vez sucedía, como ahora, era mejor no contradecirlo. El Loco volvió a lo suyo. Susana, sin decir una palabra, apagó la grabadora y se guardó el cassette en un bolsillo de su chaqueta. Al pasar junto al Loco miró al piso y recogió la colilla, que estaba junto a sus pies y el otro no lograba ver. La encendió, dándole una larga calada, la devolvió a su amigo y salió. Afónico miró al Loco, agarró la botella de whisky que se habían estado pasando hasta ese momento y salió detrás de Spider y Susana.

Al llegar a la calle Línea Spider cruzó la doble senda y se detuvo en la acera opuesta sin saber qué hacer. Vio venir un auto de alquiler, un Chrysler verde del 53, almendrón de pura cepa como los que a él le gustaban, lo detuvo y se montó en el asiento delantero. El auto venía vacío y Spider le propuso al conductor pagarle el pasaje completo; no quería compañía. Podía seguir derecho, o doblar enseguida a la izquierda, como quisiera... El hombre lo miró de reojo, y Spider le dijo que no se preocupara, tenía dinero suficiente para pagar cuantas carreras quisiera por toda la ciudad, y que incluso estaba dispuesto a darle un plus si quitaba aquella música.

Usted manda, jefe. Pero cambie esa cara. Mire que día más bonito hace...

¡No, no! ¡Vire aquí mismo!, gritó Spider. ¡A la Estación de trenes! ¡Rápido!

Usted manda, jefe, dijo el chofer girando a la derecha, pero no se lo tome tan en serio, cualquier cosa que sea.

Era el prototipo de taxista particular: gorra y camiseta de malla, cadena de oro, parlanchín y música-melcocha en su reproductora de cassette. Mírame a mí, luchando con la baltabia ésta, y sin embargo me río, siguió diciendo. ¿Y sabes por qué me río? No soy una hiena, no, que vive en el culo del mundo, come carroña cuando puede, tiempla una vez al año y sin embargo se ríe. No. Me río porque me estaba acordando de una cosa increíble que me pasó ayer por la noche… No sé si te interesa o no, pero igual te la cuento, ya que eres el único pasajero, o si no me reviento. Resulta que entro a un bar de mala muerte que hay cerca de mi casa, El Paraíso se llama, por Carlos III, a eso de las nueve o nueve y media de la noche, a la hora de la novela, que es cuando no hay nadie ni bulla ni candanga, porque, aunque parezca mentira, hasta los hombres ven la telenovela en este país. Bueno, allí estoy entonces, con mi habitual estado de confusión… es decir, tú sabes, cuando nada te sale bien: las mujeres, el trabajo, los negocios que se te caen, el traqueteo con los perros… Bueno, pues allí estaba yo, y lo único que quería era un poco de paz y que me dejaran tranquilo con mi trago y mi pensadera cuando entra un cuerpazo de mujer con un pelo rubio hasta la cintura que ni te digo. Qué clase de piernas, socio, parecía una modelo, y para colmo con un vestido de esos cortísimos… Bueno, yo ni siquiera la miré de frente, la vi por el espejo que hay detrás de la barra y seguí ahí con mi vaso de ron, tranquilo, hasta que por el mismo espejo veo que viene y se sienta al lado mío a pesar de que el bar estaba vacío. Se sentó y me preguntó qué estaba tomando, como si allí se bebiera otra cosa que no sea el mismo veneno a granel de todas partes. Se lo dije y pidió uno igual para ella. Aquí va a haber complicadera, me dije yo, esas cosas pasan así, cuando menos te lo esperas, y entonces mandas todo al carajo y después lo que sea. Entonces, y aquí viene lo bueno, veo que la mujer abre el bolso y saca una jaula así, chiquitica. Dentro de la jaula había unos hombrecitos. Abre la puertecita de la jaula, saca a los hombrecitos y los pone sobre la barra. Eran cuatro, dos hombrecitos y dos mujercitas. ¡Y tú puedes creer que los hombrecitos hablaban y caminaban y movían los brazos de verdad! Yo los miraba y me decía: no puede ser. ¡Y eran muy conflictivos! Uno de ellos le dio una galleta a otro, a una de las mujercitas, y otro se abrió la portañuela…

¡Para! ¡Para aquí mismo! ¡Paraaaaaaaaaaa!

El grito de Spider asustó al tipo, que pegó un frenazo en medio de la calle. La frente de Spider dio contra el parabrisas, y luego volvió a rebotar hacia atrás cuando otro auto golpeó la defensa trasera del Chrysler. El hombre se volvió hacia Spider, azorado, y este de un golpe abrió la puerta, saltó afuera y le arrojó un billete de veinte pesos por la ventanilla. «¡El coño de tu madre!», le gritó Spider, y desapareció corriendo entre la gente.

Una semana después y luego del segundo canje, realizado en idénticas condiciones al primero, el ambiente dentro del aljibe parecía tranquilo, aun cuando el número de botellas de whisky y cerveza que circulaban allá abajo se había multiplicado. A juzgar por la calma y la suma de botellas, se podría pensar que la placidez que aletargaba a sus ocupantes era directamente proporcional a la cantidad de alcoholes atesorados. Las vacías se amontonaban en las esquinas para dejar espacio en el centro a las que estaban por beber, mezcladas ahora con algunas de vino tinto y blanco que aparecieron a partir de la sugerencia hecha por Susana, quien parecía ser allí la única en conocer la predilección del escritor por los blancos espumosos y el tinto joven Tempranillo (el que realmente enloquecía su garganta), y también la única en compartir ese gusto.

Las paredes, a su vez, se habían ido cubriendo de graffittis, frases en su mayoría, cada una con una caligrafía y un diseño diferentes. Versos sueltos, ideas, oraciones tomadas de distintos lugares aunque siempre del mismo autor, y copiadas sobre los muros según la predilección o el gusto de cada cual. Había también una colchoneta nueva traída por Afónico, un paso importante en su afán por vencer la claustrofobia y una contribución al confort general. Su barba era una evidencia de los varios días que llevaba sin ir a su casa, y por momentos ni siquiera parecía recordar donde estaba, como si no hubiese otro lugar donde pudiera sentirse mejor. Se veía feliz, sentado junto a la grabadora escuchando a su ídolo de voz áspera, y ahora ayudaba al Loco a construir una pirámide de cerveza, haciendo equilibrio con las latas de una caja de Bucanero recién abierta. Spider y Susana habían salido temprano a buscar algo de comer, y él se esmeraba en colocar cada lata con el cuidado y la precisión de un japonés constructor de puentes, animado por la inminente posibilidad de comida. El hambre, lejos de deprimirlo, lo volvía locuaz y meticuloso.

Pues a mí me gusta más el otro cuento, el de Chinaski bebiendo solo en un bar cuando llega una mujer y se le sienta al lado y saca de la cartera unos hombrecitos y unas mujercitas que parecen de juguete pero son de carne y hueso y los pone sobre la barra y los hombrecitos empiezan a discutir y a pelearse entre ellos y de pronto dos se ponen a templar y uno de los hombrecitos le corta el rabito a otro y...

«No hay camino al paraíso», acotó el Loco. Y luego, satisfecho: mira qué belleza. La pirámide estaba terminada. O se habían acabado las cervezas.

Ese mismo. No hay camino al paraíso... ¿Y sabes por qué? Porque todos los caminos adonde te llevan realmente es al infierno, y el demonio puede ser una ninfa rubia y sola en un bar que espera por ti para que juegues su juego y te calientes con sus muñequitos como si fuera lo más normal del mundo...

El Loco se había bebido él solo la mitad de una botella de whisky, y se sentía orgulloso de haber podido levantar aquella estructura de veinticuatro latas negras sin que se derrumbara ni una sola vez. No le molestaba la cháchara de Afónico mientras mantuviera su soliloquio y no intentara involucrarlo en sus elucubraciones mentales, algo casi imposible si el otro llegaba a intuir que lo que hacías no era tan importante como aquello que te quería comunicar. En ese caso era mejor mantenerse callado, de manera que Afónico creyera que lo escuchaban, o que estabas pensando, ya fuera a propósito de lo que decía o en cualquier otra cosa. Esto último, al menos, lo respetaba, sin que nadie entendiera bien por qué.

El Loco se levantó y fue hasta donde estaba la colchoneta enrollada, y usándola como almohada, se acostó en el piso. En el techo descubrió una frase que no había visto hasta ese momento: *hay un pájaro azul en mi corazón que quiere salir, pero yo le echo whisky encima*, leyó. Coño, esa es buenísima. ¿Quién la habrá encontrado? Seguro fue la niña, tiene buen ojo para eso. El Loco movió la cabeza hacia su izquierda, donde le pareció descubrir otra, escrita con letra más pequeña, y volvió a leer: *Me arrodillo por las noches ante tigres que no me dejan tranquilo. Lo que fuiste no se repetirá. Los tigres me han encontrado, y no me importa.* Pensó que también aquella era una buena frase, digna de él y de sus amigos. Sin que supiera bien por qué, pero tampoco sin intentar explicárselo, en ciertas ocasiones, en ciertas circunstancias muy particulares que podían ser momentos de plenitud, de euforia o de depresión, sentía la necesidad de transformarse en cualquier otra cosa que no fuese lo que entonces era; pero esa «otra cosa» no era nunca algo como un árbol o una fuerza desconocida, un cantante famoso o el hombre invisible. Sin tener preferencias al respecto se identificaba siempre con un animal, una sensación placentera por efímera que fuese. Ahora no sería un tigre o un pájaro azul, no podría saltar o volar dentro de aquel encierro voluntario, pero en ese instante le hubiese gustado convertirse en un insecto, o tal vez un caracol que se escabulle por uno de los agujeros del piso o la pared y escarba hasta llegar al centro oscuro de la tierra. Seguramente encontraría frescor y silencio, como en el fondo del mar. Ya que debía morir, era preferible que fuese allí.

La tapa de la cisterna se abrió de golpe y entraron Susana y Spider. Traían pizzas, como siempre; una bolsa plástica llena de pizzas frías pero suficientes para el resto del día, un cartucho con una docena de dulces, cuatro libras de pan y dos botellones de agua. La inminente comilona provocaba siempre una alegría contagiosa en el fondo de la cisterna, una euforia recíproca que por momentos los hacía olvidar las rencillas de la noche anterior, las discusiones por la música —la que unos querían escuchar y otros no—, la peste a sudor, algunas contradicciones que empezaban siendo simples diferencias y que con el paso de los días se abrían lentamente como los bordes de una herida purulenta, para entonces, de repente, cerrarse sin dejar cicatriz ni explicación alguna. Compartir una idea estimulante no era sinónimo de armonía o total entendimiento entre ellos, aunque tampoco las diferencias eran tan significativas como para provocar la ruptura del lazo que ahora tejían a propósito. Se conocían, en la medida en que eso es posible y eran amigos, pero la convivencia en un lugar como este exigía una voluntad adicional, un esfuerzo y una tolerancia colectivas, implicaba mucho más que el simple hecho de encontrarse cada semana en un parque, la discoteca o una esquina, la manera en que hasta el momento y durante algunos años se habían relacionado. Un simple roce podría sentirse ahora como una caricia o sufrirse como un navajazo según la sensibilidad de cada cual en ese momento, y la penumbra, el eco, los tufos ajenos o la falta de sol hacían muy variables estos estados de ánimo. Buscar o explorar un camino desconocido y novedoso hacia la alegría, o al menos hacia la distracción, suponía descubrir las sutilezas y los inconvenientes de la convivencia voluntaria, y de su aceptación o su rechazo, de la posibilidad de adaptarse o claudicar, dependía que llegaran o no a algún lugar por ese camino.

Lo que nunca dejaban de hacer era reírse. En cualquier momento y de cualquier cosa, sin ningún motivo incluso, como casi siempre, pero mucho mejor cuando había uno, como ahora al entrar Spider. Traía la comida, y por tanto era peligroso burlarse en su cara por las posibles represalias gastronómicas. Llegó con el mismo atuendo de la noche anterior, estrenado para ir a casa de Susana; ese disfraz, al día siguiente y al resplandor de la media mañana era una provocación. Por las arrugas se notaba que había dormido con él, y así mismo se largó a la calle para buscar algo de comer. Imaginarlo bajo un sol de treinta y cuatro grados en una cola para comprar polvorones, negra la cara por el maquillaje corrido de la cicatriz y sudando como un estibador, secuela del «gabán» de nylon verde, era una tentación incontrolable y un motivo suficiente para la risa. Y eso fue lo que hicieron el Loco y Afónico desde que lo vieron entrar, a riesgo de quedarse sin comer: reírse hasta la contorsión.

«Tu risa es como si estuviesen cortando rebanadas de linóleo con un cuchillo mal afilado», citó Spider, lanzándole al Afónico la bolsa con pizzas. Eso para no hablar de tu olor…

¿Qué hacen?, preguntó Susana.

«Nada. Beber. Ambas cosas», respondió el Loco. Le quitó la bolsa a Afónico, cogió una pizza y le brindó un trago a Spider.

«La primera regla de un bebedor profesional: nunca pidas que te inviten», leyó Spider en una de las paredes. El Loco se encogió de hombros y empezó a morder su pizza.

También dijo que el lugar ideal debía ser «despiadado y exacto». Este lo es. Susana puso los dulces en un plato, sacó de un bolsillo una bolsita de papel y la dejó junto a los dulces. «Para el postre», dijo.

Cualquier lugar es bueno mientras haya una botella llena, dijo Afónico. Esta parecía ser una verdad que todos compartían, si se pudiera juzgar el silencio como una tácita aprobación. Aprovechando la pausa, Afónico preguntó entonces: ¿Se imaginan si, además, tuviésemos aquí la máquina verdadera? Entonces sí sería ideal, «despiadado y exacto», pero demasiado bueno para ser cierto… Hizo silencio otra vez, abrió la bolsa de las pizzas y empezó a comer.

¿Para qué la quieres? No cambiaría nada, respondió el Loco.

Afónico levantó la cabeza y lo miró, pero no dijo nada. Masticaba la pizza con voracidad, concentrado en la maniobra, pero su silencio no era la consecuencia de tener la boca llena de harina. Spider llegó a ver esa mirada, había visto los ojos del otro y lo que parecía esconderse detrás de ellos. Fue una mirada rápida, casual y sin intención, pero suficiente para percatarse de que lo que Afónico acababa de decir sobre la máquina era una frase escapada en contra de su voluntad, una idea incompleta que al inicio no pudo controlar y cuya culminación intentaba tragar ahora con la pizza y la mayor indiferencia posible.

Spider sabía que iniciar una discusión sobre el tema de la máquina equivalía a arruinar «la magia, angustia y arrebato» –palabras del Loco– en que ya para entonces se movían allá abajo, ambiente que flotaba en el vaho apenas respirable de aquel aljibe que los acogía como su contenido natural. Mientras más días pasaban a partir de aquel en que decidieron esfumarse, mayor era la cantidad de tiempo que permanecían dentro de la cisterna, como si aquellos rincones oscuros y atestados de botellas vacías, aquella resonancia de la voz, el mal aliento y la peste a sudor comenzaran a hacerse necesarios. A diferencia de allá afuera, aquí los días no tenían los bordes afilados como latas de atún. Y más importante aún, según lo veía Spider, era el hecho de que todos, a partir del momento en que decidieron bajar, habían comenzado a «comportarse» de manera diferente. El aislamiento voluntario y la *estrategia* trazada los convertía de momento en seres marginales, situados al borde por auto-exclusión, aunque no tuvieran una clara conciencia de esta ni *actuaran* como tales, lo que les impedía jugar a serlo en un juego mayor de exclusiones verdaderas. Para Spider, algo que ni siquiera había imaginado estaba sucediendo. Sin atreverse a definir aquel comportamiento discordante, sospechaba que podría llegar a ser mucho más importante que la misma diversión que buscaban –si es que existe algo más importante que eso. Fue hasta una de las cajas de whisky, abrió una botella y se sirvió un trago en el vaso de cristal. No diría nada: tal vez se equivocaba con Afónico, pero estaba casi convencido de que, tarde o temprano, su amigo terminaría por revelar el verdadero motivo que lo había llevado hasta allí.

El tipo sigue mandando whisky y cerveza, y nosotros lo abastecemos de viejas Remington… Spider soltó un eructo que repercutió en las paredes de la cisterna. Un agradable sabor a madera recién cortada le llenó la boca, y por un instante pensó que haría todo lo posible por conservar el recuerdo de ese gustillo y lo que significaba *sentirlo* en ese espacio y en esas circunstancias, pues sabía que muchas veces es un olor, un aroma, una evocación o un sonido específico lo que en un segundo nos lleva a la esencia de ciertas cosas, mucho más que los sucesos o las formas que la memoria suele distorsionar… eso me gusta, prosiguió. Tal vez no sea exactamente lo que queremos, pero así y todo no me parece mal, no es un mal negocio, quiero decir. Aunque tampoco creo que dure mucho.

Hizo una pausa, bebió otra vez del vaso de Afónico y le pidió al Loco el libro que estaba leyendo. El Loco se lo dio a cambio del vaso («Los mejores asientos son los asientos vacíos, y los mejores vasos son los vasos llenos»); era un vaso cristalino de fondo grueso y bordes estriados, especial para malteados escoceses, y todos querían beber en él. Spider hojeó el libro, se detuvo en una página marcada con un doblez en la punta y dijo: Aquí. Oigan: «Sebo, sebo, vela cual cera: nuestra espina dorsal es débil y nuestra conciencia quema sin malicia hasta el final lo que queda de la mecha que la vida nos ha otorgado parcamente». Esa es la cosa… Por aquí andamos.

Esta es mejor, dijo el Loco quitándole el libro de las manos, lo que aprovechó Spider para recuperar el vaso. El Loco buscó otra página marcada y leyó: «Manténte alejado de dios, permanece angustiado, deslízate». Resbalar, bróder, esa es la cosa. Este tipo sí que estaba claro. Yo también me deslizo, aunque a veces quisiera tener algún dios en el que creer.

Por ahí vas derecho hasta un lugar donde al final ni siquiera sabrás quién eres, replicó Afónico.

Sí lo sé: voy derecho en busca de un baño pulcro y perfumado para ti. Un baño que te cambiará la vida.

No te preocupes, ronco…, dijo Susana. Y añadió: Adquirir una nueva identidad no significa traicionar la primera, sino enriquecer la propia persona con una nueva alma.

No puede haber almas nuevas donde antes no hubo ninguna, respondió Spider.

¡Qué bien me siento, coño, qué bien!, gritó el Loco. No creo que pueda haber algo mejor… No ahora, por lo menos. Le arrancó a Spider el vaso de las manos, lo llenó hasta la mitad, lo alzó sobre su cabeza y lo derramó sobre ella. Yo, en este momento, dijo, no lo cambio por nada. Y volviéndose hacia Susana: ¿Dónde está ese postre que habías traído, mi niña?

Afónico le quitó el libro y lo hojeó. Se detuvo en una página marcada con trazos de color amarillo y comenzó a leer en voz baja, aunque su intención era que los otros lo oyeran. Más que leer parecía que salmodiara con su voz áspera.

«A Harry no le gustaban los pensamientos profundos. Los pensamientos profundos pueden conducir a errores profundos».

Sí, lo interrumpió Spider, todos los animales de la raza canina son cuadrúpedos, y los perros son animales de la raza canina, por tanto, todos los cuadrúpedos son perros… Vaya, coge tu silogismo aquí, calentico y profundo.

¿Y es que acaso no es así?, preguntó Susana.

Déjenlo terminar, dijo el Loco.

No lo digo yo, lo dice aquí, replicó Afónico golpeando con una mano la página del libro. O mejor esto: «A Spider no se le podía odiar y no se le podía querer. Era como un calendario o un portaplumas».

Así me gusta, masculló el Loco. Sarcasmo, mucho sarcasmo. Ya estás entrando en área contaminada, Caruso.

Esto es ridículo, dijo entonces Afónico soltando el libro. El tono de su voz cambió.

¿Por qué es ridículo?, preguntó el Loco.

Porque por mucho que lo intentes, por muchas botellas que te tomes y creas que por eso te le puedas parecer, si no hay mujeres estamos fritos colega, «aullando como locos perros mudos contra el cristal». A él nunca se le hubiera ocurrido planear una cosa así, es decir, encerrarse y divertirse como queremos hacerlo nosotros ahora sin antes garantizarse una buena niña. El sabía. Nosotros no. En tanto seguimos aquí, queriendo resucitar sólo una parte de la historia, y que por lo mismo siempre será una historia incompleta. Se volvió hacia Spider, señalando a Susana: claro, como ya tú tienes resuelta una de las partes, eso no te preocupa

Spider no esperaba que la reacción de Afónico viniera por este lado, aunque estaba consciente de que no era sólo una réplica espontánea; tratándose de él podía ser un desafío. Aun así lo tomó con calma.

Si quieres una mujer, búscatela, le dijo. Pero mira a ver a quien traes aquí. Afónico hizo silencio, ni siquiera lo miró. Metió la mano en una de las bolsas, pescó otra pizza y comenzó a morder. Spider bebía directamente de la botella. Entiendo tu sufrimiento, ronco, continuó diciendo, pero de todas formas te prevengo. ¿Sabes por qué? Porque «las mujeres son dirigidas por sus glándulas, y los hombres por sus corazones. Eso explica que sólo los hombres sufran».

Machista de mierda, gruñó Susana.

¿Dónde está el postre prometido?, le preguntó el Loco

En el plato de los dulces.

El Loco revolvió entre las panetelas. Encontró la bolsita de papel, la abrió y comenzó a prepararse un cigarrillo. Durante un minuto nadie habló, aunque ahora a ninguno parecía importarle las habilidades del Loco con el papel y la saliva. En el sosiego de la cisterna, cualquiera de ellos podía hacerlo tan bien como él. Spider lo observaba con interés, miraba sus manos expertas, aunque su atención parecía dirigirse a otra parte.

¿Y si la máquina no existiera?, soltó de repente, sin mirar a nadie, como hablando para sí, como el eructo de un rato antes. Fueron los otros tres quienes lo miraron a él, con una expresión que se movía entre el desconcierto y la risa. Pero como ninguno dijo nada, continuó: Quiero decir, quizás todo fue una alucinación nuestra, estábamos muy mal aquella tarde... Tal vez nunca hubo ninguna máquina.

¿Y la vieja bruja en medio del bosque? preguntó el Loco.

Una regresión infantil, un recuerdo perdido de nuestra niñez que de pronto aflora, un rezago de Hansel y Gretel. Una visión...

¿Y los guajiros que jugaban dominó, y el hombre del caballo, los quinientos pesos que después nos repartimos? ¿También fueron una alucinación? Afónico, inclinándose hacia adelante, había puesto su cara a dos centímetros de la nariz de Spider.

Tal vez, comentó Spider. ¿Por qué no?

Y suponiendo que lo haya sido, ¿qué importa?, dijo Susana. Si por una «alucinación» estamos aquí, bienvenida sea la confusión. El consuelo de una visión consiste en creer en ella, no en que sea real.

Spider no respondió. Había sido sólo una pregunta, y se sorprendió con la reacción de sus amigos. Lo alegró descubrir que ellos defenderían esa utopía, cualquiera que fuese el resultado. Pero a él esa «duda», la veracidad o no de lo sucedido, ya no lo volvería a abandonar. Más que provocar un dolor concreto, definido, era una punzada, un pinchazo que no admitía palabras, las suprimía en su desazón. «La lengua puede darle palabras a la duda en Hamlet, pero no a un simple dolor de cabeza», decía Virginia Wolf.

De todas formas tendremos piñata, repuso el Loco, una enorme piñata llena de generosos sobrecitos que lloverán sobre las cabezas de los socios, para que cada cual luche lo suyo y luego disfrute lo que se ha ganado honradamente en el tumulto sin paranoias ni complejos de culpa. Eso le hubiera gustado al viejo. Seguro diría que nadie pudo haber imaginado un mejor regalo para él. Puedo apostar a que el tipo se sentaría ahí, en una esquina, con su botella, bien relajao, a mirar las piernas de las niñas mientras se revuelcan por el piso luchando un pedazo de su máquina.

Susana desenrolló la colchoneta y se acostó sobre ella, usando de almohada las piernas del Loco, mientras Spider, en el otro extremo, le frotaba los pies. Spider miró su reloj. Al ver la hora, se levantó de un salto y apagó la grabadora.

¡Arriba! Hay que salir.

Los otros tres se le quedaron mirando, sin comprender.

¿Es que ya no se acuerdan? ¡Hoy tenemos función!

Susana soltó un chillido de alegría. Se ponía frenética cada vez que debían «encontrarse» con Cook, pues era ella quien trazaba la estrategia y arreglaba las citas, disfrutando como ninguno con el desarrollo de su puesta en escena, de la que era parte esencial. Se divertía como un niño de campo cuando va al mar: una mezcla de temor y excitación. También era suyo el argumento del próximo encuentro, pero no estaba segura de la fecha, pues para esta ocasión había sido Afónico quien coordinara los detalles con Cook.

No es hoy, es mañana por la mañana. A las diez, dijo, y volvió a encender la grabadora y su Tom Waits.

Afónico parecía estar muy cómodo en su rincón junto a su vaso y su botella, como si nunca más tuviera que levantarse de allí. Propuso que de momento dejaran tranquilo al pobre negro; que a esa hora hacía mucho sol, que tenía resaca, hambre y un mareo dulce; cual podría ser entonces la razón para moverse precisamente en este momento si se estaba tan bien aquí, entregados a los placeres del whisky y de una rica disquisición tóxico-social, rezongó, limpiándose los espejuelos, más empañados que un parabrisas en invierno, lo que no eran sino pretextos para justificar su pereza y seguir tumbado en su rincón. De alguna manera todos sentían que el ambiente incitaba a la permanencia, a quedarse allí y dejarse llevar por los infinitos hilos de la conversación hasta llegar a cualquier lugar o a ninguno, como el buen viaje, que no necesita de un lugar al cual llegar, pero el encuentro con Cook también era parte del placer, mucho más ahora que debían disfrazarse para salir. Tampoco ninguno podría negar –aunque Afónico era el único en reconocerlo alguna vez en alta voz– que siempre, un poco antes de salir a la calle a estos «encuentros», una sensación muy parecida al miedo, aunque combinada con pequeñas dosis estimulantes de misterio y suspense, daba vueltas alrededor de ellos, pues aunque lo intentaran no podían dejar de recordar que Cook, de cualquier manera, era la autoridad, y burlarse de ella era un delito grave. Y no burlarse también: todo estaba en que ella, la autoridad, lo interpretara como tal. Pero cualquier placer auténtico implica riesgo, y ahora estaban dispuestos a correrlo: era el precio a pagar contra el hastío. Pero no *ahora mismo*: definitivamente no. Allí se estaba bien, de momento no había prisa, podían seguir tumbados cada uno en su rincón, indiferentes y detractores pues afuera, con ese sol y a esa hora de un día entre semana, el mundo, con o sin ellos, seguiría su curso imperfecto y aburrido.

Siempre detrás de Susana, Flaubert llegó hasta las inmediaciones de la vieja casona en el Vedado. Unos segundos antes ella había desaparecido al doblar una esquina, pero su entrenado olfato de rastreador le hacía suponer que la muchacha no podía estar lejos. Tampoco pudo verla cuando volvió a salir de la cisterna, pero sí vio a Spider bajando a toda velocidad hacia la calle Línea. De pura casualidad sus miradas no se encontraron, por lo que decidió ir tras Spider, seguro de que, fuese donde fuese, lo llevaría a algún lugar que él necesitaba conocer. Susana había desaparecido, pero en este momento daba igual uno que otro, cualquiera de ellos podía ser una buena pista.

Lo vio llegar a la avenida, atravesarla a grandes zancadas, subir a un auto y desaparecer. Flaubert soltó una maldición. En New York esto no sería más que una escena común y sin mayores complicaciones: con sólo levantar el brazo un *yellow cab* se detendría al instante y podría continuar la persecución. Pero en una ciudad como La Habana, si la maniobra de acecho se realizaba a pie, la posibilidad de que el perseguido montara de improviso en un auto podía arruinar la más feroz de las cacerías. Podía transcurrir media hora más antes de que apareciera otro auto de alquiler. La eventualidad, como inminencia del fracaso, aumentó la desesperación de Flaubert. Maldijo otra vez el lugar, y la simple repetición del nombre le hizo recordar con exactitud dónde era que se encontraba. Automáticamente metió una mano en el bolsillo, sacó un billete de diez dólares y lo agitó en el aire. Aún no había terminado de desplegar el billete en toda su amplitud, ondulante en la brisa capitalina, cuando un Lada y un Aleko frenaron delante de él. Ambos conductores comenzaron a gritarle que subiera al auto. Como le pareció que el Lada había llegado primero por una milésima de segundo allí se montó, y señaló entre el tráfico, bastante escaso por suerte, el auto en el que viajaba Spider.

¡Siga a ese auto! ¡Rápido!, gritó al conductor (tratándose de Flaubert no podría ser otro el bocadillo: él siempre seguía al pie de la letra la retórica clásica del género).

Sin contar el trayecto en taxi desde el aeropuerto hasta Centro Habana la tarde de su llegada, era la primera vez que recorría en auto la ciudad. Prefería caminar donde quiera que fuese, pues así le era más fácil reconocer y memorizar los lugares donde debía operar. Ahora la perspectiva de la urbe, aunque en movimiento, le seguía pareciendo más o menos la misma, sólo que un poco menos calurosa por el aire que entraba por las ventanillas. Aún así, al pasar la calzada de Infanta y entrar en Centro Habana se sorprendió al ver cómo cambiaba el paisaje urbano entre un barrio y otro. A diferencia de otras grandes ciudades donde, sin contar la periferia, unos barrios terminaban y comenzaban otros separados únicamente por lo que parecía ser una línea imaginaria dentro de una continuada coherencia arquitectónica, aquí el paso entre Miramar y el Vedado, el Vedado y Centro Habana y de este a La Habana Vieja equivalía a atravesar cuatro mundos distintos en quince o veinte minutos, un viaje que parecía reservado únicamente a las obras de ciencia-ficción. Con todo, Flaubert pudo advertir un elemento común entre ellos, algo que se repetía con monótona insistencia: las caras, la manera de vestir y los carteles con consignas políticas, siempre las mismas, siempre los mismos colores. A primera vista, esto podría dar una sensación de uniformidad, de textura similar y solidaria que contribuía a definir —y reforzar— la naturaleza del sitio, a cohesionar el color local, dotando a esta urbe de una particular *identidad*. Sólo que para Flaubert esta «identidad» característica era, al fin y al cabo, el reflejo de rostros duros o apagados, atuendo desabrido, fachadas descoloridas y consignas vacías a fuerza de repetirse hasta el cansancio. Los carteles: sobre todo lo abrumaban los carteles en los muros, en los techos, en las vallas, en cualquier lugar. Estos espacios, ocupados en otras partes del mundo por la publicidad engañosa pero cambiante y muchas veces atractiva, aquí estaban invadidos por la propaganda y su carga aleccionadora, su tono severo, su mensaje homogéneo y su penuria estética. Una polución ideológica, observó Flaubert; no se podía escapar de su influencia o su agresividad visual pues *te salían al paso* en cualquier esquina, en todos los muros, en el rincón menos pensado.

Lo peor, sin embargo, era que esta retórica de pancarta se había incorporado inconscientemente al habla de los ciudadanos. De tanto leerlo sin leer y oírlo sin escuchar, ese lenguaje se colaba de forma subrepticia en las cabezas de los habitantes, y si bien no era utilizado en el habla coloquial y cotidiana a no ser que se apelara a él de manera irónica, salía a relucir siempre que el interpelado tuviese que hablar en público, o con desconocidos; en una entrevista, en cualquier cosa con visos –aunque lejanos– de oficialidad o al menos fuera de la intimidad de los conocidos. Era un lenguaje compulsivo pero neutro, seguro, a prueba de equívocos o posibles interpretaciones comprometedoras; con él se estaba a salvo, cualquiera que fuese el tema a tratar. Esa era la gran ventaja: al ser neutro servía para cualquier cosa, sin que al mismo tiempo quisiera decir nada. El lenguaje ideal de la indiferencia ambivalente.

El mismo que utilizó el conductor del auto al que se subió Flaubert cuando detectó, por el acento, que su pasajero era un extranjero: por lo demás parecía un cubano común y corriente. Nunca se sabe con éstos, a veces resulta que son más comunistas que Lenin, pensó al principio, observando de reojo y sin soltar ambas manos del volante. No, él no se dedicaba a esas cosas, qué va, lo recogí porque me di cuenta que el señor estaba apurado, los cubanos, usted sabe, somos serviciales por naturaleza, este tipo de cosas las hacemos espontáneamente, eso nos distingue, igual que nuestro espíritu de sacrificio; fíjese que este carro me lo dio el Estado por ser un trabajador vanguardia, no me importa el dinero (que ya había guardado en un bolsillo) aunque tampoco dejo de reconocer que hace falta, el dinero viene y va, sí señor, pero la solidaridad no, lo acepto sólo para no hacerle un desaire, ya sabe, faltará la comida, la electricidad, el transporte, la vivienda, el combustible, la pintura, el café, ¡el café!, el papel sanitario *an meni meni mor* pero nos sobra dignidad, sí señor, somos un país pobre y bloqueado pero con dignidad y etcétera. Ya después fue relajándose, al ver que el extranjero no le prestaba mucha atención a su cháchara. Comenzó a interesarse por la procedencia del *amigo*, por el tiempo que llevaba en el país, los lugares que había visitado «¿Varadero-Trinidad-Viñales-Tropicana». –los mismos tópicos de siempre a los que Flaubert respondía con monosílabos negativos y sonrisa de cortesía–, para terminar ofreciéndole ron de primera y tabacos baratos como no los iba a encontrar en otra parte, alquiler de mujeres con tarifas de sueño y casa en la playa con garantía de privacidad. Flaubert ya conocía el menú desde el mismo día de su llegada, ofertado por otro del gremio: el tipo que lo llevó desde el aeropuerto hasta la casa donde se hospedaba. Pero de momento tampoco le interesaba: su misión era hacerse de la máquina; después ya se vería.

Al ver que siguiendo el auto donde viajaba Spider pasaban el Parque de la Fraternidad y se internaban en La Habana Vieja, Flaubert se sintió un poco más seguro: sin mucho esfuerzo, había aprendido a moverse con soltura en aquella parte de la ciudad, a desentrañar las miradas, a interpretar sus significados según la zona y la hora del día, y a negociar en consecuencia. A diferencia de otras grandes ciudades de mar que él había conocido, la zona vecina al puerto de La Habana era caótica pero no laberíntica, con un trazado urbanístico bastante uniforme que sin embargo no impedía el trapicheo constante, la tensión variable entre oferta y demanda, los vericuetos del placer, la mercancía impúdica mostrándose a la luz del sol. Había crecido en un barrio de New Orleans muy parecido a este, donde las reglas de juego eran más o menos las mismas, con idénticos policías que cerraban un ojo según las circunstancias y las mismas putas que abrían los dos, desmesuradamente, y también la boca, y por supuesto las piernas, ante un billete.

Así, iba pensando que le sería mucho más fácil hacerse de la mercancía si aquellos mocosos la tenían escondida en alguna parte de esta zona cuando, al pasar frente a la calle San Isidro, vio que el auto donde viajaba Spider frenó de repente. Lo vio bajarse a la carrera, arrojar algo al interior del coche por la ventanilla y correr hacia la Estación de trenes. Él hizo lo mismo, sin apenas despedirse de su locuaz conductor, aunque aceptó su tarjeta «porque nunca se sabe», y siguiendo a Spider, se internó en la muchedumbre de viajeros y vendedores que rodeaban la Estación terminal.

Susana llegó a Línea justo en el momento en que Flaubert pasaba frente a ella en el auto, pero no llegaron a verse. Tampoco encontró a Spider, por supuesto, y regresó a la cisterna. El Loco, desnudo, estaba sentado en el mismo centro, debajo del bombillo. Comenzaba a torcer otro cigarrillo mientras leía, inclinado hacia adelante, un cuento de *Música de cañerías*. Había abierto otra botella de whisky. Como ya no tenía papel de liar, arrancó la página que acababa de leer, la picó en pequeños rectángulos, y en uno de ellos echó la picadura. Más que su desnudez fue la página del libro hecha pedazos lo primero que vio Susana cuando llegó abajo. Al levantar la cabeza, el Loco vio la mirada enfurecida de Susana ir de su cara al libro, del libro a su cara, sin decir nada.

No te preocupes, ya está aquí, dijo apuntándose con el dedo índice al centro de la frente. Toma, y le pasó la botella. Susana, inmóvil, se quedó de pie frente a él. No sabía si mandarlo a la mierda o descifrar sus tatuajes, que ahora veía de cuerpo entero por primera vez.

Mejor pongo música, dijo.

Dejó su mochila encima de la cama, fue hasta donde estaba la grabadora y revolvió entre el montón de cassettes que había junto al aparato. Puso el *Wish you where here* de Pink Floyd («bueno para fumar», según el Loco), subió el volumen y caminó otra vez, muy despacio ahora, hasta donde estaba el Loco. Él había terminado de preparar el cigarro y le pasaba la lengua para compactarlo con saliva. Levantó otra vez la cabeza y la vio allí, inmóvil como un minuto antes pero ahora con los ojos muy abiertos y extasiada ante la visión de su cuerpo ilustrado. Sin dejar de mirarla repitió el movimiento de la lengua, que no pasó por encima de ningún trozo de papel esta vez.

Sí, hace mucho calor, dijo ella, mientras dejaba caer su vestido entre las piernas del Loco y se sentaba frente a él.

Dos horas después, la tapa de la cisterna se abrió de repente y entró Afónico. Venía borracho y por eso, a diferencia de otras veces, bajó hasta el piso sin detenerse a mitad de la escalera. Susana y el Loco aún estaban allí. Y también estaban borrachos. Susana, acostada en la cama, tenía puesto el pulóver del Loco que le llegaba hasta las rodillas, y él llevaba el vestido de ella: ahora se preparaba el tercer cigarro del día.

El Loco recibió al Afónico haciéndole saber que incluso antes de que la tapa se abriera sabía que era él por la fragancia que siempre lo acompañaba, a lo que Afónico ripostó con una evasiva de rencor; ellos podían seguir «gozando», pues de todas formas sería él quien al final «pagaría los platos rotos». Eso lo dijo mientras movía los ojos entre el Loco y Susana, ojos saltones sin espejuelos, rojos por el alcohol, rojos por la ira de que Susana estuviera allí casi desnuda y ni siquiera lo mirara. Dijo también que según el guión, uno de ellos tendría que decir en ese preciso momento «no es lo que estás pensando»; algo imposible, según el Loco, pues eso, lo que Afónico pensaba, nadie podía saberlo nunca. Susana, sin mirarlo, le preguntó si había visto a Spider; Afónico hubiera preferido que le preguntara cualquier otra cosa menos eso. No, nadie lo había visto, desapareció, se habrá tirado al mar en un gesto de arrepentimiento, estaba diciendo, cuando Susana saltó de la cama y dijo «Vamos. Si no me equivoco, ese debe estar llegando ahora a la terminal de trenes, vamos, rápido», y le arrancó el vestido al Loco, sacándoselo por encima de la cabeza. Para no quedar desnuda frente a Afónico se lo puso y luego devolvió el pulóver a su dueño, que suplicó un par de minutos para terminar de fumarse en paz su cigarro, pero no, andando, lo despachaban en el camino, había que llegar «antes de que ese cabrón se monte en un tren», gruñó Afónico sin dejar de mirar a Susana. «Ni para el postre me dejó esta», pensó, esperando ver algo cuando se cambiaran la ropa, pero no dijo nada.

Lo que no sabían era que Cook había seguido los pasos de Afónico hasta allí. Al verlo bajar, Cook descubrió por qué le había sido tan difícil dar con ellos. Aprovechando la espesura, se escondió entre los árboles del patio. Cuando los vio abandonar la cisterna, se escurrió hasta la entrada y bajó.

Había dejado la tapa abierta, y por allí entraba la luz del sol formando un haz cuadrado sobre el fondo de la cisterna, suficiente para iluminar el interior del tanque. Cook revisó cada rincón, pateó cassettes y botellas vacías, pero en ese lugar no había nada parecido a lo que buscaba. Sólo un penetrante olor a marihuana, impregnado en las paredes junto a los graffittis y las fotos, restos de comida que comenzaba a podrirse, alguna ropa, algunos libros, una cama y una colchoneta, preservativos usados, cajas de madera, humedad.

Cabrones…, murmuró. Debía darse prisa. Perderlos de vista ahora significaba perder todo.

En vez de bajar hasta Línea como había hecho Spider al salir del aljibe, y seguida por Afónico y el Loco, Susana dobló a la izquierda y subió hasta 23, seguida al trote por ellos sin mucha convicción ni conciencia de a donde iban ni por qué subían en aquella dirección, pero Susana debía pasar por su casa: los cosméticos son los cosméticos, queridos, aunque vayas de excursión a la pescadería. Para Afónico este era uno de los inconvenientes añadidos al hecho de aceptar a una mujer en cualquier proyecto concebido para hombres. El Loco no estaba de acuerdo con aquella apreciación, al menos no completamente; era necesario tener en cuenta algunos matices, una mujer siempre aporta *presencia* a un grupo de hombres, así como disminuye su posible culpabilidad –nadie sabe por qué se confía más en un grupo-de-hombres-con-mujer que en uno sin ellas. Además, por si eso no resultaba suficiente, no se debía ser tan categórico cuando se trataba de unas piernas como aquellas; a lo que Afónico ripostaba que las piernas hermosas eran enemigas de las grandes empresas, máxime si sobre ellas se sostenía un culo sensacional y una cabeza torpe y bonita. Trepaban cuesta arriba y discutían aunque no tuvieran el propósito de llegar a un punto medio donde ambas razones coincidieran, y ya sobre la calle 23 y sin abandonar el argumento comenzaron a hacerle señas a los autos de alquiler. Cuando un auto se detenía y ellos iban a montar, recordaban que faltaba Susana. Y sin ella no podían irse. No es nada personal, decía el Loco –considerando el razonamiento como una excusa irrebatible a la vez que la mejor manera de hacer callar definitivamente al Afónico–, es que es ella quien lleva «la diversión».

Apenas diez minutos después de llegar allí se les reunía Susana con su ajuar de campaña, maquillada y con gorra. Por si aparece Tarzán, dijo. En realidad, había vuelto mucho más rápido de lo que ellos pensaron que tardaría, pero así y todo el corto tiempo de espera sirvió a Cook para llegar hasta 23 y encontrarlos aún en aquella esquina. Desde la acera de enfrente los vio moverse inquietos bajo un árbol en aquella intersección de la calle 8, haciéndoles señas a los autos que seguían de largo. Con el rostro vuelto hacia las casas Cook fue desplazándose hasta la otra esquina, donde ellos no pudieran verlo y desde donde podría seguirlos sin levantar sospechas. El disfraz utilizado para acercarse ya no le servía, pero de todas formas continuaba usándolo temeroso de cambiar la estrategia sin antes recibir nuevas orientaciones al respecto. Siempre había temido razonar por cabeza propia; mucho más ahora en la que ella estaba en juego.

Aquí se iba a repetir la misma situación que se produjo cuando Flaubert perseguía a Spider unas horas antes. No más llegar Susana y a una señal de ella detuvieron el primer coche de alquiler que pasó y se montaron. Cook no podía hacer lo mismo que el nativo de New Orleans —sus recursos para llevar a cabo este operativo eran escasos—, pero también, como buen sabueso en medio de las dificultades, pensó rápido: sacó el documento que lo identificaba como policía secreto y se paró, a riesgo de su vida, delante del primer auto con matrícula estatal que pasó por allí. Que fue un Moskovich destartalado, perteneciente a la Empresa Avícola Nacional. El conductor se asustó más con la pinta de aquel negro suicida que con el documento con que lo encañonaba exigiéndole no perder de vista el Chevrolet azul que iba delante. Hubiera preferido una pistola en su cabeza, era esto lo único que le faltaba para completar el día: la noche anterior su mujer había escapado con otro hombre, a uno de sus dos hijos le acababan de diagnosticar una hepatitis B, y su jefe, a primera hora, lo había insultado tildándolo de incapaz por el deplorable estado del auto. ¿Y qué iba a hacer, a ver, qué iba a hacer? Si aquella reliquia funcionaba aún era sencillamente porque *él*, de-su-propio-bolsillo compraba las piezas de repuesto (con una parte de la venta de huevos en bolsa negra, pero eso no lo dijo) que el coche, en su agonía, necesitaba: de detenerse por alguna avería aquel departamento de su empresa quedaría sin transporte, su jefe sin carruaje y él sin trabajo —y sin huevos—, y eso no le convenía a nadie, mucho menos a él.

Mientras Cook se resignaba a escuchar los pormenores de aquella tragedia doméstico-profesional, en el Chevrolet que corcoveaba unos metros más alante Afónico y el Loco le pedían a su propietario que se apresurara: de llegar a la Estación de trenes en diez minutos le pagarían el doble de la carrera.

Esto es un Chevrolet del 51, mi hermano, no un Porsche, respondió el conductor... Pero no se preocupen, un Chevy siempre será un Chevy. Agárrense bien.

Puso la cuarta y aceleró. Al llegar a la Avenida de los Presidentes dobló a la derecha con el semáforo en rojo, pasó con el mismo color por la intersección de Zapata frente a la Escuela de Letras y luego, siempre a la misma velocidad, dobló a la izquierda en Boyeros para coger la calle Reina, pero tuvo que parar en Belascoaín. Detrás, el Moskovich hacía gárgaras y tosía en la nube de humo que iba dejando el Chevrolet. Pero a Cook ya no le interesaba seguirlos de cerca: atando cabos con la información que Tamayo le proporcionara, y a sabiendas de que ellos no tenían la máquina en su cueva, pudo adivinar a donde se dirigían y por qué iban hacia allí. Ahora no tenía ni el tiempo ni los medios para comunicarle sus progresos a Tamayo: había deducido por cabeza propia, la hipótesis era correcta, y su propia deducción lo obligaba a no perder ni un segundo y a asumir las consecuencias.

De todas formas, no tendría que esmerarse mucho para darles alcance. Dos cuadras después del Parque de la Fraternidad, un poco más allá de la intersección de Monte y Cienfuegos bajando hacia la Estación Central, el Chevrolet, bramando entre la primera y la segunda velocidad, hizo un ruido sordo, una gárgara más profunda que las habituales, comenzó a echar humo por el capó y se detuvo en seco. El conductor saltó afuera gesticulando, levantó la tapa del motor y un chorro de agua hirviendo envuelto en una nube de vapor salió disparado contra el cielo, rociando a algunos transeúntes que comenzaron a gritar alarmados. También gritaba el dueño del auto, inculpando a los jóvenes por la prisa a que lo habían obligado, miren las consecuencias de tanto apuro, y ellos a su vez le gritaban a él, pues las puertas del Chevrolet no tenían manecillas interiores –un recurso muy utilizado en el gremio de autos de alquiler particulares para evitar que los pasajeros escaparan sin pagar–, y habían quedado atrapados en medio del humo y el vapor y la llovizna ardiente. Gritaban por joder, era el momento de esplendor del último cigarro fumado, gritaban «un Chevy siempre será un Chevy» y se reían, lo que hizo que el dueño del auto amenazara con dejarlos allí para que se frieran vivos dentro del almendrón azul.

Cada vez llegaban más curiosos al lugar, atraídos por la gritería y el espectáculo del chofer girando como un derviche alrededor de su Chevrolet. Los rostros de los jóvenes, desencajados ya por la risa y el calor, se deformaban hasta convertirse en una mueca grotesca al aplastarlos intencionalmente contra los cristales de las ventanillas, pues sabían del efecto casi terrorífico que esto podía causar en aquella circunstancia. Pero los espectadores, del otro lado de los cristales, no sabían si reían o estaban a punto de asfixiarse, y ante la duda algunos decidieron increpar al propietario del Chevrolet por su sadismo y abrir las dos puertas traseras, añadiendo que ni siquiera merecía que le pagaran como castigo por aquella intención infame.

Es conveniente recordar que estamos en un barrio difícil, complejo, donde –entre otras cosas– rigen códigos de conducta muy particulares, en ocasiones aparentemente nobles e inflexibles siempre y cuando se trate de una acción pública, pues por la fuerza que allí tiene la comunicación oral dicha acción siempre redundará en beneficio ético para sus hacedores –y ellos lo saben–, muy necesitados de él como cobertura para sus acciones encubiertas, las verdaderamente importantes. Esta era una de aquellas «oportunidades» de auténtico lucimiento social, de «entrar mansamente en la *mañana* virtuosa», y de la severidad de estos negrones no dudaba ni un segundo el hombre del Chevrolet, por lo que no le quedó más remedio que aceptar de mala gana la «propuesta» de gratuidad y admitir que se había equivocado como consecuencia de un rapto de furor por la avería del motor, momento que el Loco y Afónico, arrastrando por un brazo a Susana –que quería ver cómo terminaba todo– aprovecharon para escapar entre la multitud antes de que esos mismos negrones vinieran a exigirles su comisión por la intervención salvadora.

De todas formas, nunca hubieran corrido mayor peligro que el de salpicarse con unas gotas de agua hirviendo, pues allí entre la multitud estaba Cook, acechante, quien no habría permitido bajo ninguna circunstancia que alguien se comiera su carnada o impidiera su descenso hasta ese lugar en el fondo que él precisaba conocer y donde tenía que llegar a toda costa. Ignoraban que la misma persona que los perseguía y podría inculparlos se encargaba de cuidarlos, aun sabiendo que eran ellos los verdaderos culpables de sus últimos fracasos, de sus humillantes apariciones públicas y sus ridículos travestismos recientes, de las reprimendas de su jefe y de aquel disfraz de rastafari que cada vez le sentaba peor pero que no se atrevía a abandonar. Ya no le interesaba mantener la compostura de la peluca ni caminar según las circunstancias: sólo quería dar de una vez con la máquina, extorsionarlos o, si las circunstancias lo obligaban, inculparlos por cualquier motivo, encarcelarlos y hacerse del botín. Cook respiró tranquilo cuando los vio escabullirse entre la gente en dirección a la Estación Central, y dejó que se adelantaran para no sentirse presionado por la cercanía de sus perseguidos y evitar un encuentro accidental que echaría a perder todo justo ahí, a un paso, en la antesala del éxito.

Apenas entraron al salón de espera de la Estación de trenes, Susana divisó a Spider en medio de un mar de pasajeros expectantes, cómodamente sentado en una butaca, con un sobre entre las manos, devorando rositas de maíz. Lo vio desde la misma entrada principal, justo en el momento en que él desviaba la vista hacia allí y los descubría, aunque Afónico y el Loco no llegaron a verlo. Como Susana suponía que la reacción de ellos al encontrarse con Spider podría provocar una situación desagradable para todos, les pidió que vigilaran las puertas mientras ella daba una vuelta para «inspeccionar el terreno». Spider se había levantado de su asiento e intentaba escabullirse hacia el baño de hombres, y Susana desapareció entre la gente.

Lo vio entrar en el baño. Decidida, entró tras él: si en aquel baño había alguna ventana, algún hueco, el más mínimo intersticio, Spider escaparía por allí, y ya entonces sería imposible encontrarlo. El baño, largo y estrecho, estaba atestado, y la entrada de Susana provocó un pequeño revuelo entre los meadores alineados a la izquierda frente a los urinarios, atinando casi todos a protegerse de aquella presencia inesperada con un absurdo gesto de ocultamiento. Ella fue derecho hasta las puertas que había a la derecha. Comenzó por la primera de la fila, y cada acción de abrir una puerta iba acompañada de las exclamaciones y las protestas de los ocupantes de las cabinas hasta que dio con Spider, sentado y sonriente sobre una de las tazas.

Vamos, cagón, que La Habana entera anda detrás de nosotros, fue lo único que dijo.

Spider salió detrás de ella lo más rápido que pudo, entre los comentarios y las voces que lo siguieron hasta que estuvo fuera. Allí lo esperaba Susana recostada a una pared. Al acercarse, ella comenzó a hablar sin siquiera mirarlo.

Eres un egoísta de mierda. Y no trates de inventar una de tus historias. No hay que ser muy inteligente para saber a dónde querías ir.

Iba a pasear, dijo Spider. Al campo. No puedo seguir esperando por ustedes, ahí en el fondo del pozo todo el día y la vida pasándonos por encima.

¿Ah, sí? ¿Y de quién fue la idea? Mía no... ¿No era a ti a quien le parecía *fas-ci-nan-te* haber descubierto una nueva manera de vivir en esta ciudad tan aburrida?

Sí. Pero ya hay que cambiar, o al menos confrontar eso con lo que sucede en la realidad, respondió Spider. Después hizo silencio, al ver al Loco y a Afónico acercarse.

Muy bien. Ahora mira a ver si los puedes convencer a ellos.

Susana lo agarró por el pulover y lo hizo retroceder. Al volverse, Spider se encontró rodeado por sus amigos, que formaban un semicírculo frente a él.

Primero me criticabas a mí porque quería vender la máquina, y ahora te ibas tú solo a buscarla..., le escupió Afónico a la cara.

Es hora de cambiar, volvió a repetir Spider.

Vamos afuera, recomendó Susana.

Tras unos segundos de vacilación, Spider dio media vuelta y comenzó a caminar hacia la salida. Susana, en silencio, sin mirarlo, lo siguió cuando comenzaba a alejarse, sin esperar a que el Loco la alcanzara. Aun separados por varios metros podía sentirse la tensión entre ellos. Sólo Afónico se demoró un poco más, de pie en el mismo sitio. Luego comenzó a moverse, muy lentamente, hacia la salida. Pero al llegar a la puerta principal, cuando ya los otros tres caminaban unos cincuenta metros delante de él, se detuvo en seco. Spider, Susana y el Loco, en ese mismo orden, se alejaban de la multitud que abarrotaba el gran salón central, y guardando la distancia entre uno y otro doblaron a la izquierda y recorrieron, por la acera y con la cerca de por medio, todo el camino paralelo a los andenes. Al llegar al final se detuvieron a ver salir los trenes.

Afónico se detuvo al sentir que alguien lo miraba. Siempre había tenido esta capacidad, sobre todo si era observado desde atrás: era un aguijón que se clavaba en el ojo de la nuca, un alfiler que arañaba la córnea ciega y sensible que allí tenía. Al volver la cabeza le pareció ver a alguien muy parecido a Flaubert que bajaba una escalera al otro lado del salón. Siguió con la vista al hombre, y cuando este llegó abajo, tal vez, por un segundo, sus miradas se encontraron. Pero fue sólo eso, un segundo: el gentío del salón se tragó aquel rostro conocido. Afónico dio media vuelta y salió a la calle.

No obstante a tener la sospecha de que eran seguidos, lo que tampoco —como en el caso de Cook— ninguno de los cuatro sabía era que desde el mismo momento en que entraron en la Estación, Flaubert los había estado observando desde arriba, recostado a una baranda del segundo piso, con la mitad del cuerpo escondida detrás de una columna. Desde allí, desde aquella improvisada pero segura atalaya, Flaubert pudo seguir todos sus movimientos, sus reacciones, estudiar cada uno de sus gestos, para entonces concluir lo que desde varios días atrás venía intuyendo: ellos nunca habían tenido la máquina en su poder, al menos no en La Habana; nadie en este país podía resistirse a la tentación de obtener un buen fajo de dólares a cambio de una vieja máquina de escribir, fuese de quien fuese. Esta era su hipótesis más fuerte, estaba seguro de ella, y la propuesta de canje no era más que una *boutade* para ganar tiempo y divertirse aprovechando su ya menguado presupuesto.

Si a todo esto le añadía la información brindada por el padre de Susana, lo más lógico, pensó Flaubert, era ir a buscar la mercancía al lugar de donde nunca había salido y terminar con aquel retozo absurdo, al menos para él. Cierto que ellos le habían tomado el pelo, siguió pensando Flaubert, habían jugado con su tiempo y su dinero, pero ahora él tomaba la delantera, estaba un paso adelante como consecuencia de esa misma felicidad que él, sin proponérselo, les había facilitado a costa de su bolsillo pero que en este instante se convertía en el peor enemigo de esos mocosos. Por tanto (comenzó a bajar) debía darse prisa, no podía perder un minuto más (en la medida en que esto fuese posible en un país donde se perdían tantos), y al llegar abajo fue derecho hasta la ventanilla donde se vendían los boletos.

Allí le informaron que ya no tenían asientos disponibles para el próximo tren hasta Santa Clara, a punto de partir, ni tampoco para Cienfuegos, (partiría cuarenta minutos después), los dos destinos intermedios que él debía alcanzar antes de llegar hasta ese paraje remoto en las montañas del Escambray, pero también le dijeron –descubriendo al instante, sobre todo por el acento, su condición de extranjero–, que si se dirigía a la ventanilla aquí al lado, esa de cristales oscuros, y pagaba allí su billete en dólares por un precio equivalente a su costo en pesos cubanos, podría montarse en el tren que saldría dentro de unos instantes. Le digo más: si deposita un suplemento de cinco dólares tiene derecho a viajar en el coche climatizado, muy recomendable por cierto teniendo en cuenta este verano adelantado, *señor*. Todo esto dicho con una esplendorosa sonrisa que de tan diáfana hizo ruborizarse al cohibido Flaubert, y dicho también lo suficientemente alto y claro como para que fuese escuchado por aquel negrito de trenzas desiguales que detrás de él, a su vez, ansiaba un lugar en aquella carroza, pero sabiendo de antemano que tendría que apelar a otro recurso para lograrlo, el único por cierto que en el país, junto al dinero o a una amistad en el lugar indicado, podía *resolver* el problema, cualquiera que este fuese.

Paralelo a la punta del andén, pero del otro lado de la cerca, Spider y el Loco permanecían en silencio, de espaldas a las líneas de los trenes. Recostados al muro esperaban que llegara Afónico para continuar la discusión, o al menos para decidir qué hacer. Sólo Susana miraba por entre los barrotes de hierro que se alzaban entre un tramo y otro de la pared hacia el patio de máquinas, donde se entrecruzaba una docena de vías formando un tejido caprichoso y laberíntico en el que, al parecer por puro milagro, un tren no coincidía con otro en su entrada o salida hacia cualquier lugar del país. Ni siquiera vio a Afónico llegar, ocupada como estaba en descubrir que estos puntos de partida eran los troncos fundacionales de todo el sistema vial que circulaba por el cuerpo de la isla, cuyas arterias principales llegaban hasta las ciudades más importantes para desde allí ramificarse en una urdimbre de pequeñísimas venas que se hundían en lo profundo de la campiña insular, esos ramales enyerbados y anónimos que se bifurcan hasta tocar con sus raíles, aunque fuera de pasada, los pueblos más remotos como rincones nerviosos y terminales. Fantaseaba en un intento de imaginar la multitud de vidas que se habían desplazado sobre aquellos larguísimos *caminos de acero*, cada una portando su destino trágico o irrelevante, regresando de una muerte o yendo al encuentro de una idea de la felicidad, o tal vez moviéndose simplemente entre un lugar y otro sin ninguna razón, sólo moviéndose en el fragor de un mediodía calcinante o acompañadas en una fría madrugada por la solitaria presencia de las estrellas. Creía poder percibir en el destello plateado de las vías los rostros neutros o esperanzados, los lamentos y las risas, las angustias silenciosas o el frenesí de todos aquellos que en un momento las transitaron, y ese resplandor que desprendía el acero cuando el sol lo tocaba parecía ser el único depositario fugaz de todas esas historias anónimas que nadie nunca llegaría a conocer.

En un momento determinado Susana levantó la cabeza, y su mirada fue a dar directamente a la ventanilla de un tren que en ese instante partía. Sus amigos se mantenían en silencio, como si no supiesen qué decirse, o no se atrevieran a decir lo que estaban pensando. Allí, detrás del cristal en movimiento, a ella le pareció ver la silueta de una figura conocida. Siguió con los ojos la trayectoria del tren, y luego de algunos segundos la visión desapareció.

No sé por qué, pero tengo la sensación de que en ese tren... me parece haber visto al rasta, murmuró.

En el tren no estoy seguro, pero en la Estación sí que lo vi, dijo Afónico.

¿A quién?, preguntó Spider

Al turista accidental.

Entonces están los dos. Susana se viró hacia donde estaba Afónico. ¡Y por qué no lo dijiste, comemierda! Afónico se encogió de hombros. Tenemos que volver a la Estación, prosiguió. Si Flaubert no está allí, habrá que subir a la montaña. El tipo sabe.

¿Qué sabe?, preguntó Spider.

Todo. La vieja, la máquina, El Mamey... Mi padre se lo contó.

Yo lo mato, dijo Spider.

¿Qué iba a saber? Él se muere por contar historias, tú lo conoces. Sólo le hace falta un oyente pare ser feliz, y cuando lo encuentra...

A moverse. Alarma de combate, anunció Spider, despegándose del muro.

No sabía muy bien qué, pero estaba seguro de que algo debía hacerse, algo que no era precisamente quedarse allí parados.

Miró a sus amigos y dio varios pasos en dirección a la Estación. Al ver que ellos seguían como mismo habían estado durante un rato, se detuvo. Susana dio algunos pasos detrás de él, pero Afónico y el Loco siguieron en la misma posición, encolados al hierro y al concreto, esperando que al menos alguien les dijera a dónde debían ir. Spider se limitó a mirarlos, volvió a girar sobre sí y se alejó rumbo a la entrada principal.

Vamos, dijo Susana, o este es capaz de arrancar solo otra vez.

Pero ni Afónico ni el Loco se movieron del lugar.

Luego de subir al tren, Flaubert descubrió que la tan pregonada climatización de su coche no funcionaba. Al igual que el resto de los pasajeros en los coches normales, tendría que viajar con las ventanillas abiertas para que entrara un poco de aire fresco en aquella sauna móvil. Buscó su asiento, y al llegar lo encontró ocupado por una señora gorda que parecía dormir plácidamente, aunque el tren aún no se se hubiese puesto en marcha y ni siquiera empezara a oscurecer. De repente no supo qué hacer. Por suerte el asiento estaba junto al pasillo, lo que le evitaba la molestia de tener que dialogar con la gorda por encima de otra persona. No quería despertarla, pero ese era su asiento, por el que había pagado sus buenos quince dólares, y su caballerosidad no era tanta como para renunciar a él antes de emprender un viaje que nadie sabía cuánto podría durar. Primero la rozó ligeramente por el hombro, gruñó, hizo ruido a su lado; luego sopló sobre su cara, hasta que por fin se decidió a removerla, y aun así la señora gorda parecía no enterarse de nada. O fingía un sueño profundo o estaba muerta, pensó el falso canaricultor. De repente, y sin abrir los ojos, la mujer bostezó, y un tufo de alcohol le llegó directamente a la nariz.

Flaubert supo entonces que en aquellas condiciones le iba a resultar más difícil recuperar su asiento. No quería llamar la atención; dadas las circunstancias era muy importante pasar desapercibido, que ni siquiera repararan en su condición de extranjero y mucho menos que supieran a dónde se dirigía. Sin tener pruebas concretas estaba casi seguro de que lo seguían, se sentía observado a cada momento, y sufría con esa sensación que parece materializarse en la agudeza de una mirada clavada en la espalda, y que al volvernos puede ser la de cualquiera de aquellos que caminan detrás en la multitud oscura y sin nombre, aunque hasta el momento Flaubert no recordaba haber visto repetida ninguna de esas numerosas caras que estaban ahí, siempre detrás de él, y cuya indiscreción intentaba descubrir con súbitos *fuettès*. Precisamente a esto se debía el que en los últimos días viniera desplazándose en un *continuum* enardecido de paroxismos repentinos y giratorios, como un Barísnikov tropical que busca la perfección en la correcta ubicación de la mirada, sin poder identificar un solo rostro insistente. No era paranoia, pues estaba acostumbrado a este tipo de situaciones y sabía como comportarse en tales circunstancias. Sólo que ahora, en un contexto extraño y además tan particular, le era difícil evadir la vigilancia singularizando esa mirada que muy bien podría estar a dos pasos de él, detrás, incluso, de los párpados cerrados de esa gorda usurpadora. Debía, por tanto, mantener la cautela, dispuesto incluso a agotar todos sus recursos en pos de su objetivo sin hacerse notar, pero aquel era su asiento, y eso estaba por encima de todo.

La gorda, siempre con los ojos cerrados y la boca abierta por donde salía un soplo de dragón, se acomodó en la poltrona, dándole la espalda y dejando frente a él una oreja descubierta y carnosa. Flaubert, con mucho cuidado, se agachó junto al costado de la mujer hasta que sus labios quedaron a la misma altura y casi pegados a la oreja de ella. Entonces emitió un sonido, un sonido agudo, insoportable, no humano. Hizo ¡*iiiiiiíííííííííkkk*!, y la gorda pegó un salto y abrió finalmente los ojos, saltones y rojos, como si hubiese visto al demonio. Pero no lo miró a él; dejó la vista fija y clavada en un punto del techo, sin pestañear siquiera, como si por allí le hubiese escapado el alma.

Perdone. Pero creo que ese es mi asiento, susurró Flaubert, siempre en la misma posición.

La mujer ni siquiera lo miró. El tren dio un tirón brusco y se puso en movimiento. Ella se estremeció con la inercia, y al chocar contra el respaldo del asiento su cabeza quedó vuelta hacia Flaubert. Aunque rojos, aquellos ojos tristes y detestables no parecían mirar hacia ninguna parte. Flaubert vio que entre los dedos tenía un boleto de tren. Lo sacó con cuidado, y pudo comprobar que ambos tenían el mismo número de vagón y butaca. Había un error, evidentemente. Y aquella mujer parecía estar en coma.

Puso otra vez el billete entre los dedos de ella, y fue a buscar al empleado que estaba junto a la puerta. El hombre, sonriente, lo acompañó, y sin confrontar siquiera los billetes se inclinó hacia la mujer y le susurró algo al oído. Luego la agarró por un brazo, y muy suavemente la hizo incorporarse. Una vez que la mujer estuvo en medio del pasillo, bamboleante y siempre mirando al techo con sus ojos inexpresivos y roñosos, el empleado de ferrocarriles le hizo una seña con la mano a Flaubert, convidándolo a sentarse como quien ofrenda una poltrona o un trono. «No-problema, no-problema», dijo, y se marchó oscilando con la gorda entre los brazos. Al llegar a la punta, junto a la puerta, la mujer se detuvo. Dio media vuelta y miró a Flaubert. Abrió la boca y dejó escapar un silbido, una derivación del emitido por el otro pero más fuerte, y desapareció.

A pesar de no haber levantado la voz, Flaubert se sentía observado por todos. Pero de todos modos, y gozando ahora de una relativa tranquilidad y la comodidad de su asiento, pudo observar a los demás pasajeros que viajaban en aquel vagón. Aunque el tren se había puesto en marcha desde hacía un rato, todavía muchos de ellos se movían por el pasillo, atravesándolo de un lado a otro, o simplemente permanecían parados en un mismo sitio. El equipaje de la mayoría consistía en cajas de cartón amarradas con soga de henequén, aunque también había maletas, mochilas, jabas, bolsos, una colchoneta enrollada y embutida debajo de un asiento. Estas mismas cajas regresarían a la capital con sus propietarios, sólo que para entonces agu-jereadas como dianas en polígonos de tiro y dentro viajarán gallinas, patos, conejos, gallos de pelea, cerdos pequeños o quesos caseros. En un primer repaso visual, Flaubert no supo definir cual podría ser la relación entre ese tipo de equipaje tan particular y el hecho de que sus dueños, sobre todo si eran mujeres, llevaran la cabeza cubierta con toallas de baño.

Dos horas más tarde Flaubert comenzó a sentir hambre. El tren se bamboleaba constantemente, parecía arrastrarse más que deslizarse por los raíles; tan pronto reducía la velocidad hasta casi parecer inmóvil, como luego tomaba impulso en una carrera desenfrenada de apenas cinco minutos. En ocasiones se detenía en medio del campo, y cuando Flaubert pegaba su rostro en el cristal de alguna ventanilla sólo veía interminables campos de caña extendiéndose en la oscuridad. Esperó a que pasara alguna de las ferromozas para saber dónde podía comer algo, pero quien llegó fue el mismo empleado al que había acudido por el incidente del asiento.

Flaubert le preguntó si quedaba muy lejos el coche-restau-rant, y el hombre lo miró con indulgencia y cinismo, como se mira a un bicho extraño en una caja de cristal. Nunca había existido nada similar en ese tren, respondió. A lo sumo, en sus tiempos de esplendor, se pasaba un carrito por el pasillo con refrescos y bocaditos, pero de eso ya apenas quedaba el recuerdo. Cuando Flaubert le preguntó que podía hacer en ese caso para comer algo, el hombre le sugirió que estuviera atento a la próxima parada: siempre había personas en los andenes que vendían alimentos variados de confección casera a los pasajeros. No, no tenía siquiera que bajar del tren: ellos llegaban hasta las ventanillas con su mercancía. Que tal vez fuera un poco más cara de lo normal, pues los vendedores conocían la penuria de los ferrocarriles y se aprovechaban de las circunstancias, pero que no le quedaba más remedio que aferrarse a esa única posibilidad si realmente tenía hambre. Con su esplendorosa sonrisa de ocasión se ofreció para traerle una pizza por el módico precio de dos dólares, ahorrándole al distinguido viajero la molestia de levantarse, descolgarse sobre la ventanilla y disputarse a gritos uno de aquellos bodrios de harina fría, pero el sabueso rechazó la oferta agradecido: quería tener esa experiencia.

Cuando sintió que la máquina comenzaba a perder velocidad Flaubert saltó al pasillo, y moviéndose entre los que viajaban de pie pasó de su vagón al siguiente, caminando en sentido contrario al movimiento del tren. Comprobó que todos los vagones eran exactamente iguales al suyo, y que en todos la climatización consistía en abrir o cerrar las ventanillas, según las circunstancias. Había sido una buena idea esta de recorrer la parte desconocida de la caravana de coches, pues ahora, entre la penumbra y la gente aglomerada, y donde supuestamente todos tenían un mismo objetivo, su anonimato se hacía más hermético.

Sin embargo, su olfato de perro viejo no pudo detectar que desde el mismo momento de subir al tren, cada uno de sus movimientos era seguido de cerca y estudiado por la atenta mirada de Cook. Era uno de los tantos pasajeros que viajaba de pie, lo que hacía suponer un destino corto, intermedio, o más bien impreciso como el de aquellos que, aparentemente sin ninguna explicación lógica y sacos al hombro, abandonaban los coches en medio de la oscuridad cuando el tren hacía una de sus paradas a cielo abierto entre dos campos de caña. Cook sabía que eran matarifes clandestinos que operaban a lo largo de la vía, jugándose veinte años de cárcel por un costillar de vaca. Pero entre ellos su cobertura era más sólida, y aunque su sentido del deber lo tentara a intervenir, sabía que cualquier paso en falso pondría a Flaubert sobre aviso, y eso significaba el fin de su misión, la primera y más importante en su condición de agente secreto en ascenso, e iría a parar con toda seguridad al sistema carcelario a cuidar presos por el resto de su vida laboral. Su tarea era vigilar al turista, pues él podría llevarlo hasta el lugar exacto donde se escondía su objetivo.

Por eso se mantenía allí, de pie en ese espacio neutral entre un vagón y otro, desde donde podía vigilar a Flaubert a través del cristal de la puerta. Cuando vio al americano levantarse de su asiento y caminar hacia la puerta al otro extremo del vagón decidió seguirlo, aunque ya sabía por el empleado que «atendía» a Flaubert que la única intención del hombre era comprarse una pizza. Lo vio asomarse por una ventanilla, capturar dos de ellas a cambio de un dólar entre todas las manos que se estiraban buscando lo mismo, y empezar a comérselas allí mismo.

Lo que realmente movilizó su atención fue un movimiento extraño alrededor del turista. Vio a un tipo acercarse a Flaubert y preguntarle la hora. Era la clásica pregunta del que, siguiendo un olfato entrenado, no le interesa el tiempo sino el acento del que responde para entonces operar en correspondencia. Cuando Flaubert le respondió, Cook notó que el tipo le hacía una seña casi imperceptible a un colega, que asintiendo se acercó despacio. El tipo preguntó otra vez, ahora que si estaba buena la pizza. Flaubert, sin dejar de masticar, se encogió de hombros y asintió con la cabeza, al tiempo que alargaba la mano con la pizza que aún tenía intacta dentro de un trozo de cartón gris para que el otro probara. Instante que su compinche aprovechó para deslizarse por detrás del americano, y fingiendo tropezar con él, sacarle la billetera del bolsillo con una habilidad y una rapidez que demostraba la más absoluta profesionalidad. El que había iniciado la conversación le dio un mordisco enorme a la pizza, y con una sonrisa la devolvió diciendo «gud, gud, senquiu», antes de desaparecer junto a su compañero.

Los dos carteristas intentaron bajar del tren antes de que volviera a ponerse en marcha, pero allí, junto a la puerta, estaba Cook esperándolos. Su misión, además de vigilar, comprendía ahora proteger a Flaubert: de momento era esta la única pista creíble; si el americano quedaba sin dinero y sin documentos difícilmente podría llegar hasta la máquina. El agente sacó su carnet con un movimiento idéntico a cuando detuvo aquel Moskovich en la calle Línea, y encañonándolos con el documento se dirigió al que había conversado con Flaubert.

Dame la billetera, le dijo Cook, o terminarás de masticar esa bola de harina en el tanque.

El tipo, lívido del susto, sólo atinó a volver la cabeza y mirar a su compañero que venía detrás. Más que temerosa era una mirada implorante, la del que ruega con los ojos tranquilidad, pues de lo contrario todo podía ser mucho peor. La mirada del otro, sin embargo, dejó traslucir por un instante una intención muy clara: era de madrugada, estaba oscuro y en el andén no quedaba nadie. La inesperada aparición de aquel tipo era un inconveniente que, dadas las circunstancias, podía ser resuelto con un simple golpe, rápido y certero. Cook, sin bajar la mano que sostenía aquel ilegible documento, metió la otra por debajo de su camisa y la dejó sobre la cintura, como si la posara sobre un bulto invisible. La primera mirada de tranquilidad se volvió resignación, por lo que su compinche sacó la cartera de Flaubert y se la pasó a Cook por encima de su hombro.

Ahora piérdanse, dijo guardándose la billetera, para ustedes se jodió el pan de hoy…, y aun así están de suerte. Hizo una pausa, y concluyó: Voy a dar una vuelta. Mejor será que no los vea por aquí cuando vuelva.

Los dos tipos se quedaron inmóviles mientras miraban alejarse a aquel negro con trenzas y cara de todo menos de lo que realmente era. No podían creerlo. Cook dio algunos pasos por el pasillo, y giró para quedar otra vez frente a ellos y mirarlos como quien pregunta: «pero… ¿todavía aquí?». El tren salía ya de la pequeña estación y comenzaba a tomar velocidad. Los dos carteristas corrieron hacia la puerta y saltaron en la oscuridad. Cook los vio rodar por la cuneta junto a la vía, y satisfecho se acercó lentamente hasta donde Flaubert terminaba de engullir la segunda pizza.

¿Está buena?, le preguntó al americano, señalando el pedazo que aún le quedaba en la mano. Flaubert dejó de masticar y lo miró a los ojos.

¿Qué, tengo cara de chef napolitano? Parece que en este tren a todo el mundo le interesa saber mi opinión sobre las pizzas… Pues no, está asquerosa, no se la recomendaría ni a mi peor enemigo.

Tenga cuidado entonces. Su peor enemigo acaba de probar una a sugerencia suya, y de paso le robó esto, respondió Cook, mostrándole la billetera.

Flaubert tragó lo que le quedaba en la boca, y miró alternativamente a Cook y a su billetera, como preguntándose que hacía en manos de aquella aparición. Se palpó los bolsillos traseros del pantalón, y comenzó a farfullar una disculpa mezclada con agradecimiento, pero Cook lo cortó alargando hacia él su mano con la cartera.

No sé cómo agradecerle, dijo finalmente Flaubert. ¿Quiere una pizza? Yo invito.

Yo no soy su peor enemigo, respondió Cook, y siguió camino al fondo del vagón.

El tren llegó a Santa Clara al amanecer del día siguiente. Lo primero que hizo Flaubert al poner un pie en el andén fue informarse sobre las posibles variantes para salir de allí lo más rápido posible y llegar al pie de la cordillera. Como el servicio de taxis no comenzaba hasta un poco más tarde, tuvo que caminar a rumbo durante una hora por aquella ciudad aún oscura y semidormida hasta encontrar el lugar donde se alquilaban autos viejos que hacían el recorrido entre Santa Clara y Cienfuegos. Según la estrategia diseñada antes de partir con la ayuda del padre de Susana y de la guía turística comprada en el aeropuerto, había decidido que para llegar a El Mamey era mejor entrarle a las montañas por el sur, y escalarlas desde allí en dirección al centro. La misma conclusión y el mismo trayecto que habían hecho Spider, Afónico y el Loco un mes antes.

En el lugar desde donde partían los autos se encontró otra vez con el eterno problema que parecía perseguirlo desde el mismo día que llegó a la isla. Por su condición de extranjero se vio obligado a pagar mucho más —el doble ahora— de lo que habitualmente se cobraba por ese trayecto, luego de regatear su buen rato con el propietario de un Dodge del 43 que, temiendo una multa, se negaba a llevarlo —estaba prohibido alquilarle a foráneos en aquellas reliquias rodantes. Aún así, no obstante su prisa y luego de llegar a un acuerdo con el hombre —en caso de algún contratiempo él se encargaría de hablar con la policía, tenía experiencia en eso; en última instancia, pagaría la multa— Flaubert tuvo la sensación, como para compensar el mal rato que le llevó el engorroso ajuste, de que para él hubiera sido un placer permanecer allí al menos media hora más: aquella *piquera* de autos de alquiler era un museo vivo. Estaba fascinado con los Cadillacs de largas colas, el Buick del 51, famoso por su línea aerodinámica, los varios modelos de Ford (el *Fairlane* era su preferido), el Oldsmobile del 48 que aún conservaba la tapicería original, todos abarrotados de gente y equipajes pero que aún, no obstante el ruido de los motores, atorados por los años y las impurezas del combustible, se movían con una dignidad y una donosura que ya no poseían los carros modernos. La combinación que hacían los autos con los rostros de los pasajeros y la arquitectura circundante le hizo imaginar que se encontraba en el set de filmación de una película de serie B a finales de los cuarenta, las viejas películas de su infancia en un cine de barrio en New Orleans. Por un corto espacio de tiempo, apenas unos segundos, tuvo la certeza de sentir una agradable sensación de familiaridad con lo que lo rodeaba, como si el lugar, aunque desconocido, no le fuera ajeno. Tenía poco tiempo, pero le hubiera encantado perderlo allí.

Luego de asegurarse de que Flaubert se embarcara en uno de aquellos autos, Cook decidió tomar el atajo de Manicaragua. De momento no pudo precisar si el americano había decidido hacer el camino del sur por desconocimiento o por la belleza del paisaje, muy superior a la que predomina en la ruta que él había escogido seguir. «A fin de cuentas es un turista», pensó, y tratándose de una mentalidad excursionista cualquiera de las dos razones podían ser posibles. De cualquier manera, estaba ahora tan poco interesado en los motivos de aquella decisión como seguro de que la suya era correcta y conveniente. Por un lado, temía la posible sospecha de Flaubert si éste comenzaba a notar su presencia con relativa frecuencia, y por otro, más importante aún, estaba obligado a llegar primero hasta aquel caserío de montaña del que había recibido una vaga información al principio del operativo, y que ahora parecía convertirse en el lugar clave, en el punto donde todo parecía confluir. Una vez allí sería cuestión de esperar a que el otro realizara el trabajo sucio y se hiciera de la máquina: entonces sólo tendría que aparecer y hacer uso de su jerarquía oficial sobre el falso ornitólogo, a quien, en aquellas condiciones –al fin y al cabo él era la autoridad– no le quedaría más remedio que entregar el preciado artefacto. Aunque más corto, ese de Manicaragua era un recorrido más engorroso y complicado. Pero Cook sabe que ahora se mueve en su salsa: conoce muy bien la fuerza que en esta zona tiene un documento de identificación como el que él posee.

Con una dosis de certeza similar, aunque de otro tipo, Flaubert estaba consciente de que aún podía faltarle casi la mitad del camino para llegar hasta el pueblecito de montaña donde debía estar la máquina. Como no confiaba plenamente en la escasa información de la única guía turística –más bien un folleto– que había encontrado sobre el terreno, se había hecho dibujar por el padre de Susana una especie de mapa con todo el recorrido y algunos puntos claves como referencia. Guiándose ahora por él, calculó el tiempo que le tomaría llegar hasta ese otro pueblo intermedio y de nombre casi impronunciable, y de allí hasta El Mamey. Aun estando muy próximos uno del otro en el croquis, sabía que, dadas las circunstancias, era una distancia ficticia: la cercanía entre ambos lugares no era directamente proporcional a la rapidez equivalente para recorrer ese tramo. Tenía que llegar cuanto antes si quería conservar la delantera, y para ello no le quedaba más remedio que olvidarse del transporte público. Por tanto, una vez en Cienfuegos tuvo que alquilar otro coche particular, siempre litigando y siempre terminando por desembolsar el doble, para llegar hasta Cumanayagua. Lo embutieron en el asiento trasero de un Lada junto a tres personas más, y cuando estuvo dentro, descubrió con estupor que su apretada compañera de viaje era la misma gorda que había ocupado su asiento en el tren al salir de La Habana. La mujer lo reconoció al instante, y cuando sus miradas se cruzaron la gorda lo recibió con una fulgurante sonrisa, volviéndose hacia él como si quisiese acunarlo entre sus gigantescos senos.

Ya ve, exclamó la mujer, al final parece que la vida nos une, vayamos donde vayamos.

Y a partir de ese momento se lanzó en un desenfrenado monólogo salpicado de preguntas que intentaban saber si, «por casualidad», también él tenía familia en Cumanayagua, si era casado, cuántos hijos y dónde, hasta cuándo se quedaría, cómo lo trataba el clima, ¿le gustaba o no Polo Montañés?, qué pensaba sobre la técnica de cultivo *microjet* aplicada al plátano burro o si había oído hablar de la reciente matanza de una pareja de leones en el escuálido zoológico municipal. Parecía que las largas horas de sueño durante el viaje y el incesante bamboleo del tren la hubieran hecho pasar de una catatonia silenciosa a la incontinencia verbal más absoluta. Flaubert respondía con interjecciones o movimientos de cabeza, pero a la gorda estas muestras de indiferencia parecían estimularla, al considerarlas una simple consecuencia de la timidez o la buena educación del extranjero. Para colmo el chofer, a petición de uno de los viajeros, enganchó un cassette en la reproductora del auto, fuera de revoluciones y bien alto el volumen, con una selección de rancheras mexicanas.

Para Flaubert lo que estaba ocurriendo era lo peor que podía sucederle en ese momento. A su misoginia congénita vino a sumarse un aborrecimiento ancestral hacia aquel tipo de música, llena de gritos, traiciones y sentimientos de venganza. Recordó cuánto había sufrido de pequeño cuando uno de los hermanos de su madre ponía en el tocadiscos familiar aquellas placas rayadas de acetato que contenían lo más selecto del sonido de Guadalajara. El martirio podía durar horas, y mientras más tiempo transcurría más alto sentía los alaridos de esas voces ultrajadas y justicieras y el sonsonete monocorde de los guitarrones, prolongando la agonía hasta convertirla en una verdadera fobia. Cierto que bien podía mandar a detener el auto y bajar en medio de la carretera o al llegar al próximo poblado, aunque perdiera su dinero. Pero esto provocaría un retardo incalculable, y ahora cada minuto era dorado e irreversible; tampoco podía permitirse perder un centavo más, pues estaba a punto de tocar fondo; su dinero se acababa y los jóvenes debían estar en camino en ese preciso momento, todos convergiendo hacia un mismo punto, un idéntico objetivo. Tenía que aguantar.

Media hora después, el parloteo de la mujer se había convertido en un rumor de fondo que atenuaba la estridencia de la música, que lo distraía incluso de sus preocupaciones y las inclemencias de aquel viaje, a tal punto que en cierto momento consideró la posibilidad de aprovechar la ingenuidad y la buena disposición de aquella gorda para crearse una cobertura favorable en caso de dificultad. Pero como su repulsión era más fuerte que su sentido profesional de la estrategia no hizo el más mínimo intento en corresponder a la curiosidad de la mujer, mucho menos por abrir un resquicio por donde ella pudiera colarse.

Cuando el auto llegó a Cumanayagua Flaubert esperó a que todos se bajaran, y una vez solo con el chofer, le ofreció una bonita suma a cambio de que siguiera viaje y lo llevara inmediatamente hasta El Mamey. Sin ser tanto, la oferta era mucho más de lo que con buena suerte el transportista clandestino podía hacer en toda una jornada de trabajo. El hombre le respondió que por ese dinero podría hasta cargarlo en brazos y correr con él montaña arriba, pero el asunto era que su auto, aparte de viejo y de no entrarle la primera velocidad, apenas tenía frenos. Sin ellos podía aventurarse en la carretera, pero la loma era «otra cosa». No obstante, él mismo se ocuparía de encontrar quien lo llevara hasta allá. Mucho más rápido de lo que imaginara, Flaubert se vio sentado en la cabina de un camión que se disparó cuesta arriba y comenzó a trepar por aquellas laderas a ochenta kilómetros por hora, patinando a setenta en las curvas junto a los barrancos y acelerando a noventa en los pocos tramos rectos que aún conservaban vestigios de pavimento. Flaubert le gritó al conductor que no tenía apuro, que lo único que le interesaba era llegar vivo a El Mamey. El otro lo miró de reojo y se rió, asegurándole que conocía aquella carretera mejor que el culo de su mujer, del cual, por cierto, ya estaba aburrido.

Precisamente por eso... En la confianza está el peligro. Y en la abulia la sonrisa del diablo.

Para mí no hay confianza. Sólo peligro. Y el diablo soy yo, respondió el conductor del camión, dando un timonazo a la izquierda que por un instante hizo creer a Flaubert que flotaba en el aire sobre un campo de palmas pequeñísimas. ¿Va a la feria?, añadió como si nada, pero su sonrisa puso en guardia al de Brooklyn, al mismo tiempo que le hizo reflexionar sobre la extraña y desagradable costumbre de preguntar constantemente que tenían los habitantes de la zona, sin preocuparse siquiera por saber si eran impertinentes o no cuando lo hacían. La discreción no parece ser tenida aquí como una virtud, pensó Flaubert, y mucho menos en esta parte de la isla.

¿Qué feria?, respondió.

Vamos, no se haga... El hombre hizo una pausa, y Flaubert se mantuvo en silencio. En los últimos días vienen muchos, sobre todo extranjeros como usted, continuó diciendo, y ya ni siquiera quieren llegar a ver las cascadas del Nicho. No, todos para El Mamey a comprar chatarra...

Sacó la cabeza y escupió por la ventanilla. Llevaba el brazo izquierdo apoyado en ella, y conducía sólo con el derecho. Escupió por encima del hombro, y luego se lo pasó por la boca para limpiarla de la saliva que le había quedado pegada. Flaubert, sin quitarle la vista de encima ni un segundo, vio entre la saliva un letrero junto al camino con una flecha señalando hacia el barranco que se abría a ese lado, y pudo leer las letras pequeñas que proclamaban el nombre del lugar. «Charco Azul Arriba; bonito nombre», pensó.

Bueno, llegamos, dijo de repente el conductor del camión, frenando en seco. A la izquierda había un camino que entroncaba con la carretera que hasta ese momento habían seguido. Es por ahí, añadió señalando el sendero de tierra, yo no puedo entrar al batey con este camión... Flaubert bajó, medio mareado aún, tropezando con los escalones. De todas formas es cerca, concluyó el tipo. ¿Ve aquellas casas? Ahí comienza el pueblecito.

Con la misma volvió a poner en marcha el motor, giró en U y aceleró hasta perderse en sentido contrario, todo esto en una porción de tiempo mucho menor a la que habitualmente emplea un mono en rascarse un ojo. O el camión era robado, o cuando menos desviado de su ruta, y el conductor sabía de los muchos ojos, demasiados tal vez, que por aquellos días rondaban el lugar y todo lo que allí se moviese. Si encima de eso, suponiendo que estuviera en funciones de trabajo, lo sorprendían transportando un único pasajero, extranjero por demás, lo menos que podría pasarle era quedarse sin empleo, si no iba directamente a la cárcel.

Flaubert, parado a un lado de la carretera, vio desaparecer el camión montaña abajo envuelto en una nube de polvo y sol, y esperó un par de minutos para dejar que su cuerpo se habituara nuevamente a la inmovilidad. Ese momento le bastó para tener la certeza de que lo que más agradecía ahora era el silencio, la posibilidad de estar solo y lejos de cualquier ruido.

Y también para descubrir que la temperatura del lugar obraba como un bálsamo sobre su cuerpo. Era evidente por el polvo y la tierra reseca que no había llovido en las últimas semanas. Sin embargo, una humedad fresca y agradable parecía tocarlo todo, desde la hierba que crecía junto a la carretera hasta las hojas más altas de los árboles. Por un instante pensó que de haber sabido desde el principio como eran las cosas hubiese huido de La Habana para instalarse aquí, en plena naturaleza, a la sombra protectora y estimulante de ese paisaje y arrobado por el bisbiseo de tanta fauna desconocida, a la espera de que apareciese la máquina. De todas formas, concluyó, *realmente* le gustaban los pájaros. Podría dedicarse a ellos en un lugar como este. A pesar de que nunca había aspirado a mucho, sentía que cada vez necesitaba menos para vivir y sentirse bien… Luego cruzó la carretera y entró en el camino que llevaba hasta El Mamey.

Contrario a lo que le había dicho el conductor del camión, tuvo que caminar unos seis kilómetros, subiendo y bajando lomas empedradas, antes de dar con las primeras casitas de guano y tabla de palma que vaticinaban la proximidad del batey. Afortunadamente, el camino se abría por momentos entre un tupido bosque de helechos y algarrobos que se alzaban en las laderas de las montañas, y el resto del trayecto, cuando la vegetación se despejaba, ofrecía al caminante la posibilidad de contemplar la majestuosa visión de la cordillera alrededor, el lago en la lejanía, todo de un verde pálido que se oscurecía o difuminaba según la altura de las nubes. Aunque se sentía muy cansado después de ese viaje desde La Habana, no tan largo como agotador, sin dormir apenas en las últimas cuarenta y ocho horas, Flaubert disfrutó la caminata, se sintió feliz por este retorno a la naturaleza, sin que lograra recordar la última vez en que había podido hacer algo así.

Justo al dar con las primeras casas descubrió que allí estaba sucediendo algo fuera de lo habitual. Una hilera de piedras colocadas a ambos lados del camino y pintadas con lechada parecían tener la misión de recibir y guiar al visitante hasta el centro del poblado. En varias de estas piedras, sobre el fondo blanco, alguien se había esmerado en dibujar lo que parecían ser pequeñas máquinas de escribir. Al mismo tiempo, mientras avanzaba, el silencio y la soledad se fueron transformando pesadamente en un murmullo, un zumbido gradual que no podía ser otra cosa que el resultado de una aglomeración humana. El camino seguía recto hasta un recodo que giraba abruptamente a la derecha.

Flaubert quedó trastornado con el espectáculo que se abrió ante sus ojos. Frente a él había un gran portón de madera, de unos diez metros de altura, rematado por un friso cuyo motivo principal era una franja diseñada con grandes teclas, cada una con una letra de color rojo que formaban la frase *bienvenidos compañeros visitantes*. Al otro lado del portón el camino se abría para dar paso a la calle central del pueblito, con casas a ambos lados y que desembocaba, doscientos metros más allá, en una gran explanada de tierra y cemento que parecía ser el ágora, el centro del mundo en medio de aquellas montañas. El portón marcaba una división tácita: al otro lado, un hormiguero de vendedores, intermediarios, apostadores, rateros, posibles compradores, curiosos, borrachos y turistas formaban una masa compacta que se movía frenética de un lugar a otro, entre la música atronadora de los radios y las reproductoras de cassettes y los gritos de los vendedores. La mayoría, a primera vista según observó Flaubert, eran simples mercachifles anunciando todo tipo de productos, aunque en el caso de los pregoneros ambulantes el fuerte eran las ofertas comestibles. Y entre ellos, aunque Flaubert no lo vio, estaba Cook, sin peluca y sin camisa, con un manojo de cucuruchos de maní entre las manos como quien obsequia festivo un ramo de flores.

A ambos lados del camino había un sinfín de sombrillas, cobijos de guano, trozos de lona sostenidos con palos o cualquier tipo de variante que sirviera para protegerse del sol. En todos los casos, bajo ellos siempre había una mesa o algo similar, y sobre las mesas, máquinas. Máquinas de todos los modelos, de todas las marcas y de todas las épocas. Una infinidad de máquinas de escribir.

Flaubert, evadiendo a los vendedores que insistían para que les comprara algo, caminaba fascinado entre la gente. No podía creer lo que estaba viendo. Era un gran bazar a cielo abierto especializado en un único producto, una feria monotemática, una convención mundial de anticuarios, coleccionistas y tecleadores que parecían ignorar los avances de la tecnología a juzgar por la pasión que ponían en aquellos armatostes mecánicos, dando la espalda a la revolución informática y por consiguiente a su prototipo más significativo y popular: el ordenador personal. Tanto era así que, apenas caminar algunos metros una vez traspasado el portón, Flaubert se tropezó con una caseta de tiro al blanco donde las dianas estaban dibujadas sobre reproducciones de pantallas de monitores Acer de doce pulgadas, acopladas a un mecanismo que reproducía el sonido de cristales rotos cada vez que alguien acertaba en el centro. Y sobre las dianas había un cartel donde estaban escritas en un bloque las palabras *software, hardware, microsoft, network, mouse, msdos,* y *windows* y debajo, entre signos de admiración, la frase «¡Vade retro, Satanás!».

Pero a medida que avanzaba, su asombro y su encanto se iba transformando lentamente en desasosiego. Había carteles por todas partes, hechos a mano y algunos con la pintura aún chorreante, que anunciaban «¡Compre su buena máquina de Bucosqui aquí!»; «Auténtica americana como el Malboro»;

«¡Llévame, soy maldita!»; o «Acero inoxidable, cochinadas inolvidables». A esa impresión tuvo que añadirle fragmentos de conversación escuchados al azar mientras se movía entre las casetas. Allí todos parecían ser expertos en el tema, conocedores profundos de la vida y la obra del escritor, y lo que era aún más grave, cada uno creía tener la verdad sobre la autenticidad de la máquina original.

Flaubert siguió caminando hasta la explanada central, donde parecía concentrarse el mayor número de personas y casetas. Cook, sin perderlo de vista, lo seguía de cerca, escondiendo su cara tras el ramillete de cucuruchos de maní. Había llegado un par de horas antes que Flaubert, y en ese tiempo se dedicó a estudiar el terreno y a inventarse una cobertura convincente, con cambio de imagen incluida, aunque al momento se percató de que no tenía que ser muy exquisito ni en su estrategia ni en su metamorfosis, pues allí cada uno estaba en lo suyo y nadie miraba a nadie salvo que alguien se interesara por comprar algo, sobre todo si eran máquinas. Y en definitiva hacía mucho sol, y el henequén de la peluca le estaba haciendo ampollas en el cráneo.

En la parte de la explanada, hasta los portales de las casas habían sido utilizados para instalar provisoriamente pequeños puntos de venta. Flaubert tenía sed, pero era imposible llamar la atención de esas personas como no fuera para interesarse por la mercancía que proponían. A un lado se levantaba el edificio de dos pisos, delante del cual no había, extrañamente, ninguna caseta de venta. Aunque algo mayor, era muy similar a otros que Flaubert había visto en La Habana, y que hacían las funciones de consultorio médico en su planta baja y casa de vivienda en los altos. Flaubert se acercó, pensando que allí podría pedir un vaso de agua, pero al llegar vio junto a la puerta un cartel que decía «Casa de la Cultura», y debajo un mural con grandes letras negras donde se anunciaba el programa de esa tarde: *Simposio «Bucosqui en El Mamey»*, con presentación a cargo de Víctor Fowler, quien también fungía como moderador, y la participación de los panelistas *del patio* Ismael González y Rito Ramón Aroche, con sendas ponencias sobre el tema.

Llegado a este punto, y en caso de habérselo propuesto, a Flaubert le resultaría imposible definir si todo aquello no era más que una broma portentosa y estupenda o algo preparado a propósito de su llegada al lugar (sin poder distinguir, entre tanto, que ambas posibilidades venían a ser casi lo mismo). De inclinarse por la segunda, su ego se vería alimentado como pocas veces lo había sido en su mezquina vida. Pero, por una parte, siempre había tenido muy mala suerte; a él no solían ocurrirle este tipo de cosas. Por la otra, la pretensión no le sentaba nada bien y, en definitiva, pensaba que la modestia, combinada con un toque de aparente indiferencia, era una virtud que nunca debía perder de vista en una profesión como la suya: ahí estaba Sam Spade para demostrarlo. Así que, por suerte o por desgracia, tenía que asumirlo: todo ese barullo no tenía nada que ver con él, un insecto más en aquel enjambre enloquecido. El desasosiego de unos minutos antes se transformó entonces en desilusión; la desilusión era el resultado de su impotencia: ya ahora sería imposible encontrar lo que buscaba, su misión era un fracaso, había malgastado su tiempo y su dinero. ¿Quién había inventado toda esta historia? ¿Dónde comenzó y donde podía terminar la pesadilla?

En cambio estaba seguro de que no se trataba de un sueño, pues eran muy reales la sed y el sol que le calentaba el cráneo y lo aplastaba contra la tierra. Tenía la garganta seca después de aquella caminata, apenas podía hablar, y la cabeza empezaba a dolerle. Estaba junto a la puerta cuando una empleada del centro cultural, al verlo tan blanco y confundido frente a aquel absurdo cartel, salió a preguntarle muy entusiasta si era él el invitado extranjero que esperaban para el simposio. Flaubert, aterrado, respondió que no, estaba sólo de paso y lo único que quería era beber un vaso de agua.

Allí, en aquel bar… Allá, ¿ve?, esa casa pintada de amarillo. Ahí tal vez le puedan dar, le respondió la mujer, decepcionada.

Masculló unas «gracias», pero ella ya no lo escuchó. La mujer había desaparecido, y volvió a mirar en la dirección indicada. A lo lejos divisó la fachada amarilla con techo de tejas rojas. Entre él y aquella casa habrían sus buenos doscientos metros, multiplicados ahora por tres como consecuencia de la muchedumbre que se interponía abarrotando la explanada. Tenía dos opciones: quedarse allí y morir deshidratado o cruzar la plaza y beber a la sombra.

El bar se llamaba «La resaca de Chinaski». Flaubert, que conocía los relatos del escritor, pasó por alto la referencia: después de lo ya visto se podía esperar cualquier cosa en este lugar. Una esterilla colgante, formada por largos hilos de nylon ensartados con semillas de madrejuanas, marcaba la división entre el sol refulgente y la penumbra húmeda del interior. Lo que más le llamó la atención al entrar fue que estuviese vacío. En algún momento del trayecto, –que a él le pareció larguísimo– cuando atravesaba la explanada zarandeado por la gente, pensó que encontraría el lugar abarrotado y con un escándalo infernal. A punto estuvo de detenerse, de desviar sus pasos hacia otro sitio (¿hacia dónde?). No otra cosa se podría esperar si Charles Bukowski era el gran ídolo ausente, el mito reencarnado y venerado que hacía de los bares un santuario y de una barra su panteón, la causa de todo este aquelarre y al que algunos, incluso, intentaban imitar con un mimetismo piadoso o patético. Flaubert recordó haber visto de pasada, en una de las casetas que se alineaban a lo largo de la calle central, a una mujer que vendía máscaras de *papier maché* con el rostro del escritor, carcomido por el acné. Lo grotesco de la reproducción llegaba a tal punto que el artesano, pretendiendo acentuar el realismo de las máscaras, había pegado sobre ellas pelos verdaderos para formar esa barba incipiente con que el poeta intentó disimular la devastación de su rostro.

El bar estaba vacío, increíblemente vacío para la hora y la circunstancia, y Flaubert se sentó en una mesa lejos de la entrada. Detrás de la barra había un escuálido estante con siete u ocho botellas de ron, todas de la misma marca aunque un par de ellas no tenían etiqueta, y junto al anaquel una inscripción donde se leía «Deber del consumidor: desarrollar una conciencia crítica para realizar una valoración justa de la oferta». El ruido del exterior llegaba en sordina, como filtrado por esa esterilla de la puerta que parecía dividir el mundo en dos bloques sonoros, dos intensidades luminosas y dos climas antagónicos. Cook lo vio entrar, pero dedujo que no era buena idea acercarse demasiado a su objetivo. Dio la vuelta y comprobó que aquella casucha tenía una vía de escape por la parte de atrás, ahora cerrada. Se alejó un poco entre la gente hasta encontrar un lugar donde sentarse y desde donde podía controlar a todos los que entraran y salieran, por cualquiera de las dos puertas.

Flaubert esperó que vinieran a atenderlo, pero en los primeros cinco minutos nadie apareció. A pesar de que el bar era pequeño, en un primer momento la penumbra no le permitió ver con claridad todo lo que había a su alrededor. Cuando sus pupilas comenzaron a recogerse y su visión recobró la nitidez descubrió que el local no tenía ventanas, y que el fresco llegaba de dos ventiladores de techo girando lentamente sobre su cabeza. Se estaba bien allí, al punto de casi olvidar su sed, por lo que no sintió la demora: ya se iba «acostumbrando» a la mezcla de pereza y displicencia en los servicios gastronómicos del país. Tal vez sea cierto que el cliente tenga siempre la razón, pero también debe tener paciencia, parecían decir con su actitud los barman y los camareros de todo el territorio nacional, y a

Flaubert, cada vez más y quizás por el mismo embotamiento producido por el calor, le parecía una proporción justa en el ritmo de intercambio entre oferta y demanda.

Apareció un muchacho joven, de unos quince años, en camiseta y pantalones cortos. Flaubert apenas bebía, pero decidió pedir, junto al vaso de agua, un corto de aquel ron de la casa, el de la botella sin etiqueta. «Calambuco», dijo el muchacho con una sonrisa, y Flaubert asintió complacido, como si se tratara de la marca de algún brandy por descubrir. Pensaba que la ocasión merecía aquella pequeña licencia. Cuando el primer trago bajó por su garganta, áspero y dulzón, sintió que su cuerpo se acoplaba mansamente al taburete donde estaba sentado, haciendo más *cómoda* esta circunstancia particular –la de estar sentado y la de estar allí. Con la temerosa alegría de quien se siente tocado por una revelación, dedujo que se sentía a gusto en aquel garito no sólo porque estaba a la sombra y no llegara hasta allí el escándalo de afuera, sino también porque parecía ser el único rincón de toda la zona en escapar a la fiebre de los tenderetes y las máquinas de escribir, al embrujo del maldito con acné y sus consecuencias mercantiles. La notoria indiferencia de aquel bar con relación a todo lo que pasaba alrededor lo dotaba de una extraña singularidad, hasta hacerlo parecer extemporáneo y exclusivo.

Por un instante, Flaubert tuvo la sensación de no estar en ninguna parte, de no saber exactamente qué hacía allí ni a qué había venido. No era que hubiese olvidado su intención de dar con la máquina de escribir que supuestamente perteneciera a Charles Bukowski ni su misión de cargar con ella hasta New York: por eso le habían pagado, y por eso le pagarían el doble de lo ya recibido si lograba desembarcarla sana y salva en la Gran Manzana. Pero, llegado a este punto, ¿tenía *realmente* importancia todo aquello? –se preguntó ahora, en la modorra de ese cuchitril de mala muerte extraviado entre las montañas.

Suponiendo que lo lograra, ¿podía el dinero sustituir todo lo que estaba viviendo, es decir, la paradójica intensidad de aquel sinsentido jubiloso? Cierto: cogería una buena tajada; con el tiempo la gastaría y de nuevo a la carga, a cazar otro encargo y así mantener el eterno ciclo de la supervivencia. Pero dudaba si en lo adelante tendría nuevamente la posibilidad de procurarse un trabajo como aquel, estimulante como todo lo difícil y sobre todo tentador y atractivo, que lo había ido arrastrando hacia una especie de frenesí del cual ahora no quería salir. Flaubert sintió que había llegado hasta el mismo borde de un confín que no sabía si respetar o trasponer, que el punto máximo del viaje es aquel en el cual resulta tan doloroso detenerse como continuar. Esa suerte de visión en negativo de uno mismo se produce, para el viajero, cuando en un intento por repensar en la distancia aquello que dejó atrás, no consigue más que verse a sí mismo como un espacio blanco, como la suma de todo cuanto sería más fácil llenar. Así, el viajero se descubre como ausencia, como una galería de espejos en los cuales ya no se refleja, sin metáforas, sin tiempo y sin pensamientos.

Necesitaba otro trago. Cuando levantó la cabeza no vio al muchacho que lo había atendido unos minutos antes. Esta vez, sin embargo, su mirada quedó detenida en una figura oscura y de perfil que no había visto al entrar en el bar, y que ahora se recortaba contra una esquina, justo frente a él. Aunque no podía verle la cara, pues además de estar de perfil llevaba un enorme sombrero negro que se la ocultaba casi por completo, le llamó la atención aquel hombre que bebía solo y parecía estar ajeno a todo lo que pasaba alrededor. Sobre su mesa había una botella de ron, sin etiqueta, y un pequeño vaso de cartón blanco.

Además de otro trago, Flaubert necesitaba hablar con alguien. Él, que hasta ese momento había evitado tantas conversaciones con otros tantos que se le acercaban para hablar de cualquier cosa, que intentaba mantener la ecuanimidad y pasar desapercibido en un país donde todos te miran todo el tiempo y sin recato y hasta te preguntan y te hostigan si no respondes, sentía ahora de manera apremiante la necesidad de oír una voz humana, de saber que alguien lo escuchaba, aunque no lo comprendiera. Se levantó sin hacer ruido y se acercó a la mesa.

El solitario bebedor levantó la cabeza. Era el Hombre del Caballo, el mismo que había seguido a Spider, Afónico y el Loco unas semanas atrás. El Hombre del Caballo lo miró sin decir nada, y Flaubert se sentó frente a él sin esperar que lo invitaran. Flaubert miró la botella que tenía delante. El Hombre del Caballo la empujó con la mano hasta dejarla frente al americano. Fue a levantarse para volver a su mesa y traer el vaso que había dejado sobre ella, pero el otro lo agarró por la muñeca y le señaló la botella.

Así mismo. Ahórrese las formalidades. Estamos solos.

Flaubert agarró la botella y se dio un trago largo. El alcohol le bajó por la garganta como si se hubiese tragado un cilindro de papel esmeril, tubular y carrasposo hasta la fosa de sus intestinos. Los ojos se le aguaron pero no hizo la más mínima mueca, aunque las gotas de sudor sobre su frente lo delataron.

Añejo calambuco con trozos de piña, mi favorito. Enterrado en el patio de mi casa por tres años.

Disculpe, pero, ¿qué es lo que está pasando aquí?, se aventuró a preguntar Flaubert. ¿Es que todos se han vuelto locos?

Depende de lo que busque, respondió el Hombre del Caballo. Luego hizo una pausa: *Parece que viene con la seca después de los aguaceros.*

Nunca había visto nada igual, murmuró Flaubert. Y... usted.... ¿también vive aquí?

El Hombre del Caballo asintió. Alargó la mano, agarró la botella que Flaubert había dejado delante de él y se sirvió un trago en su vasito de cartón blanco. *Salud*, dijo, y se lo bebió de un golpe, como un cosaco. Flaubert lo observaba sin desviar la vista del sombrero que le cubría la cabeza y la mitad del rostro. El Hombre volvió a empujar el litro hacia Flaubert.

Las botellas, como las mujeres, hay que agarrarlas por el cuello.

Perdone, soy Flaubert, dijo alargando su mano por encima de la botella.

Lo sé, dijo el Hombre del Caballo.

La respuesta lo alarmó, aunque pudo conservar la ecuanimidad necesaria para que de su garganta no saliera ninguna exclamación. De su rostro no era necesario preocuparse: el otro ni siquiera lo miraba. Mantuvo su brazo extendido por unos segundos en el aire, y luego lo dejó caer sobre la madera. No sabía como entrarle a ese ser taciturno, que bebía solo y en silencio en medio de toda la barahúnda alrededor. Como no era hombre de grandes ideas, lo primero que le vino a la cabeza fue el lugar común de que una persona que bebe sola busca ahogar sus penas en alcohol, en soledad, o en su propio vómito, y que seguramente esa angustia estaba relacionada con una decepción amorosa. Insinuó el tema con discreción y cierta complicidad, como quien busca un motivo afín y universal en esa circunstancia bien precisa, haciendo énfasis, como misógino que era, en la baja catadura moral de las mujeres y en lo importante que era para cualquier hombre conservar, por encima de todo, la dignidad correspondiente.

Cállese la boca, replicó el Hombre del Caballo después de escuchar en silencio toda aquella monserga, *...y perdone la insolencia. La mujer, por si no lo sabe, desea ser cortejada, halagada, persuadida, conquistada. Incluso cuando se rinde, lo que desea es rendirse no con franqueza, sino en una deliciosa bruma de confusión, resistiendo sin resistirse, cayendo, sí, pero sin que sea la suya una caída irrevocable. Necesita caer y volver después de entre los caídos rehecha, virginal, lista para ser halagada y para volver a caer. Es un juego constante con la muerte, un juego de resurrección, y si no lo entiende así, es que nunca ha sabido verdaderamente lo* *que son las mujeres… Algo que, debo confesarlo, no es un defecto, pues sé que por lo general es casi imposible saberlo. Pero de todas formas, otra vez, perdone la insolencia.*

Flaubert no supo como reaccionar ante las palabras del Hombre. Tampoco le resultaba fácil definir su propia posición con respecto al tema, por lo que dedujo que sería mejor no tocar más el punto, delicado y complejo para ambos. En su lugar decidió ir de una buena vez al grano, sin rodeos ni ambigüedades, aunque eso significara su definitivo desenmascaramiento. Pero no tenía por qué temer, pensó, aquel desconocido no parecía peligroso, no significaba un obstáculo en su camino.

Eh… yo, dijo sin mucha convicción, mire, yo… estoy interesado en las aves endémicas de la región, ¿sabe? Estudio la fauna avícola en las montañas, y vine aquí buscando a los señores Tiberio y Gumersindo, amigos de un amigo en La Habana, quien me dijo que los señores eran expertos en la materia…

El Hombre del Caballo abrió la boca y soltó un gruñido, que luego de algunos segundos Flaubert interpretó como una carcajada, y se sumó, tal vez por temor, tal vez por respeto, al regocijo del otro. *Los* señores…, dijo el Hombre, adoptando otra vez su máscara habitual.

…me dijo que tal vez ellos podrían ayudarme a encontrar algunas especies particulares, insistió Flaubert. Me pregunto si por casualidad usted no los conoce…

El Hombre del Caballo volvió a asentir.

¿Sí? ¡Vaya! Qué casualidad. O más bien qué suerte, ¿eh? Flaubert hizo una pausa: Y… ¿los ha visto? ¿Sabe usted dónde podría encontrarlos?

El Hombre del Caballo volvió a asentir. *Tal vez se cruzaron en el camino*, respondió.

¿Qué quiere decir?

Que ayer mismo se fueron para la capital.

¡¿Cómo?! ¿Está seguro?, estalló de repente Flaubert. El Hombre del Caballo movía su cabeza de arriba hacia abajo como si un hilo invisible la accionara desde atrás. Flaubert se desesperaba cada vez más con cada movimiento.

¿Vio por casualidad… si cargaban una caja, más bien pesada?

No eran pájaros lo que llevaban, eso se lo puedo asegurar.

Flaubert decidió lanzarse a fondo. Ya no le interesaba que descubrieran quien era, ni a qué había venido.

¿Podría ser… una máquina de escribir?

Podría. No sería ninguna novedad, dadas las circunstancias.

¿Una Remington, de finales de los cincuenta más o menos?

Por primera vez, en vez de asentir, el Hombre del Caballo lo miró fijo a los ojos. Sin poderse explicar por qué, Flaubert sabía que aquel hombre estaba diciendo la verdad. Era uno de esos tipos ante los cuales nadie queda indiferente: o le crees, o le das la espalda y te largas. Sin cambiar la vista, el Hombre del Caballo agarró la botella de ron y bebió directamente de ella por primera vez, haciendo un sonido de agua bajando por un tragante. Volvió a poner la botella sobre la mesa, un segundo antes de que Flaubert diera un fuerte puñetazo en la madera. La botella dio un salto y cayó al piso, estrellándose en mil pedazos. Los dos quedaron inmóviles mirando como el alcohol se escurría entre las grietas del cemento.

Mi añejo de piña…

Disculpe…. Puedo comprarle otra, se excusó Flaubert.

No como esa, replicó el Hombre.

Dígame una cosa, ¿sabe usted cual es el mejor modo para salir de aquí ahora mismo y regresar lo más rápido posible a La Habana?

Eso tiene su precio. Tal vez necesite un caballo.

Flaubert sacó de un bolsillo un delgado fajo de dólares, todo lo que le quedaba, y lo puso en medio de la mesa entre él y el Hombre. Diga cuánto, preguntó.

El Hombre del Caballo tomó entre sus dedos el vasito de cartón blanco. Al ver que ya no quedaba ni gota de alcohol dentro de él, lo estrujó hasta hacerlo una pelota y lo tiró al piso.

No sea tan presumido…, dijo alargando su mano derecha hasta los billetes. Sacó dos de a diez con la punta de los dedos, moviéndolos como los de un croupier entre un mazo de barajas, y empujó el resto del dinero hacia Flaubert. *O tonto. Guarde ese dinero.* El Hombre del Caballo se puso de pie.

Venga.

Cook los vio salir del tugurio, y esperó a que se mezclaran entre la gente para seguir a Flaubert: por muy compacta que fuese la muchedumbre, aquella cabeza pelirroja y medio calva y aquel andar como a saltitos no se le despintaba jamás. Los vio atravesar la explanada y dirigirse hacia el parqueo de autos llegados de todas partes de la isla. Vio a Flaubert detenerse a cierta distancia, y al hombre que lo acompañaba discutir durante algunos minutos con otro que parecía ser el dueño de una de aquellas máquinas. Lo vio regresar junto a Flaubert, acompañarlo hasta un enorme Ford Fairlane rojo y blanco, y cuando el americano terminó de acomodarse finalmente junto al chofer, desaparecer entre la gente. Cook tuvo tiempo de fijarse en la chapa mientras el auto avanzaba despacio y tronante, abriendo en dos el mar de gente hasta la salida del poblado. Pero esto último fue simple deformación profesional: había deducido, por el apuro del americano en abandonar El Mamey, que «el melón» no estaba aquí. Y sabía también a dónde se dirigía.

Flaubert llegó a La Habana cinco horas después de salir de El Mamey, sin contar la pausa de veinte minutos para entrar a Güines y comprar media docena de jaulas con pájaros. El inmenso Ford Fairlane se comportó a la altura de su tamaño, entrando sano y salvo en el tráfico de la ciudad envuelto en una nube de humo blanco que recordaba tiempos de gloria y hacía juego con la gallardía de su línea, por lo que Flaubert fue generoso en el pago del servicio, demasiado tal vez, como casi siempre, aunque ahora tenía la convicción de que en este caso había valido la pena. Los pájaros le servirían de cobertura al llegar a la casa. La discreción no existía en este país, y estaba seguro de que le preguntarían dónde había estado, bien por curiosidad, bien por suspicacia, y esas jaulas eran su respuesta.

Comenzaba a caer la tarde cuando subió los escalones, y al entrar supuso por el silencio que no había nadie en la casa. Dejó las jaulas en el piso de la sala y abrió los grandes ventanales que daban a la calle, para que entrara un poco de aire fresco y de luz en la creciente penumbra del anochecer. También entró todo el bullicio del exterior, pero a él no pareció importarle. Flaubert se detuvo un momento en el balcón. Era un control de rutina, pero necesitaba comprobar si en la cuadra se repetían las mismas caras de los días anteriores a su viaje a las montañas, y cerciorarse de que, de ser así, no era su balcón el centro de esas miradas. Luego regresó a la sala, silbando un aria de *Tosca*, y le pegó una patada a la primera de las jaulas que encontró en su camino. La jaula se hizo trizas contra la base de una columna, y los dos pinzones que tenía dentro salieron disparados hacia el techo antes de dar un par de vueltas y escapar por la ventana.

Vuelen, vuelen, pequeños hijos de puta, ya sabrán lo que es un cazador, murmuró con rabia Flaubert, al tiempo que la emprendía contra el resto de las jaulas.

Las pateó hasta dejar los barrotes de caña fina esparcidos por el suelo como un juego de palitos chinos, bien astillados bajo sus zapatos los listoncillos de madera que los unían, y luego trató de agarrar a los pájaros con la intención de estrangularlos, aunque no pudo atrapar ninguno. Al regreso de El Mamey, y durante todo el trayecto, Flaubert estuvo pensando en la pérdida de tiempo que había significado ese viaje, lamentándose, sobre todo, por no haber podido deducir desde el principio que aquellos mocosos nunca habían tenido la máquina en su poder más allá del tiempo empleado para robársela y luego soltarla en la primera ocasión que se les presentara –o que los obligara a ello. De saberlo habría ido desde un inicio hasta el lugar de los hechos, habría rastreado todas las pistas hasta dar con ella, soltaría el dinero que en ese instante le pidieran, y hubiera regresado a New York con su preciada carga en vez de despilfarrar casi todo su presupuesto en los caprichos de aquella banda de mañosos, que al fin y al cabo no eran más que unos borrachos aburridos y esnobistas.

De repente, todo lo pintoresco y curioso que hasta ese momento había tenido su estancia en la isla se derrumbó, como si con la llegada de la noche capitalina cayera la ingenuidad. Tal vez fue esa misma visión cautivadora la culpable de no haberle dejado ver lo que, desde un inicio, se escondía detrás de las apariencias. A pesar de toda la información consultada antes del viaje, que fue mucha por lo complejo del terreno y las condiciones en que debía moverse, nada ni nadie fue capaz de alertarlo ni de darle una luz con el más sencillo y útil de los consejos, aquel que todo turista incauto o excesivamente candoroso debe conocer antes de poner un pie en esta isla: ojo con los espejismos, que son muchos y peligrosos y, al fin y al cabo, espejismos. Ergo: ojo con las muestras de jovialidad, de excesiva simpatía; ojo con el folklore, el sonido de las maracas, la dulzona y engañosa gradación del ron, las dentaduras de las mulatas, el azul del mar, el aroma del tabaco o la transparencia incomparable de la luz, tópicos verdaderos que te obnubilan y te arrastran en su vorágine lúdica si no reaccionas a tiempo o te comportas desde el primer momento con una cierta indiferencia sensitiva y distanciada. No se puede decir que Flaubert no hubiese sospechado de estas tentaciones, demasiado fáciles y evidentes como para ser inocentes del todo, pero en el fondo, aunque le costara reconocerlo, era un sibarita. Y ahora comprendía que todo el tiempo estuvo moviéndose en medio de una nube voluptuosa y cándida que le impidió ver lo que alguien de su profesión nunca debe pasar por alto. Y había pagado y pagaba por ello. En todos los sentidos.

Al sentir el ruido, una de las muchachas, la trigueña, se despertó. Había estado durmiendo en el cuarto de Flaubert, el único con ventilador en toda la casa. Cuando entró en la sala, aún medio dormida, no vio a Flaubert, pero sí los restos de las jaulas desperdigados por todas partes, y oyó el sonsonete, sin saber de dónde ni de quien venía, que repetía la misma frase «vuelen, hijos de puta, vuelen». Fue hasta el balcón, y allí descubrió al americano agarrado a la baranda de hierro recitando su letanía como un poseso. Al verla, Flaubert hizo silencio, aunque continuó mirando hacia el cielo.

No se preocupe, señorita, dijo luego. Converso con mis amigos.

La muchacha dedujo que se trataba de los pájaros. ¿Qué le gusta más, le preguntó, los tomeguines o las mujeres?

Obviamente, los tomeguines. Nunca preguntan ni piden nada, al menos de manera que uno pueda entenderlo; tampoco te reprochan, ni te exigen que botes la basura cada noche. Lo que no quiere decir que no puedas enfadarte con ellos de vez en cuando. Como ahora…, y volvió la vista al interior de la casa. Parecía sorprendido con el panorama que tenía a sus pies. Dio unos pasos hacia adelante, tratando de no pisar los fragmentos de madera.

La muchacha lo siguió, y se detuvo detrás de él cuando Flaubert se agachó en medio de la sala a recoger los restos de las jaulas.

Parece que no le fue bien, dijo ella.

No se preocupe. Pudo haber sido peor.

Deje eso. Yo recogeré todo. Relájese, le daré un masaje. Puso las manos sobre los hombros de Flaubert y apretó sus dedos contra la piel del hombre, aunque sin mucha fuerza. Flaubert se volvió a mirarla.

Va por la casa, exclamó la muchacha en un susurro, como si respondiera a la mirada de él. Flaubert, resignado y sin hallar de repente una justificación salvadora, se quitó la camisa y fue a sentarse en un sillón.

¿No cree que en su cuarto estaríamos mejor?, le preguntó ella. O en el mío, como usted quiera. Así podrá acostarse, es mucho más cómodo y… nadie lo molestará. Aunque estemos solos es preferible, usted sabe…

Flaubert pensó que resistirse sería peor que aceptar. Cierto que él era el huésped, e incluso pagaba por serlo, por lo que nadie estaba en el derecho de reprocharle cualquier decisión personal, pero su concepto de lo que llamaba «las buenas maneras» le impedía desdeñar algunos ofrecimientos. Sobre todo si por ellos no debía dar nada a cambio: aún estaba mareado por las circunstancias.

Aunque ese fuera el motivo de su comportamiento, la risa de la muchacha podría parecer cualquier cosa menos inocente. Agarrando a Flaubert por un brazo lo condujo hasta su cuarto. Al entrar notó que las sábanas estaban arrugadas, pero no le dio importancia: lo más que podrían haber hecho era dormir allí, pues el resto de sus cosas seguían en su sitio tal y como él las había dejado. Ella se sentó en una esquina de la cama y puso una mano sobre el colchón; él no supo si palpaba su consistencia o lo invitaba a sentarse junto a ella. Flaubert cerró la puerta del cuarto, y justo en ese momento tocaron a la puerta de la casa.

Ninguno de los dos se movió. Volvieron a tocar, ahora más fuerte. La muchacha se levantó, y haciéndole una seña de que no se molestara, salió del cuarto. No sé si ahora deba alegrarme, pero lo cierto es que en este país uno no puede planear nada ni siquiera para los próximos cinco minutos, pensó Flaubert cuando ella bajaba los escalones. De ser esta la clásica escena de ligue fugaz entre desconocidos, la interrupción podría significar el desmoronamiento de todas las intenciones. Sin embargo, esta pausa salvadora le sirvió para reflexionar sobre las pretensiones de la muchacha, y sobre lo que podría pasar si entraba en el juego de seducción que ella le proponía, aunque de todas formas estaba seguro de no poder permitirse nada parecido en ese momento: por un lado necesitaba concentrarse en sus próximos movimientos, que serían los definitivos, y por otro, sencillamente le quedaba poco dinero.

Hacía calor en el cuarto. Flaubert se desvistió, quedándose sólo con los calzoncillos y los calcetines, negros y con elástico apretado llegando a la rodilla, y encendió los dos ventiladores. A pesar del ruido de los motores, pudo oír cuando la muchacha abría la puerta y preguntaba «¿Qué quiere?» de muy mala gana. Oyó también que el inesperado visitante se disculpaba, seguramente por el tono de la pregunta y la cara que debía tener delante, y luego de una pausa corta, preguntaba por él. Era muy importante, dijo la voz, extrañamente familiar a los oídos de Flaubert, y ella le respondió, amenazante, que más le valía que lo fuese, y que tenía dos minutos, sólo dos.

Flaubert los oyó subir las escaleras, y sintió los pasos de la muchacha dirigirse hacia su cuarto. Pero al llegar, ella no se detuvo frente a la puerta, sólo dio un golpe en la madera y gritó «Es para usted, mesié Flaubert. Vuelvo enseguida», y siguió hasta la cocina al fondo de la casa. No le quedó más remedio que salir de la habitación, y al entrar en la sala se encontró con Afónico meciéndose alegremente en uno de los sillones de mimbre junto al balcón. Aunque no deseaba el encuentro, que lo tomaba desprevenido, Flaubert intuyó que esta visita precipitaría los acontecimientos, y aun sin saber de qué se trataba intentó guardar la calma y aparentar cierta indiferencia con relación al asunto que había llevado al joven hasta allí. Una cosa sí tenía clara: cualquiera que fuese la propuesta, ahora sería él quien pondría las reglas. Pero la pregunta de Afónico lo desconcertó.

Vine a ver si ya se había decidido.

¿Decidido a qué?, preguntó Flaubert.

Ahora fue Afónico quien pareció sorprenderse con la pregunta. No supo discernir si el extranjero no entendía o si se burlaba de él. Tartamudeó un poco, mirándolo a los ojos, y al final murmuró «usted sabe… nuestro negocio».

No sé a qué te refieres, le dijo Flaubert aproximándose al sillón, pero supongo que no estés hablando de la máquina. Yo no sé dónde está, pero sí sé que ustedes no la tienen. Estamos parejos, chacal. Buscarla es tu problema, no el mío. Yo no busco, yo *encuentro*. A veces pago por lo que encuentro; a veces no. De todas formas, puedo apostar a que nunca habrás visto tanto dinero en tu cochina vida como el que verás en tu bolsillo si me la traes ahora mismo, y aquí se acaba todo.

En ese momento sonó el teléfono. A Flaubert le habían aconsejado en la casa que no respondiera ninguna llamada, ellos no tenían licencia para alquilar y podrían descubrirlos por el acento. Oyó a la muchacha trigueña correr hacia la sala, y sin tener claro por qué supo que aquella llamada era para él. Descolgó el teléfono en el mismo momento en que ella llegaba a la sala, y al verlo con el auricular en la mano le hizo señas de que no hablara. Flaubert la miró al mismo tiempo que escuchaba por el teléfono, pero no dijo nada. Luego tapó con una mano el agujero de la voz y le dijo a la muchacha que no se preocupara, la llamada era para él: había identificado la voz de Spider al otro lado de la línea. Volvió a colocarse el auricular en el oído.

¿Sí?, respondió, e hizo silencio. Luego miró al Afónico. ¿Spider?, preguntó alzando la voz.

Afónico dio un salto y cayó de pie en medio de la sala. Detrás, el sillón siguió su movimiento rítmico e imperturbable, como si balanceara a un espectro. Con las dos manos le hizo señas desesperadas a Flaubert para que no dijera que él estaba allí. Flaubert, con un gesto, lo tranquilizó. Afónico volvió a sentarse, aunque ahora en el borde del sillón. Ya no se mecía.

Sí, sí… Bien, ahora puede hablar, dijo Flaubert al teléfono. Cinco minutos antes hubiera sentido mis dientes clavados en su oreja, pero ahora estoy… digamos que un poco más calmado… ¿Cómo? ¿*Tranquilo*? ¿Sólo sabe decir eso? De mi *tranquilidad* me ocupo yo, imbécil…

Flaubert estaba harto de discutir, y ahora, para colmo, sentía como una agresión esta coincidencia de Spider y Afónico. Le comunicó a Spider que estaba al tanto de todo, que sólo le había dado de largo al asunto para saber hasta dónde ellos eran capaces de llegar con el embuste; que también sabía quienes eran esos sujetos de nombre estrafalario que aparecían en este momento como los posibles detentores de aquello que todos buscaban, pero no le dijo que seguramente ya estaban en La Habana, y mucho menos cómo se había enterado. Spider, jugándoselo todo a una sola carta, se aventuró a informarle que ya Tiberio y Gumersindo habían hecho contacto, ellos les habían dejado un número de teléfono, y de un momento a otro llegarían con la preciada carga.

Flaubert hizo una pausa y miró a Afónico. Afónico retrocedió unos pasos ante la mirada de Flaubert, y le hizo señas de que no le prestara atención a lo que Spider decía. Él y sólo él tenía en su poder la verdadera máquina; Spider intentaba confundirlo para ganar tiempo, tal vez algunas botellas más de whisky... Flaubert lo detuvo con un gesto seco, y Afónico se colocó detrás del sillón, junto a la escalera de mármol.

¿Y cómo puedo saber que todo eso es cierto?, preguntó Flaubert al teléfono. Quiero decir, ¿puede usted probar que la máquina que posee es la auténtica? Bien. Bien. ¿En casa de... Susana? ¿Una fiesta? Mañana, ok. Veremos entonces quien tiene la verdad... No se preocupe, yo me entiendo..., pero antes tengo que ajustar aquí una deuda pendiente...

Al oír las últimas palabras de Flaubert, Afónico dio otro salto, cayó en el tercer peldaño de la escalera y escapó corriendo hacia la calle.

¡Te voy a denunciar, pestífero hijo de puta!, alcanzó a gritarle Flaubert antes de oír la puerta cerrarse con violencia. Ambos sabían que no lo haría, pero fue lo único que se le ocurrió decir en ese momento. Luego hizo una pausa para tomar aire, y volvió al teléfono. No, no era con usted, continuó Flaubert. Era... un vendedor, un vendedor ambulante. ¿No los hay por su casa? En este barrio son una epidemia... Bien, entonces mañana por la noche... Sí, más le vale.

Y colgó. Casi un minuto mantuvo apoyada la mano derecha sobre el teléfono, como si lo doblegara, obligándolo a guardar silencio, y por primera vez desde que salió de El Mamey esbozó lo que parecía ser una sonrisa. Oyó que alguien tosía al otro lado de la sala. Al levantar la vista, vio que la muchacha trigueña lo observaba con aire ausente, de pie contra el marco de la puerta de su cuarto. Se había olvidado de ella, y ahora reaparecía, ataviada con su nuevo traje de campaña: un short cortísimo, una camiseta azul recortada por encima del ombligo y que apenas le cubría los senos, y descalza. Ella había estado allí todo el tiempo, había oído su conversación con Spider, y fue testigo de su encuentro con Afónico. Pero a juzgar por su cara, nada de aquello parecía interesarle. Su verdadero interés parecía ser él, y era evidente que estaba allí para demostrárselo. No tenía escapatoria.

Ahora tal vez pueda funcionar... El masaje, dijo Flaubert, y entró al cuarto.

Algo es algo, ¿no? Peor es nada. Lo único que falta es que aparezca con el melón para matar la jugada.

Qué ingenuo eres. ¿Tú crees que de verdad ese tipo nos va a traer el saco? Si lo tuviera ya se habría aparecido con él. Está desesperado por tener lo suyo, le respondió Susana al Loco.

¿Y es que acaso tenemos la máquina?, preguntó Spider.

Es lo mismo. El no trae la mercancía, nosotros no tenemos la máquina. ¿Qué va a pasar, entonces?

Así es mejor, aseguró el Loco. Nadie tiene lo que necesita, y esto no termina nunca.

Por ahora nos llevamos todo lo que queda. Para una buena fiesta hacen falta otros ingredientes, además de una piñata.

Pero esta piñata es diferente...

Estaban los tres en la cisterna. De Afónico no sabían nada desde hacía dos o tres días. Habían traído un par de maletines enormes, y metían dentro todo lo que podría servir para la fiesta en casa de Susana: ropa para disfraces, cassettes y alcohol. Cook, recién llegado a La Habana, había regresado otra vez a la cisterna, y al ver que no estaban esperó escondido entre los árboles del jardín. Después que ellos bajaron, se acercó hasta el borde de la entrada, y desde allí podía oírlos ahora perfectamente.

El Loco revolvió entre el montón de ropa que había en una esquina y agarró la camiseta y el short que había usado siempre entre disfraz y disfraz por casi un mes. Olía a agrio, pero era una combinación que le gustaba; con ella llegó el primer día, con ella estuvo la mayor parte del tiempo que permaneció en la cisterna, y ahora, antes de marcharse, se la endosaba nuevamente, como si de esa manera cerrara un ciclo que por fuerza debía concluir, o se preparara para comenzar otro hacia afuera, hacia la luz esta vez. Escarbando al otro lado de la pila, Susana rescató un vestido rojo de tirantes y unas medias de lana que usaba siempre con las botas. El vestido estaba limpio; era ella quien olía a rancio. Sobre todo la axila derecha, que tenía la particularidad de sobresalir en ese sentido con respecto a su compañera. Se viró de espaldas al Loco y Spider para cambiarse, y se desabotonó la parte superior de la camisa.

Deja los formalismos, le dijo entonces Spider. Ni él ni yo vamos a ver nada nuevo.

Susana se volvió lentamente. Estaba desnuda de la cintura para arriba, y ni Spider ni el Loco pudieron apartar los ojos de sus senos. Eran pequeños, simétricos, perfectos, aunque con un pezón más oscuro que el otro; ese tipo de seno que se ajusta perfecto al diámetro de la palma de la mano, siempre que sea una mano amorosa y proporcional. Pasó un minuto largo donde ninguno de los tres dijo nada, sólo permanecer de pie uno frente al otro, en silencio, soportando o padeciendo ese mutismo forzado por una circunstancia donde no se sabe si es peor romperlo que conservarlo. Podían oír el sonido de las hojas en el jardín, sacudidas por el viento. Spider movía la cabeza alternativamente entre Susana y el Loco; Susana lo miraba a él, y el Loco bajó los ojos hasta dejarlos fijos al pie de la escalera.

Susana sintió que la mirada de Spider se detenía en su pecho, y recordó lo que él le había dicho la primera vez que vio sus senos desnudos. «Por esa diferencia de color en los pezones te quemaban en el medioevo por bruja», y ella, más que asustarse, se alegró entonces por lo que creía un cumplido, pero que ahora parecía convertirse en una premonición.

Aunque el Loco pudiera pensar que desde hacía un tiempo Spider sospechara de sus roces con Susana, para él la situación era mucho más incómoda que para los otros dos, por ser la primera vez que su amigo lo reconocía en voz alta y en presencia suya. Ella había llegado al grupo por Spider, seguía allí por él, fue él quien le dio la posibilidad de participar, de convivir con ellos, era su compañera, y por tanto debió haber sido más cuidadoso en su manera de acercarse a ella, cualquiera que fuese la forma en que los otros dos llevaran esa relación. Al mismo tiempo sabía que no necesitaba dar ninguna explicación, mucho menos disculparse, pues para Spider las relaciones íntimas entre dos personas no implicaban necesariamente un compromiso que invalidara la posible participación de otro sujeto, no eran patrimonio de nadie en particular hasta tanto una de esas dos partes declarara una intención determinante, un interés particular que rebasaba el simple placer. Y este no era el caso. No, lo perturbador estaba en la presencia de Susana, en su mirada, y era esto lo que lo hacía sentirse incómodo y ridículo, sin saber qué hacer en medio de la cisterna, el lugar de la seguridad y la alegría. Lo sucedido entre ellos *ocurrió*, sencillamente. Sin premeditación, sin subterfugios, sin que ninguno de los dos se lo propusiera y sin pensar que dañaban a alguien con ello. Pero dudaba que Susana lo viera de la misma manera. El Loco alzó los ojos y miró a Spider.

Tranquilo. No pasa nada, lo cortó Spider.

Susana miró a Spider, luego al Loco. Ni siquiera pestañeaba. Ellos sintieron la fuerza de aquella mirada, el frío áspero de sus bordes al entrar en la carne como un punzón oxidado. Para esquivar aquella fijeza, Spider agarró uno de los maletines y comenzó a meter en él la ropa que quedaba en la pila. El Loco fue hasta donde estaba la grabadora, cogió un cassette al azar y fue a ponerlo, pero Susana se lo arrancó de la mano.

¿Qué no pasa nada?, dijo con rabia, ¿qué-no-pasa-nada? ¿Qué soy yo entonces, la cantimplora? Estoy con los dos pero *no pasa nada* porque todo queda entre amigos… entre dos amigos… Y la puta que se las arregle como pueda, ¿no? ¡Hablen, coño! ¿Así es como lo van a resolver?

Yo no creo que haya que *resolver* nada, respondió Spider. Si hay que decidir, eres tú en todo caso quien debe hacerlo, no nosotros. Pero si quieres saber lo que pienso, para mí está bien así.

¿Así cómo?

Pues como ha sido hasta ahora.

Este mes aquí me ha parecido un año… Un año intenso pero corto. ¿Por qué tenemos que irnos ahora?, preguntó el Loco, tratando de aligerar el ambiente. Susana comprendió que ni el Loco ni Spider querían hablar sobre el asunto, que también para ellos era difícil y embarazoso, aunque no por eso dejaron de mirar sus senos. Sin volverse deslizó el vestido por encima de la cabeza y lo dejó resbalar luego cuerpo abajo. Sí, era mejor dejarlo para otra ocasión –o tal vez olvidarlo con el tiempo–; no era precisamente el momento, lo que ahora sucediese podría quedar como colofón de lo vivido durante las últimas semanas, y ese sería un saldo muy ordinario para una experiencia como aquella, que había vivido con una intensidad desconocida hasta entonces, una plenitud que sólo ahora comenzaba a valorar y a disfrutar. Cuando estuvo cubierta terminó de sacarse la camisa y el short, los dobló con cuidado y le alcanzó todo a Spider para que lo guardara en uno de los maletines. Al estirar el brazo con la ropa Spider la tomó por la muñeca. Ella lo miró. Spider hizo presión con sus dedos. Ella no dijo nada.

Eso es lo que tienes que guardar. Todo lo demás es secundario, expresó en voz baja, mirando a Susana a los ojos pero refiriéndose a lo que había comentado el Loco. Susana dio un leve tirón a su mano y se soltó.

Quisiera otra quincena que parezcan dos años..., siguió diciendo el Loco.

Pero no puedes vivir toda tu vida en una cisterna. Ahora era Susana quien le respondía.

Ya vivo dentro de una, no creo que al salir de esta note demasiado la diferencia. Sólo quiero pasarla bien y que me dejen tranquilo. Con mis brebajes, con mi música, con mi manera de pensar. No pido mucho. Y eso sólo puede ser aquí abajo...

El comentario del Loco sorprendió a Susana y a Spider. Nunca lo habían oído hacer una revelación de este tipo, mucho menos decir algo parecido con una cara tan seria como la que ahora tenía. Fue tan inusitado que ninguno de los dos supo qué hacer; el tono de confidencia, sobre todo, los dejó sin la réplica alegre que siempre tenían a mano para ripostar cualquiera de sus observaciones. Comentarios como ese habían entrado de forma natural en varias de las conversaciones que durante todo un mes tuvieron allá abajo, en la intimidad y la seguridad que ese lugar les brindaba. Y de la misma manera que entraron salieron: sin esperanza ni desesperación (como dijera Isak Dinesen a propósito de su escritura). Ellos habían llegado a intuir y a destapar, en el fondo de aquel tanque, la necesidad de otro conocimiento que descubrieron imprescindible. Pero ahora no sabían qué hacer: estaban a punto de marcharse, y ninguno tenía la intención de despedirse enrollándose en un tema que siempre bordearon con cuidado para que la estancia en aquel refugio no se les volviera una tautología absurda e interminable.

Susana terminó de vestirse, y comenzó a recoger en silencio los libros que había traído. Libros de Bukowski la mayoría, aunque también había un par de novelas de Burroughs, un ejemplar de *Catedral* de Raymond Carver y otro de *On the road* de Kerouac; *Bajo el volcán* de Lowry, algo de Thomas Wolfe, una selección de los poemas de Ginsberg, los dos *Trópico* de Henry Miller, varios números de la revista *Cáñamo* y cosas por el estilo. Algunos prestados, otros robados de bibliotecas públicas y personales, todo aquel «material bibliográfico subversivo» (según el Loco) la convertía en una «especialista» –ahora Spider– en los «bajos fondos de la narrativa norteamericana». Y ella se enorgullecía de ambas cosas.

Después de las palabras del Loco, Cook los escuchó moverse en silencio durante algunos minutos por el fondo de la cisterna. Aunque no le era difícil adivinar lo que hacían, más que acciones simples él necesitaba palabras, opiniones susceptibles de ser transformadas en argumentos que le sirvieran para elaborar el informe y la definitiva acusación que los acompañaría unas horas después, cuando fueran sorprendidos con las manos en la masa, en flagrante delito de tráfico y posesión. Imaginaba que aquellos libros que ahora Susana recogía y que él ya había revisado en su primer descenso a la cisterna podrían ser una evidencia ideal para calzar el cargo de «diversionismo», que él necesitaba como perfecto colofón de aquel caso, el toque político que vendría a redondear todo, pues la «dudosa moralidad» ya estaba garantizada con la escena de unos minutos antes, y el «consumo» confirmaría el carácter común y punible del delito, incriminándolos definitivamente.

Así y todo, se sentía satisfecho con lo que ya tenía; sólo faltaba coordinar el golpe final y apropiarse de la máquina, y de paso, se vengaría de todas las situaciones humillantes a las que lo habían hecho exponerse. Y lo más importante: a partir de ahora volvería a ser el mismo de siempre, sin disfraces ni jerigonzas ni ridículas pelucas de henequén que le cocinaran la cabeza, con el añadido del deber cumplido, punteable para su ascenso. Aunque con discreción, ahora podía hacer uso de su autoridad para emplear la fuerza, nadie se atrevería a cuestionar su impunidad si lograba demostrar que se trataba de un operativo de vital importancia para la seguridad del país. Y él podía demostrarlo, era su palabra investida y coronada por una razón de Estado contra otra desacreditada por su misma razón de ser.

Susana terminó de recoger los libros, algunos de ellos desmembrados de su encuadernación original o manchados con grandes lamparones de alcohol en sus distintas variantes –ron, whisky y cerveza–, y los guardó con cuidado en el maletín. Spider y el Loco habían apilado en una esquina cerca de cuarenta botellas vacías, recogidas para venderlas luego, en caso de apuro, como materia prima, juntando en el otro maletín las que aún quedaban intactas –alrededor de diez–, y ahora esperaban que Susana terminara, sentados en silencio al pie de la escalera. Ninguno de los dos decía nada, pero no era difícil adivinar que contemplaban el fondo de aquel tanque con cierta nostalgia. Ambos pensaban que seguirían yendo allí, que de ahora en adelante ese sería el lugar de encuentro, el lugar seguro al que se podía llegar a cualquier hora y sin ningún pretexto. Pero intuían que nunca más volvería a ser el mismo lugar. Susana cerró el zipper del maletín y se volvió hacia ellos, que al mismo tiempo la miraron un instante y luego cambiaron la mirada. Ella apoyó una mano contra la pared.

Extrañaré esta humedad, dijo.

Extrañaré esta humedad, repitió el Loco, sacando una botella del maletín.

Y ahora, ¿qué hacemos?, preguntó Susana.

Nada. Lo mismo de siempre, respondió el Loco.

Susana se pegó a una pared e hizo fuerza con su brazo contra ella. Presionó el brazo entre su cuerpo y la pared. Los músculos se le engarrotaron y apretó más. Cuando sintió que estaba tenso, que la sangre apenas circulaba ya por él, saltó hacia el lado contrario al que hacía la fuerza. Trastabilló con el impulso y estuvo a punto de caer, pero logró conservar el equilibrio y se detuvo jadeando a unos pasos de Spider y el Loco. Contempló extasiada su brazo ascender como si una fuerza desconocida tirara de él hacia arriba, como si ese mismo brazo ya no fuese parte de su cuerpo sino un apéndice ajeno e independiente de su voluntad. Sus ojos brillaban.

Alguien mueve mis hilos. Yo no soy yo, exclamó.

Vamos.

Spider agarró el maletín que había dejado a su lado. Esperó a que Susana y el Loco subieran. Luego lo hizo él, y al salir cerró la cisterna. Partió algunas ramas entre la vegetación que crecía alrededor y las dispersó como camuflaje sobre la tapa de hierro. Luego atravesaron el patio, salieron al jardín, y de allí a la calle. Cook, escondido ahora entre la hierba, los siguió con la vista hasta que desaparecieron subiendo por 8.

Vamos a mi casa a dejar todo esto, sugirió Susana.

Buena idea. Y de paso almorzamos, respondió el Loco.

¿Alguien ha visto al Afónico?

¿Él también…?

Si al menos se bañara…

¿Te susurraba poemas roncos y cochinos al oído, nena?

Váyanse a la mierda.

Aunque sentirlo no afectara en nada su entusiasmo, tenían la sensación de que tal vez fuera aquella la última fiesta, o por lo menos, que tendría que pasar mucho tiempo para que volvieran a celebrar otra. Por una parte, era probable que algo sucediese después que revelaran el secreto del plato fuerte, el motivo principal de la ocasión, el que tenía en vilo a todos los invitados desde hacía algunos días, cuando esos mismos invitados, a la mañana siguiente, comentaran los acontecimientos y los ingredientes de la noche anterior. Y suponiendo que lo peor no sucediese, estaban seguros de que por el momento nada inventarían para suplir la carencia de lo que hasta entonces, y durante un mes, habían tenido. Sin proponérselo, la experiencia del encierro los llevó a descubrir zonas ocultas de su propia personalidad, fue un hallazgo y un reconocimiento, una incitación a observar en derredor con una mirada diferente, cargada de una extraña plenitud; una mirada y una actitud que ahora no querían contaminar con nuevas emociones. De esa manera, la fiesta concebida al inicio de todo como el perfecto colofón de una gran aventura se convertía ahora en un sarcástico ceremonial de despedida. De todas formas, e incluso teniendo en cuenta lo factible de ambas hipótesis, estaban dispuestos a correr el riesgo. Y a divertirse, cualquiera que fuesen las consecuencias.

Si un secreto logra conservar su condición esencial, la de no trascender al dominio de lo conocido, esa cualidad suele transformarse en misterio, esa seducción que sentimos ante cualquier enigma y despierta una curiosidad irresistible, un temor apremiante y difícilmente disimulable. No el misterio eleusino como sentido oculto de un grupo de reglas para unos cuantos iniciados, sino más bien la ambigua extrañeza, el temor incierto e irracional a lo desconocido, que es, a fin de cuentas, el verdadero temor. El efecto de esta seducción trae como consecuencia —entre otras cosas— que de momento cambiemos nuestros hábitos u olvidemos lo que debíamos hacer, cualquiera que sea su importancia o la fuerza de la costumbre. Desentrañarlo se convierte en una obsesión. Y si sobre ese misterio gravita el vaho de lo «prohibido», entonces la curiosidad inicial se convierte en desesperación, esa que provoca que casi todos los invitados lleguen a una fiesta a las siete de la tarde cuando se había citado para las diez de la noche.

Allí estaban, por tanto, todos los que debían estar, demasiado temprano y con la música ya bien alta, glotones y sospechosos, eufóricos ante la inminencia de la sorpresa, por la suposición de que esta sería «una noche de ésas». Aunque ellos habían tratado de ser selectivos con las invitaciones —sobre todo Spider y Susana—, hechas personalmente o en última instancia por teléfono, entre las cuarenta personas que se movían por toda la casa siempre era posible encontrar algunas caras conocidas pero no cercanas, el amigo o la amiga de otro amigo verdadero e invitado pero al que no le iban a negar la entrada, mucho menos a mostrarle la salida pues eso podría complicar las cosas, sobre todo con el invitado real que lo había traído, algo que por demás aumentaría las sospechas sobre ellos. Fueran o no de confianza «hay que tragárselos con papa», había dicho Afónico, aparecido a última hora y por tanto relegado a la función de velar por la *seguridad* de la fiesta. Era un riesgo, al fin y al cabo, pero un riesgo añadido, uno más, ni mayor ni menor visto el punto hasta donde habían llevado las cosas.

De cualquier manera todos parecían conocerse, todos hablaban con todos, a gritos por el volumen de la música, y no obstante la algarabía un aire de confabulación flotaba sobre la sala, un aire por cierto caliente, hálito vaporoso, vaho de sauna.

Habían cerrado todas las ventanas para evitar que el sonido atrajera a los intrusos y el olor a los indeseables, por lo que el escuálido ventilador de techo era mas bien una caricatura oscilante girando sobre las cabezas. Pero a pesar de su inutilidad, de su aparente insensatez, este ventilador, con el paso de las horas, llegaría a convertirse en un elemento fundamental en aquella fiesta: de él, de sus aspas en movimiento, colgaría la piñata; sería él el encargado de distribuir su contenido, dispersándolo alegremente en todas las direcciones.

La piñata que Susana, una amiga y el negro Sergio habían armado por la tarde, y que ahora estaba a punto de adquirir su forma definitiva. Reproducía la figura de un elefante, que fue modelado tomando como estructura central la caja de un televisor de veintiuna pulgadas, alrededor de la cual fueron pegando varias capas de papel engomado hasta darle su forma redonda y definitiva al vientre, un vientre con capacidad suficiente para embolsar todo lo que trajera Flaubert, y que ellos debían disponer en sobres de media onza cada uno. Susana y su amiga terminaban de modelar la trompa, mientras Sergio coloreaba con tempera el resto del cuerpo. Sobre una base de blanco combinó franjas de rojo, vetas amarillas, manchones verdes, soles naranjas, lunas azules, una boca grande y sonriente y unos espejuelos oscuros. Un elefante de la era de Acuario, pacífico, amoroso y tornasolado, contentísimo de poder compartir con sus iguales su preciada carga, de poder vomitar sobre sus cabezas el alma de su estómago, ese «horno paraíso» cargado de felicidad.

Spider quería que la piñata se rompiera a las doce de la noche, pero encontró una fuerte oposición en el Loco y en Afónico. Si llegaba a saberse en qué consistía el secreto atesorado en la panza del elefante, pocos podrían resistir la tentación de picotear en sus entrañas, desfalcando su estómago a pellizcos –Prometeo que desgraciadamente no reproducía sus vísceras–, haciéndole cosquillas en el vientre para que abriera la boca y soltase algo, por lo que el momento escogido como clímax de la noche habría perdido para entonces toda su fuerza. Con Susana ya lo había discutido, y ella era de la misma opinión que los otros dos. Agotados sus argumentos, sin ninguna otra posibilidad, y suponiendo que Flaubert estaba por llegar, fue al cuarto donde preparaban la piñata para ver si el paquidermo estaba listo.

...este no es un elefante cualquiera, le oyó decir a la amiga de Susana. Es un elefante de la India, que a diferencia de los africanos son más mansos, más tranquilos, más... alegrones, por así decir. ¿Saben por qué? Porque se alimentan de amapolas. Y en nuestro caso siempre será mejor un elefante que un conejo, por una cuestión de capacidad. Y si es pacífico y no tiene colmillos, mucho mejor.

Brillante, dijo Sergio. Susana reía sin parar.

En ese mismo momento, dos autos parquearon cerca de la casa. Acompañado de tres militares vestidos de civil, Cook se bajó del primero. Luego se le reunieron los que venían en el otro coche.

Ya cada uno sabe lo que tiene que hacer, les informó Cook. Rodeen la casa, que no entre ni salga nadie, salvo el americano, y no hagan nada hasta que yo avise.

A una señal del Loco, Afónico bajó el volumen de la música, y Susana, su amiga, Spider y Sergio entraron en la sala llevando al elefante en procesión sobre los hombros. La mayoría no sabía de qué se trataba, o al menos no relacionaron al elefante con lo que ellos suponían que debía aparecer, pero todos comenzaron a gritar y a aplaudir. Incluso sin estar borrachos, el nivel de alcohol era ya lo suficientemente alto como para que enseguida se sumaran al desfile, unos arrollando detrás del animal, otros haciendo reverencias a su paso, y los demás cantando lo que se les ocurriera para gloria del paquidermo. En la punta de la trompa le habían enganchado un cigarro encendido, una pista para los más despiertos y un avance de lo que vendría después, y algunos saltaban intentando agarrarlo, contribuyendo así a conformar la imagen de ceremonial pagano que significaba su paso por la sala de la casa. Alguien gritó que sería bueno bautizarlo, como un barco antes de echarlo a la mar. Con tantos colores y sin un sexo definido, con la pintura chorreando por la lluvia de alcohol, el elefante de *papier maché* era la viva imagen de un gordo y perverso travestido al que su abundante sudor le ha corrido el maquillaje, y que con todo intenta reír, con una sonrisa patética que no puede esconder el desencanto de los ojos.

En ese momento tocaron a la puerta. Nadie oyó los golpes, discretos primero y porrazos después, hasta que Afónico, que estaba al tanto, corrió a abrir. Allí, en la semioscuridad del portal, estaban Flaubert y la muchacha trigueña. Flaubert traía al hombro un saco blanco, grande, y ella cargaba debajo del brazo una bobina de papel.

¿Otra vez este?, exclamó la muchacha al ver a Afónico. Mira, o me dices que está pasando aquí, o yo me voy ahora mismo, concluyó, tirando al piso la bobina.

Easy, dijo Flaubert. Ya te explicaré a su debido tiempo. Y no me amenaces con irte o la que pierde aquí eres tú. Recoge eso.

Ella lo miró como si quisiera fulminarlo, pero no dijo nada. Flaubert se viró hacia Afónico.

Llame a Susana. O a su novio. Y usted desaparezca de aquí, o no hay trato.

Bueno. Pase…, sugirió Afónico.

No. Aquí está el pedido. Que traigan la máquina, yo les entrego la mercancía, sin tanto protocolo, y asunto concluido. Vamos, muévase.

La muchacha, parada en la punta de los pies, intentaba mirar por encima de Afónico hacia la sala.

¿Qué hay, una fiesta?, preguntó entusiasmada.

Los esperábamos. Ustedes son los invitados especiales. Afó-nico intentaba ser cortés.

Ay, gracias, respondió halagada la muchacha trigueña. Coqueteando, agarró a Flaubert por un brazo. ¡Una fiesta! Vamos, papito...

Acabe de largarse de una vez y avise a sus amigos, repitió Flaubert entre dientes, o aquí mismo se acaba todo. Y tú..., dijo volviéndose otra vez hacia la muchacha y levantando ame-nazador el dedo índice de su mano libre, aunque no llegó a concluir la frase. El sudor le corría por la cara como el alcohol al elefante, pero no soltaba el saco.

Por el tono, Afónico dedujo que el sabueso estaba nervioso, y que su amenaza no era más que simple fanfarronería. Por eso no insistió en su invitación a que participaran de la fiesta. Se encogió de hombros y entró en la casa, dejando la puerta abierta.

Dentro la procesión seguía su curso, aunque ahora se movía al ritmo de Metallica. El Loco había puesto otra vez la música, al no encontrar a Afónico, y fue al primero que este se encontró al regresar a la sala. Le gritó al oído que en el portal estaba el americano, que traía un saco al hombro y que sólo quería ver a Spider o a Susana. El Loco dio un salto de alegría y apagó la música, lo que provocó que todos se volvieran hacia allí en un rugido unánime de rechazo, pues por su culpa la comparsa del elefante se había detenido en seco. Entre el coro de protestas y maldiciones en su contra buscó a Spider o a Susana. Ella había desaparecido en el molote. Fue a Spider a quien primero vio, y le hizo un gesto, señalando hacia la puerta. Spider no entendía, y el Loco trató de representar la situación: hizo como si cargara un gran peso a la espalda, se llevó los dedos a la boca y daba grandes chupadas a un cigarro inexistente, ponía los ojos en blanco, daba saltos en el lugar. La gente en la fiesta, converti-dos de repente en espectadores, comenzaron a aplaudir aquel imprevisto número de pantomima. Spider reía sin comprender.

¡El melón, carajo! ¡Llegó el melón!

El grito del Loco se impuso a los aplausos y la algarabía, provocando un instante de silencio. Y siguiendo el movimiento de su brazo, todos miraron hacia la puerta.

Allí estaba el secreto. Fue entonces que muchos comprendieron de qué se trataba, al establecer una relación libre pero racional entre el contenido de aquel saco y el vientre vacío de un elefante que espera con ansiedad su manjar, que rechaza rumiar como todos los días su pasto insípido porque acaba de descubrir un campo verde y florecido con un sabor agradable, apetitoso y divertido, que lo marea y lo envuelve en un manto de ensueño y regocijo. La sola idea de poder convertir en humo el contenido de ese saco era algo que estaba mas allá de todas las posibilidades imaginadas hasta ese instante por los participantes de aquella fiesta, era un sueño delirante que excedía cualquier pretensión, que extasiaba los sentidos de sólo pensarlo, rebasando el misterio inicial para convertirse, por su misma desmesura, en una contingencia atemorizante.

Todos los ojos estaban puestos en aquella bolsa grande y rechoncha. Nadie dijo nada, hasta que Spider le gritó a Flaubert que entrara y lo siguiera hasta el fondo de la casa. Flaubert movió la cabeza a los lados y se quedó plantado en el portal como una estaca de muelle que resiste los embates de una fuerte marejada, mientras la muchacha trigueña le tiraba del brazo hacia dentro de la casa. Su rostro revelaba un temor desacostumbrado en él, que por oficio sabía mantener las apariencias en circunstancias difíciles. No era la mirada de quien se encuentra de repente ante una situación imprevista y no sabe cómo reaccionar: era la visión aterrorizada del que, ya sabiéndose dentro de esa situación y conociendo el peligro que corre, no tiene la más mínima idea de cómo saldrá de ella. Al ver que Flaubert no se movía, la muchacha trigueña recogió la bobina de papel y entró en la casa. Al llegar al centro de la sala tiró la bobina al piso, y para estar más o menos a tono con la circunstancia soltó los zapatos, se desabotonó la blusa y pidió a gritos que pusieran música.

Sin saber cómo, Flaubert se vio rodeado por cuatro muchachas, que luego de forcejear alegremente con él terminaron por empujarlo dentro de la casa y arrastrarlo hasta el medio de la sala. En ese momento Afónico puso de nuevo el disco de Metallica, y Flaubert, sin soltar el saco, se vio acorralado y dando tumbos entre los oficiantes del culto al elefante. Tal vez no lo hubiera comprendido todavía, pero para muchos allí él era el complemento perfecto de aquel ritual, la deidad añadida y esencial, el toque dionisíaco, imprescindible para que todo fuera como debía ser.

En ese momento entraron Cook y sus secuaces. Con un sincronismo y una perfección que no parecía ser obra de quien estaba al mando, uno de ellos fue directo al equipo de música y lo apagó, mientras otro encendía las luces y el resto bloqueaba las entradas a los cuartos y las salidas de la casa. Cada cual fue a lo suyo con la precisión y la certeza de un autómata, desplazándose con la rápida elegancia de una coreografía de music-hall, pasando por encima de lo que tuviera delante. Dos muchachas rodaron por el piso, y sus gritos de protesta fueron apagados por la voz de Cook desde el centro de la sala.

¡Contra la pared! ¡Vamos, rápido, contra la pared, y que nadie se mueva! ¡Quedan detenidos por narcotráfico!

Fue el tercero de los gritos el que realmente desconcertó a todos. La acusación por narcotráfico era uno de los cargos más graves que alguien podría afrontar en ese momento, como consecuencia de la puesta en vigor de un nuevo código penal que sancionaba cualquier asunto relacionado con drogas con penas descomunales a tenor de la nueva moralidad que se pretendía crear en el país, cuyo fundamento teórico se erigía sobre su carácter aleccionador y su implementación práctica en la severidad y el estricto –y atemorizante– cumplimiento de las leyes.

Flaubert se quedó inmóvil en el centro de la sala. No ha soltado el saco.

¡Usted también! ¡Vamos, contra la pared!, le gritó Cook.

«¿Are you talking to me? ¡¿Are you talking to me?!», lo interpeló Flaubert. Era una imitación perfecta de Robert de Niro en *Taxi driver*.

¡Contigo mismo! ¡Pegue el culo al ladrillo!

Oiga, soy yo, respondió Flaubert, ¿no se acuerda? En el tren… las pizzas…, míreme bien.

Me sé de memoria esa cara, le espetó Cook. ¿Quiere que le diga cada cuantos días se afeita? Vamos, péguese a la pared, y veamos qué tiene aquí.

Cook arrancó el saco de las manos de Flaubert, zafó el cordón de las puntas y le dio vuelta para vaciarlo. Pero ni siquiera tuvo que sacudirlo: todo el contenido cayó de golpe, y allí, sobre el piso en medio de la sala, una loma de hojas de plátano se alzó frente a él, coronada, eso sí, por algunas flores de marpacífico que venían en el fondo del saco.

Cook miró a Flaubert y este a Spider, que no miraba a nadie. Había cerrado los ojos, y sólo volvió a abrirlos cuando escuchó a Susana reír en voz baja. Ella le hizo una seña, y él volvió la cabeza hacia donde estaban Flaubert y Cook. No pudo aguantarse.

Las carcajadas de Spider contagiaron a los demás. Era difícil definir si se reían de lo que estaban viendo o de ellos mismos, aunque sí se podría asegurar que en esa risa ya no había nerviosismo, tampoco temor. Los secuaces de Cook se acercaron lentamente al montículo de hojas como quien se aproxima a un reptil exótico y amenazante por su fea apariencia, pero del que al menos sabe que no le saltará a la cara. Tomaron algunas hojas del borde de la pila y las examinaron con detenimiento, poniéndolas a trasluz cerca de los ojos, oliéndolas con cuidado. Las inspeccionaban, estrujándolas luego entre los dedos; tomaban hojas nuevas y repetían el procedimiento, y entre una cosa y otra miraban inquisitivamente a Cook, que se había quedado inmóvil frente al cúmulo vegetal. Las miradas exigían una explicación, pero Cook no podía verlos: delante de sus ojos sólo había un montículo de hojas secas y mudas, una pirámide con restos de hojarasca cuyo vértice convexo como la giba de un camello parecía acusarlo con su ojo de flor blanca. Se sentía ridículo allí, de pie y sin saber qué hacer, abriendo y cerrando convulsivamente el puño de su mano derecha. Había desplegado un operativo modesto (a tenor con la discreción exigida por Tamayo) pero complejo, pues tuvo que movilizar a algunos especialistas del departamento de narcóticos, autorizar el armamento y la técnica necesaria, más los dos autos. Y ahora tendría que rendir cuentas, con todas las consecuencias que ello implicaba.

¿Podemos seguir la fiesta?, preguntó entonces Afónico.

Coincidiendo con la pregunta alguien tocó a la puerta. Fueron tres golpes leves, que parecían rozar apenas la madera. Era el peor momento para llegar, quienquiera que fuese, pero seguramente interesado por alguno de los que allí estaban, pues los golpes volvieron a repetirse, ahora con más énfasis. Susana salió del grupo y dio unos pasos hacia la puerta, pero Cook la detuvo con un gesto. Reaccionando por primera vez desde que vaciara en el piso el saco de Flaubert, le hizo una seña a uno de sus agentes, que fue y abrió.

Sin esperar a que los invitaran a pasar, Tiberio y Gumersindo entraron en la casa. Venían vestidos con esa elegancia particular y anacrónica de los campesinos cuando viajan a la ciudad: pantalones almidonados y con el filo bien marcado, camisa a cuadros, cinturón lustroso de cuero ancho y botas negras de puntera fina. Tiberio había añadido un toque de distinción a su conjunto, moldeando su cabello engominado con una empinada cresta sobre la frente; se parecía a Elvis Presley –salvando las distancias– al llegar a Memphis por primera vez. Gumersindo adornaba su cabeza con un sombrerito de paño negro, pulido y brillante por el uso.

Al llegar al centro de la sala se detuvieron. Más que cohibidos parecían confundidos. Para Tiberio era una sorpresa: no esperaba un recibimiento así; para Gumersindo no cabía duda de que habían equivocado la dirección. De pronto su cara se iluminó al descubrir al Loco entre la gente, y tocó con el codo a Tiberio, que enseguida lo reconoció. El Loco, sin moverse, los saludó con una mano.

¿Y estos quiénes son?, le preguntó Susana en un susurro.

Ahora sí se puso bueno esto…, respondió el Loco en el mismo tono.

Aunque Cook no los había visto nunca, antes de salir de El Mamey le había sacado al Hombre del Caballo las señas particulares de ambos. Sin duda eran ellos, y al reconocerlos tuvo la impresión de que no todo estaba perdido. Si no podía llevarse a todos presos como hubiera querido, al menos se haría de la famosa máquina: esa, en definitiva, era su misión; lo otro formaba parte de su aporte personal a la causa, un mérito a añadir a su hoja de servicios, necesitada de contribuciones como ésta para el logro del tan deseado ascenso.

¿Y ustedes… qué carajo hacen aquí?, les preguntó a Tiberio y Gumersindo.

Ellos son invitados míos, dijo Spider.

Usted se calla, respondió Cook. Y virándose hacia Tiberio: ¡Documentos!

Mire, yo no sé qué pasa aquí, pero tampoco me interesa saberlo… ni tengo nada que ver, respondió el de la mota de pelo engominado, deslizando sus manos lentamente por la cabeza. Lo mío son lac másquina, y como tenía esta dirección, le dije acá al colega, Gumer, ya que estamo' en la capital, ¿por qué no pasamo a saludar a aquello muchachone tan simpático que conocimo allá en el batey, y de paso le proponemo algo, visto que fueron ello quiene empezaron con to' este jaleo y este alboroto de lac másquina? Y nada, aquí estamo. La mercancía está ahí, en la camioneta. Son auténtica, miren…, dijo señalando hacia la puerta.

Cook caminó lentamente hacia la entrada de la casa y salió al portal. Tras él salieron sus secuaces, y luego Spider, Susana, el Loco, Flaubert y algunos más, aunque la mayoría se quedó mirando a través del amplio ventanal de la sala. Junto a la acera, bajo la luz amarillenta del farol que había en la esquina, estaba parqueada una vieja camioneta Ford color rojo, con la parte trasera cubierta con un toldo naranja sostenido por unos varales de aluminio. Y bajo el toldo se amontonaban unas quince máquinas de escribir, todas de la marca Remington, modelos de los años cincuenta.

No muy lejos de allí, al final del malecón y cerca de la desembocadura del río Almendares, el Hombre del Caballo está sentado junto al mar, sobre las rocas del arrecife. La noche está oscura, no hay luna, y las nubes bajas, inminencia de la lluvia, cubren el cielo, encapotándolo como un manto de plomo que en cualquier momento puede venirse abajo. Hasta aquí no llega el sonido de los autos, el rumor de la ciudad que ahora duerme.

El Hombre del Caballo se lleva a la boca la botella de ron que ha estado bebiendo, vacía de un trago lo que queda, y la rompe contra el arrecife. Los cristales saltan entre las piedras, confundiéndose con las gotas de agua que brincan sobre la espuma de la ola al chocar en el borde del arrecife, junto a los pies del Hombre del Caballo. Las gotas y los fragmentos de vidrio más pequeños rebotan como diamantes al ser arrojados con fuerza sobre la superficie dura y negra, y el Hombre se pregunta cómo pueden brillar de esa manera, qué los ilumina en una noche tan oscura.

El olor del mar lo aturde un poco. Aunque lo conoce no está acostumbrado; la sal se le pega a las aletas nasales y le provoca escozor, un miasma que le llega mezclado con la fetidez de peces en descomposición, esos que los pescadores furtivos utilizan para carnada y han dejado podrir allí, bajo la luz del sol en el diente de perro. Estornuda, pierde el equilibrio, pero logra sujetar la cuerda que agarra con su mano izquierda. La cuerda está atada a una especie de balsa formada por dos tanques pequeños de aluminio, unidos entre sí por dos listones de madera sobre los que descansa, encadenada a los tanques, una máquina de escribir. El Hombre del Caballo empuja los tanques con el pie, que ruedan por el arrecife hasta quedar flotando en la orilla, mecidos por el mar.

De aquí no puedo pasar, Hank. Es lo más cerca que puedo dejártela. Buen viaje, y paz y alcohol para tu alma, dice el Hombre del Caballo.

Suelta la cuerda y le da otro empujón con el pie.

La pequeña balsa con su carga cabecea sobre las olas. Luego parece estabilizar su equilibrio, y se aleja lentamente de la costa hasta desaparecer en la oscuridad.

Catálogo Bokeh

Abreu, Juan (2017): *El pájaro*. Leiden: Bokeh.

Aguilera, Carlos A. (2016): *Asia Menor*. Leiden: Bokeh.

— (2017): *Teoría del alma china*. Leiden: Bokeh.

Aguilera, Carlos A. & Morejón Arnaiz, Idalia (eds.) (2017): *Escenas del yo flotante. Cuba: escrituras autobiográficas*. Leiden: Bokeh.

Alabau, Magali (2017): *Ir y venir. Poesía reunida 1986-2016*. Leiden: Bokeh.

Alcides, Rafael (2016): *Nadie*. Leiden: Bokeh.

Andrade, Orlando (2015): *La diáspora (2984)*. Leiden: Bokeh.

Armand, Octavio (2016): *Concierto para delinquir*. Leiden: Bokeh.

— (2016): *Horizontes de juguete*. Leiden: Bokeh.

— (2016): *origami*. Leiden: Bokeh.

— (2018): *El lugar de la mancha*. Leiden: Bokeh.

— (2018): *Superficies*. Leiden: Bokeh.

Aroche, Rito Ramón (2016): *Límites de alcanía*. Leiden: Bokeh.

Blanco, María Elena (2016): *Botín. Antología personal 1986-2016*. Leiden: Bokeh.

Caballero, Atilio (2016): *Rosso lombardo*. Leiden: Bokeh.

— (2018): *Luz de gas*. Leiden: Bokeh.

Calderón, Damaris (2017): *Entresijo*. Leiden: Bokeh.

Columbié, Ena (2019): *Piedra*. Leiden: Bokeh.

Conte, Rafael & Capmany, José M. (2018): *Guerra de razas. Negros contra blancos en Cuba*. Leiden: Bokeh, colección Mal de archivo.

Díaz de Villegas, Néstor (2015): *Buscar la lengua. Poesía reunida 1975-2015*. Leiden: Bokeh.

— (2015): *Cubano, demasiado cubano. Escritos de transvaloración cultural*. Leiden: Bokeh.

— (2017): *Sabbat Gigante. Libro primero: Hojas de Rábano*. Leiden: Bokeh.

— (2018): *Sabbat Gigante. Libro segundo: Saigón*. Leiden: Bokeh.

— (2018): *Sabbat Gigante. Libro Tercero: Rumpite Libro*. Leiden: Bokeh.

Díaz Mantilla, Daniel (2016): *El salvaje placer de explorar*. Leiden: Bokeh.

Fernández Fe, Gerardo (2015): *La falacia*. Leiden: Bokeh.

— (2015): *Notas al total*. Leiden: Bokeh.

Fernández Larrea, Abel (2015): *Buenos días, Sarajevo*. Leiden: Bokeh.

— (2015): *El fin de la inocencia*. Leiden: Bokeh.

Ferrer, Jorge (2016): *Minimal Bildung. Veintinueve escenas para una novela sobre la inercia y el olvido*. Leiden: Bokeh.

Gala, Marcial (2017): *Un extraño pájaro de ala azul*. Leiden: Bokeh.

Garbatzky, Irina (2016): *Casa en el agua*. Leiden: Bokeh.

García, Gelsys (2016): *La Revolución y sus perros*. Leiden: Bokeh.

García, Gelsys (ed.) (2017): *Anuncia Freud a María. Cartografía bíblica del teatro cubano*. Leiden: Bokeh.

García Obregón, Omar (2018): *Fronteras: ¿el azar infinito?* Leiden: Bokeh.

Garrandés, Alberto (2015): *Las nubes en el agua*. Leiden: Bokeh.

Gutiérrez Coto, Amauri (2017): *A las puertas de Esmirna*. Leiden: Bokeh.

Gómez Castellano, Irene (2015): *Natación*. Leiden: Bokeh.

Harding Davis, Richard (2018): *Notes of a War Correspondent*. Leiden: Bokeh, colección Mal de archivo.

Hernández Busto, Ernesto (2016): *La sombra en el espejo. Versiones japonesas*. Leiden: Bokeh.

— (2016): *Muda*. Leiden: Bokeh.

— (2017): *Inventario de saldos. Ensayos cubanos*. Leiden: Bokeh.

Hondal, Ramón (2019): *Scratch*. Leiden: Bokeh.

Hurtado, Orestes (2016): *El placer y el sereno*. Leiden: Bokeh.

Jesús, Pedro de (2017): *La vida apenas*. Leiden: Bokeh.

Kozer, José (2015): *Bajo este cien*. Leiden: Bokeh.

— (2015): *Principio de realidad*. Leiden: Bokeh.

Lage, Jorge Enrique (2015): *Vultureffect*. Leiden: Bokeh.

Lamar Schweyer, Alberto (2018): *Ensayos sobre poética y política*. Edición y prólogo de Gerardo Muñoz. Leiden: Bokeh, colección Mal de archivo.

Lukić, Neva (2018): *Endless Endings*. Leiden: Bokeh.

Marqués de Armas, Pedro (2015): *Óbitos*. Leiden: Bokeh.

Miranda, Michael H. (2017): *Asilo en Brazos Valley*. Leiden: Bokeh.

Morales, Osdany (2015): *El pasado es un pueblo solitario*. Leiden: Bokeh.

Morejón Arnaiz, Idalia (2018): *Una artista del hombre*. Leiden: Bokeh.

Méndez Alpízar, L. Santiago (2016): *Punto negro*. Leiden: Bokeh.

Padilla, Damián (2016): *Phana*. Leiden: Bokeh.

Pereira, Manuel (2015): *Insolación*. Leiden: Bokeh.

Ponte, Antonio José (2017): *Cuentos de todas partes del Imperio*. Leiden: Bokeh.

— (2018): *Contrabando de sombras*. Leiden: Bokeh.

Portela, Ena Lucía (2016): *El pájaro: pincel y tinta china*. Leiden: Bokeh.

— (2016): *La sombra del caminante*. Leiden: Bokeh.

Pérez Cino, Waldo (2015): *Aledaños de partida*. Leiden: Bokeh.

— (2015): *El amolador*. Leiden: Bokeh.

— (2015): *La isla y la tribu*. Leiden: Bokeh.

— (2018): *El puente sobre el río cuál*. Leiden: Bokeh.

Quintero Herencia, Juan Carlos (2016): *El cuerpo del milagro*. Leiden: Bokeh.

Rodríguez, Reina María (2016): *El piano*. Leiden: Bokeh.

— (2018): *Poemas de navidad*. Leiden: Bokeh.

Rodríguez Iglesias, Legna (2015): *Hilo + Hilo*. Leiden: Bokeh.

— (2015): *Las analfabetas*. Leiden: Bokeh.

Saunders, Rogelio (2016): *Crónica del decimotercero*. Leiden: Bokeh.

Starke, Úrsula (2016): *Prótesis. Escrituras 2007-2015*. Leiden: Bokeh.

Sánchez Mejías, Rolando (2016): *Mecánica celeste. Cálculo de lindes 1986-2015*. Leiden: Bokeh.

Timmer, Nanne (2018): *Logopedia*. Leiden: Bokeh.

Valdés Zamora, Armando (2017): *La siesta de los dioses*. Leiden: Bokeh.

Vega Serova, Anna Lidia (2018): *Anima fatua*. Leiden: Bokeh.

Villaverde, Fernando (2016): *La irresistible caída del muro de Berlín*. Leiden: Bokeh.

— (2016): *Los labios pintados de Diderot*. Leiden: Bokeh.

— (2018): *Todo empezó en detritus*. Leiden: Bokeh.

Winter, Enrique (2016): *Lengua de señas*. Leiden: Bokeh.

Wittner, Laura (2016): *Jueves, noche. Antología personal 1996-2016*. Leiden: Bokeh.

Zequeira, Rafael (2017): *El winchester de Durero*. Leiden: Bokeh.